JOST BONNER
Der Zu-Fall

AF176717

Für Katharina

Jost Bonner

Der Zu-Fall

Ein Buch für Alle und Keinen

Bibliografische Information der Deutschen Bibliothek:
Die Deutsche Nationalbibliothek verzeichnet diese
Publikation in der Deutschen Nationalbibliografie;
detaillierte bibliografische Daten sind im Internet
über dnb.dnb.de abrufbar.

© 2022 Jost Bonner

Herstellung und Verlag:
BoD - Books on Demand, Norderstedt
ISBN: 978-3-756-20969-9

Kursiver Text zitiert - allein in der Interpunktion leicht
verändert und der neuen Orthographie angeglichen -
aus

Also sprach Zarathustra
von
FRIEDRICH NIETZSCHE

Werke
in zwei Bänden

Alfred Kröner Verlag
Leipzig 1930

1

Ich lebe jetzt fast genau ein halbes Jahr allein, ich meine, ohne Frau. Ich weiß, es klingt blöde, wenn man so mit der Tür ins Haus fällt. Aber das ist nun mal haargenau der Gedanke, der mir beinahe ständig durch den Kopf geht, vorsichtig ausgedrückt. Solitäre Erotik mag ja ein Weilchen übers Alleinsein hinwegtrösten, aber Ersatz auf Dauer ist sie nicht. Ich bin jetzt fünfunddreißig; arbeite als Koch. Gibt es eigentlich einen Beruf, der weniger als vier Buchstaben hat? Eine besonders gute Partie bin ich nicht, ich weiß. Aber ich bin ganz gut gebaut, umgänglich, sauber, rauche nicht, mitunter bin ich auch ganz lustig, wenn vielleicht auch nicht gerade zurzeit. Das ewige Rumhängen mit mir selbst nervt echt. Man sitzt Stunden vor der Glotze, säuft ein Bier am andern und holt sich am Ende noch eine Sehnenscheidenentzündung. Das ist doch nicht vulgär, Mann! Das ist ein Hilferuf; ein Verzweiflungsschrei.

Und als ob das nicht reichen würde, laufen mir neuerdings ständig auch noch irgendwelche Bilder aus der Kindheit ins Gedächtnis, die alles andere als erheiternd sind. Schon die Bezeichnung Kindheit ist relativ übertrieben. Nein, ich will hier keinen mit irgendwelchem Psychokram langweilen. Ist nur komisch, dass die längst vergessenen Geschichten plötzlich wieder hochkommen, jetzt, wo Vera nicht mehr da ist. Als hätte sie die ganze Zeit vor der Rumpelkammer meiner Vergangenheit gestanden. Nein, das ist eben ganz und gar nicht übertrieben. Aufgewachsen bin ich im Internat. Meine Alten hab ich nur mal so in den Ferien oder zu den Feiertagen gesehen. Und auch das war schon nervend genug. Meine Mutter hat in den paar Stunden versucht, ihr schlechtes Gewissen in Streicheleinheiten abzuarbeiten. Mein Alter schwankte ständig zwischen Trunkenheit und Reue. Wenn er nüchtern war, war er sogar ganz passabel. Am schlimmsten war ihr Schweigen. Ich sehe sie vor allem vor sich hinstarren; die Mahlzeiten wechseln, die Gesichter bleiben gleich. Unausgesprochene Vorwürfe springen hin und her. Meine Mutter muss mal eine heiße Flamme gewesen sein. Ohne Fahne und gläserne Augen war mein Alter immer noch ganz ansehnlich, jedenfalls bis es dann ganz abwärts mit ihm ging. Die Stimmung war der Gemütlichkeit sizilianischer Familien in Mafiafilmen am ähnlichsten. Obwohl meine Mutter kein Kopftuch trug, sah sie genauso aus wie eine dieser versteinerten Weiber, die scheinbar nur nicht sterben, um für andere ein Ärgernis oder ein Stein des Anstoßes zu sein. - Ich mag all dieses Zeug nicht, obwohl ich glaube, damit fertig zu sein. Hoffentlich wirkt die nächste Braut auf mein Gedächtnis ähnlich wohltuend narkotisch.

Aber wo soll man heutzutage eine Frau kennenlernen? Ich meine, eine, die nicht schon nach der ersten Nacht das Handtuch schmeißt oder dich zwingt, an Alzheimer zu erkranken; ich meine, eine für lange, so zum Knuddeln und Albern und Kuscheln und Vögeln. Ich sag immer Vögeln, alles andre ist mir zu blöd. Man muss über die Sache reden können, ohne zu stottern, sonst stottert man auch noch, wenn es zur Sache selber geht.

Wenn ich ehrlich sein soll, hat mich Vera auch hier von einem Albtraum befreit. Ich war vielleicht eine Pfeife. Verliebt war ich immerzu, sinnlos anzumerken, ohne glückliche Hand. Die Bräute standen auch schon im zarten Alter mehr auf protzige Kerle, die über alles und jeden einen blöden Spruch parat haben, mit tränenden Augen Lungenzüge aus Selbstgedrehten demonstrieren und dabei beachtliche Speichelpfützen aufs Pflaster rotzen. Für Zigaretten fehlte mir schon das Geld oder der Mut, sie zu klauen. Evelyn war anders. Sie kam neu in die Klasse. Bei ihr bin ich ganz tief rein, seelisch meine ich. Wir haben Briefchen geschrieben und Fotos getauscht. Ich hab ihr sogar mein Nest gezeigt, ein Versteck im Grünen, in das ich mich immer dann verkroch, wenn ich sterben wollte. Ich wollte oft sterben; ein einziges Mal vor Glück nach dem ersten Kuss von Evelyn, vielleicht, weil ich geahnt habe, dass dieses Glück nicht hält und ich dafür hart zu büßen habe; und unzählige Male aus Verzweiflung; als ich sie wenig später mit dem Protz tanzen sah; und dann, als sie sich knutschten; und dann, als der Protz mich zusammengehauen hat, damit ich ihm ihr Foto abtrete. Nach dieser Geschichte war ich mit aller Liebe am Ende. Und wenn mich der Trieb nicht ständig und zunehmend in die Zange genommen hätte, wer weiß, ob ich zuletzt nicht Mönch geworden wäre, so fertig war ich mit aller Liebe und aller Welt. In meinem Nest knutschten sich jetzt andere, drum zog ich in den Keller, der hart war und kühl und also ganz nach meiner Stimmung. Das dunkle Loch machte mir keiner streitig. Weil ich hier - um zu sterben - stundenlang bewegungslos auf die Wand stierte, lernte ich Edwin kennen, eine Ratte, dem bis heute besten Freund, dem ich begegnet bin. Nicht, dass wir uns besonders nahegekommen wären, ich hab ihm was zu fressen mitgebracht, und er hat sich herabgelassen, mir mein Alleinsein erträglicher zu machen, jedenfalls, solange da was zu fressen war. Ich empfand es als einen fairen Deal. Da ich mittlerweile geschnallt hatte, dass man vom Sitzen und Stieren allein nicht stirbt, erlaubte ich mir nun den Luxus, einseitig mit Edwin zu kommunizieren. Von meinen späteren hangreiflichen, peinlichen Liebschaften will ich mal gar nicht erst anfangen …

Vera war schon was Genaues. Wenn es vielleicht auch nicht die große Liebe war, sonst hat bei ihr eigentlich alles gestimmt. Die war wie eine gute Fee im Alltag und konnte auch sonst allen Quatsch mitmachen. Die konnte ernst sein und blödeln. Manchmal war sie wie ein Kind und dann wieder die Leidenschaft selber.

Ich muss hier mal aufhören. Ich komme sonst wieder ins Schwärmen. Und das ist eben ganz das Falsche, sagt Mayer. Er sagt, solange ich schwärme, solange bin ich noch nicht reif für was Neues; solange mach ich mich zu. Mayer steht mit mir in der Küche auf Posten. Wir trinken manchmal ein Bier zusammen. Freund ist zuviel gesagt. Man kennt sich halt so und weiß einiges voneinander.

Vera hat was Neues gefunden. Da war ich plötzlich übrig. Das war schon ein beschissenes Gefühl. Am schlimmsten war die ewige Frage, was ihr wohl bei mir gefehlt hat. Vielleicht wünscht man sich auch was, das es gar nicht gibt. Mitunter bin ich richtig philosophisch, sagt Mayer.

Ihm zuliebe lese ich sogar. Er sagt, ich soll auch mal was für meine Bildung machen. Nein, das hat er nicht irgendwie arrogant gemeint. Er denkt, dass Frauen auch mal über was Ernstes reden wollen, das nichts mit Autos oder Bauerei oder Fußball zu tun hat. Dabei weiß er, dass ich nicht einmal davon wirklich Ahnung hab. Aber übers Kochen wollen sie sich nach einer heißen Nacht wohl auch nicht gerade unterhalten. Mayer hat mir was von Nietzsche mitgegeben. Den Namen hatte ich immerhin schon mal gehört. *Also sprach Zarathustra*. Na, ob das was für gehobene Gespräche ist? Ich lese jeden Satz so an die drei bis fünf Mal. Und auch dann verstehe ich vielleicht mal gerade die Hälfte, optimistisch gesprochen. Wie der Mayer auf so was kommt? Immerhin hält er es für möglich, dass ich davon auch nur einen Satz kapiere. Manches ist ganz lustig. *Ich sage euch: Man muss noch Chaos in sich haben, um einen tanzenden Stern gebären zu können.* Wie sich jemand so was ausdenken kann? Wozu soll das gut sein? Einen Stern gebären, und dazu einen tanzenden. Der muss doch einen sexuellen Frust gehabt haben, gegen den meiner direkt erholsam ist. Der kann nur ständig mit angehobener Schädeldecke rumgerannt sein. Mitunter muss ich über den Text laut lachen, obwohl ich kaum ein Wort verstehe. *Des Mannes ist hier wenig, darum vermännlichen sich ihre Weiber. Denn nur wer Manns genug ist, wird im Weibe das Weib - erlösen.* Beim Gedanken, dass mich einer lachen hört und nach dem Grund meiner Heiterkeit fragt, muss ich erst recht lachen. (Mayer, du wärst wohl entsetzt, wenn du wüsstest, wie viel Spaß ich mit deinem Nietzsche habe.) Aber der ist auch teuer genug erkauft. Manchmal verschwimmt mir alles im Kopf zu einer zähen Soße.

Mayer hat mir auch den Tipp gegeben, im Urlaub an die Ostsee zu fahren, nach Wieck. Ich hatte den Namen noch nie gehört. Als ich hier ankam, wusste ich auch, warum. Das ist vielleicht ein Nest. Die haben noch nicht mal ordentliche Straßen. Die kippen einfach allen Schutt vors Haus und planieren ihn in den Sand. Man denkt, man ist irgendwo ganz hinten in Russland. *Was bedeuten diese Häuser? Wahrlich, keine große Seele stellte sie hin, sich zum Gleichnis!* Die Dächer sind mit Schilf gedeckt, das mitunter mit einer dicken Moosschicht bewachsen ist. Sieht ja ganz romantisch aus. Aber wohnen möchte man da nicht, jedenfalls nicht für immer.

Wenn man zum Strand will, muss man entweder vier Kilometer nach Prerow zum Stinostrand, wo sie an den heiteren Wochenenden schon mal in vier Reihen liegen. Oder man fährt acht Kilometer zum Weststrand, allerdings mit Fahrrad, denn dahin kommt man nur so, oder man geht zu Fuß, was bei den Mücken eine unsägliche Quälerei sein muss. Darum trifft man auch nicht zu viele Leute da. Die Fahrt ist schon eine mächtige Schinderei, für mich jedenfalls. Da kann mich auch kaum der Wald trösten, der die märchenhafteste Kulisse gibt, wie Mayer behauptet. Der hat so ein Faible für Naturzeug.

Die Unterkunft, die er mir besorgt hat, ist ganz passabel. Die Vermieterin ist nett, leider zu alt. Ich bin nicht sicher, ob sich in dem Nest noch leicht eine andere Gelegenheit bietet. Wenigstens kann sie mir sagen, wo was los ist. Gestern schickte sie mich mit glänzenden Augen zum Tonnenabschlagen. Na, wenn das hier oben schon die Spitze des Vergnügens ist, dann hätte ich auch fünf Wochen in ein Kloster ziehen können. Am drolligsten waren noch die Pferde. Da reiten sie im Schweinsgalopp unter einem Fass durch, auf das sie so lange mit Baseballschlägern und Keulen eindreschen, bis der letzte Span durch die Luft fliegt. Der, der der Tonne den Rest gibt, ist Sieger. Zwischen den Durchgängen wird natürlich mächtig gesoffen, so dass die Reiter hintenraus immer größere Probleme haben, die Tonne überhaupt zu treffen.

Zwei ganz hübsche Mädchen waren auch dabei, aber die hatten alle Hände voll mit ihren zappligen und nervösen Pferden zu tun. Da war kein Rankommen. Ich habe noch eine beinahe kalte Wurst gegessen und bin heim. Frau Dönklass hat mich natürlich gefragt, wie es war, und natürlich hab ich gelogen, um ihr eine Freude zu machen. *Und log ich je, so log ich aus Liebe.*

Der Spruch schiebt mir die kümmerliche Heldentat ins Gedächtnis, die mir den glücklichsten Augenblick meiner Kindheit beschert: Ihren Kuss. Sie hatte weiß der Teufel was ausgefressen, und ich hatte die Sache auf mich genommen. Der Donner des Direktors perlte an mir ab, denn hinter Göbel stand sie, und ich sah in ihrem schreckbleichen Gesicht ein schüchternes, dankbares Lächeln ...

Die Dönklass hat ein Abendbrot gezaubert, das mich die Öde ringsum vergessen ließ. Ich hab eine Flasche Wein spendiert. Die hat Augen. Vor zehn Jahren war sie sicher noch unheimlich phantasieanregend. Sie gehört zu den Frauen, die uns noch im hohen Alter ihre einstige Attraktivität ahnen lassen. Die halten uns unsere Vergänglichkeit - ich meine das Schwinden der Jugend - am schmerzlichsten vor Augen. Ich werde dann immer irgendwie wehmütig darüber, nicht früher gelebt zu haben, oder, dass sie nicht ein bisschen später geboren sind. Sie versteht es ganz wunderbar, stilvoll zu flirten. Naja, wenn man so gar keine Alternative hätte, dann ... (Mayer, warum hast du mich nur hierhergeschickt?!)

Mit Ines, was Frau Dönklass ist, kann man herrlich klönen. Die redet nicht bloß deutsch, die weiß, worauf es ankommt, da muss man nicht lange labern. „Na, mein Lieber", sagt sie mit so einem rosigen Lächeln, „du bist doch sicher auf Brautschau oder nur mal so zum Kirschenpflücken, wie man heute sagt."

Ich nicke ein Weilchen.

„Da musst du aber raus", drängt sie, als wäre sie Mayers Schwester.

„Ich weiß. Aber hier scheint es ja außer Meer und Romantik nichts zu geben, wo man ..."

„Mein lieber Holger, jetzt übertreibst du aber deinen Frust."

Holger ist schon ein Scheißname, aber hier oben kann er einem echt zur Folter werden. Holgeeer, das klingt fast so schlimm wie Labskaus.

Ines begreift meine Not und schickt mich nach Prerow zum Tanz. Sie bügelt mir sogar das Hemd, obwohl das völlig unnötig ist. (Mayer, langsam verstehe ich, warum es dich jedes Jahr in dieses Nest zieht.)

2

Ich fahre mit dem Rad, um ein bisschen für die Strandtouren zu trainieren. Das Tanzlokal ist leicht zu finden. Man muss hier oben nur schauen, wo viele Autos stehen, dann ist man dem Leben oder der Unterhaltung mit Sicherheit nahe, wenn die Trefferquote auch nicht ganz hundertprozentig ist. Manchmal gerät man nur in einen Gottesdienst oder so eine Art Konzert, wo die Ohren die Augen um ihre Klappen beneiden.

Als ich die Lustscheune betrete, überwältigt mich der Lärm einer Maschinenhalle. Wer hier nicht nach zehn Minuten wahnsinnig geworden ist, kann nur taub sein. Ich dränge mich zum Tresen, der in so einer Art Lärmschatten steht, und bestelle ein Bier. Ich bin überrascht, dass mich der Kerl hinter der Theke versteht. Er schmunzelt weise. *'Wir setzen unsern Stuhl in die Mitte', das sagt mir ihr Schmunzeln, 'und ebenso weit weg von sterbenden Fechtern wie von vergnügten Säuen.'* Dies aber ist - *Mittelmäßigkeit, ob es schon Mäßigkeit heißt.* Woher kommt auf einmal dieses Zeug? - Als ich mich unsicher umschaue, sehe ich, dass das Publikum ziemlich jung ist. Hat die Dönklass mich etwa zum Schippelrennen geschickt? Die jungen Kerlchen gehen ihren Bräuten ja ganz schön frech an und unter die Wäsche. Zwei lange Lulatsche schlendern schlaksig an mir vorbei. Nachdem mich der eine gemustert hat, sagt er mit verzogenem Mund zum andern: „Jetzt kommen die sogar schon zum Sterben her." *Und verloren sei uns der Tag, wo nicht einmal getanzt wurde! Und falsch heiße uns jede Wahrheit, bei der es nicht ein Gelächter gab!* Manchmal könnte man schon am eigenen Gedächtnis verzweifeln!

Die Jüngelchen stehen noch immer grinsend vor mir. Mir schießt das Blut in den Kopf. Aber noch bevor ich aufstehen kann, flüstert mir der Barkeeper schreiend zu, ob ich nicht vielleicht doch die Tanzlokale verwechselt habe. Für mein Niveau gäbe es noch eines ganz in der Nähe. Er lässt sich nicht mal das Bier bezahlen. Komische Leute sind das hier. *Ich kenne das Glück von Nehmenden nicht; und oft träumte mir davon, dass Stehlen noch seliger sein müsse als Nehmen.* Wieso gehen mir ständig die komischen Sprüche durch den Kopf? Erst gehen sie einem ewig nicht rein, und dann kriegt man sie nicht wieder raus.

Mayer meint, dass ich ein ungewöhnliches Gedächtnis habe. Dabei ist bei unserem Job ein gutes Gedächtnis die halbe Miete, nicht nur der Rezepte wegen, noch wichtiger sind die zeitlichen Abfolgen der Arbeiten, erst recht beim À-la-carte-Geschäft, da geht richtig die Post ab. Und wenn man da ständig was vergisst, steuert man beizeiten in eine nervliche Katastrophe. Mayer wünscht sich manchmal mein Gedächtnis. Mitunter kann es einem aber auch zur Folter werden.

Vor der Tür komme ich langsam wieder zu mir. Im Grunde bin ich schon wieder fertig mit allem Getanze und Kennenlernen. Ich schiebe das Rad in die mir vom spendablen Bierzapfer gewiesene Richtung. Das Tanzlokal ist wirklich nicht weit entfernt. Die Lautstärke ist angenehmer. Dafür sind auch weit weniger Leute hier.

Und die Frauen sind ein ganzes Ende älter als die von vorhin. Die einen sind von gestern, die anderen von morgen. Irgendwie fehlt die Generation dazwischen.

Ich setze mich an einen leeren Tisch und besehe mir das Angebot. Mein Frust gegen Mayer wächst. Eulenschießen hätten wir früher gesagt, als es uns noch nicht unschicklich schien, die Wahrheit zu sagen. Die Kellnerin ist noch das Beste. Auf dem Parkett quälen sich ein paar nervöse Pärchen, die anstandshalber wohl wenigstens die eine Runde zu Ende bringen wollen, ehe es ins Nest geht. So, wie sie wackeln und die Gesichter glühen, haben sie alle Skrupel und allen Ekel, alle Hemmungen und Verklemmungen erfolgreich narkotisiert. *Dem Gesindel ist Wollust das langsame Feuer, auf dem es verbrannt wird; allem wurmichten Holz, allen stinkenden Lumpen der bereite Brunst- und Brodel-Ofen.*

Mir fällt sofort wieder ein, warum ich d i e s e s Kennenlernen für völlig arschlos halte. Hier kann man doch höchstens einen Pinguin zur Linderung der allergrößten Not abschleppen. Wenigstens ist die Musik dezent und ganz geschmackvoll ausgewählt, jedenfalls, was meinen Geschmack betrifft. *Kein guter, kein schlechter, aber mein Geschmack, dessen ich weder Scham noch Hehl mehr habe.* Ja, wenn ich nur schon so weit wäre.

Ich bestelle bei der jungen Kellnerin ein Bier und genieße den Charme ihrer Bewegungen. Leider ist ihr Lächeln nur kommerziell. Die leicht abstehenden Ohren geben ihr etwas ganz Liebes wie Freches. Der dunkelblonde Zopf reicht fast bis zum Steiß. Sie hat sehr runde Formen, von den Waden bis unter die Bluse. *Für freie Herzen ist Wollust unschuldig und frei, das Garten-Glück der Erde, aller Zukunft Dankes-Überschwang an das Jetzt.* (Mayer, kannst du mir mal verraten, bei welcher Frau ich solche

Sprüche loswerden kann, ohne einen Vogel oder Schlimmeres gezeigt zu kriegen?)

... unschuldig und frei, das Garten-Glück der Erde ... Es war ein ganz schüchterner Kuss gewesen, damals mit Evelyn im grünen Nest. Ich kann es noch riechen, das grüne Nest; ein bisschen nach Heu und ein bisschen nach Fäulnis und ein bisschen nach den schweren Düften blühender Sträucher. Bis heute hat sich nie wieder etwas so wunderbar und vollkommen angefühlt wie dieser Kuss. Erwartungsvoll stand sie vor mir. Und da nichts geschah, weil ich vor Glück ganz gelähmt war, legte sie ihre Hände auf meine Wangen. Langsam zieht sie mich zu sich heran ... Wahrscheinlich bezahlte sie wirklich nur eine Schuld ...

Als sich das Parkett lichtet, entdecke ich - bisher von den schleimigen Lustmolchen verdeckt - am anderen Ende des Raumes eine junge - auf die Entfernung betrachtet - wahnsinnig attraktive Frau. Ich bewundere das schulterlange, kastanienbraune, leicht gewellte Haar mit dem Pony über der hohen Stirn; die großen, wenig nach oben geschnittenen, dunklen Augen in einem sehr harmonischen Gesicht; den schlanken Hals und die leicht hängenden Schultern. Mir fällt sofort die Trauer oder Schwermut auf, die sie noch anziehender machen. Ich lasse sie nicht mehr aus den Augen. Auch noch, als die Kellnerin das Bier bringt, stiere ich gebannt in die Ecke.

„Die können Sie mal gleich wieder vergessen. Die steht unter meinem besonderen Schutz", sagt sie mit starkem Dialekt. Sie ist die erste, die ich hier oben treffe, bei der die Mundart richtig wohltuend klingt.

„Kommt sie denn öfter?"

„Seit sie hier ist, sitzt sie jeden Abend hier."

„Ist sie schon vergeben?"

„Vergessen Sie es."

Ich nicke und bin ungehorsam. Aus der Deckung meines Bierglases beobachte ich sie weiter. Der Tanz geht in die nächste Runde. Ein junger Kerl stelzt zielsicher an den von mir fixierten Tisch. Ich fühle eine vollkommen unangemessene Erregung.

Der junge Mann redet lächelnd ein paar Worte, die unschwer zu erraten sind. Meine Schöne lächelt einen Augenblick. Der arme Kerl verlässt daraufhin mit gefrorenem Lächeln geschlagen den Tisch. Obwohl ich weiß, wie sich der Verschmähte fühlt, frohlockt mein Herz. Das Schauspiel wiederholt sich noch oft an diesem Abend. Nach dem dritten Bier und einem schüchternen Blickkontakt wage auch ich den Gang nach Canossa.

Diesmal werde i c h von ihrem kurzen wie bitteren Lächeln durchbohrt. Kein Wort, nur ein leises Kopfschütteln weist mich ab.

„Warum?" Ich erschrecke selber über die vollkommen blödsinnige Frage. Ich weiß natürlich, dass ich es jetzt bin, der von vielen, wenn nicht allen Männern des Lokals angeglotzt wird.

„Ich mag nicht tanzen."

„Aber warum kommen Sie dann hier her? - Macht es Ihnen Spaß, mit Körben um sich zu werfen und die armen Kerle zu kränken, die versuchen, Ihr hübsches Gesicht ein bisschen aufzuheitern?"

„Nun übertreiben Sie aber", fährt mir die Kellnerin von hinten in die Parade. „Bei uns muss nicht getanzt werden."

„Geschenkt!", erwidere ich grob. „Was habe ich zu zahlen?" Ohne eine Antwort abzuwarten, werfe ich den Schein auf den Tisch. So lässig wie möglich schlendere ich zur Tür. Mein Herz rast. Du Trottel! Du darfst dich doch nicht ohne alle Resonanz verlieben wie ein Zwölfjähriger. *Wo man nicht mehr lieben kann, da soll man - vorübergehn!*

Ich springe aufs Rad und fahre los. Aber auch in Wieck hat sich mein Herz noch nicht beruhigt. Immer wieder schickt es mich zurück. Ich mag der Dönklass jetzt nicht in die Arme laufen. Am Ende mache ich eine noch größere Dummheit. So alt ist sie nun auch wieder nicht.

3

Ich fahre - an meiner Pension vorbei - Richtung Weststrand. Es ist jetzt angenehm kühl. *Als der Mond aufgeht, wähne ich, dass er eine Sonne gebären will, so breit und trächtig liegt er am Horizont.* Der dunkle Buchenwald vorm Großen Stern treibt meine Phantasie auf Hochtouren.

Warum hat das Wegelagererhandwerk heute nur so wenige Meister? Die Zeiten waren doch nie günstiger. Die Leute haben beinahe immer Geld in der Tasche und sind leichtsinnig wie nie. Vier mutige Kerle genügen. Ein helles, blendendes Licht - 'Geld oder Leben!' - ein paar kräftige und nachdrückliche Rippenstöße - 'Weiterfahren und nicht umdrehen!' - fertig. Da lässt sich doch in kurzer Zeit ein Vermögen verdienen, und fast ohne Risiko. Hier fahren die Leute lieber dreihundert Kilometer auf Arbeit, als sich an ein so altes Gewerbe zu erinnern. *Tugend ist ihnen das, was bescheiden und zahm macht. Damit machten sie den Wolf zum Hund und den Menschen selber zu des Menschen bestem Haustier.* Diese Dinge aus der Position des eventuellen Opfers zu denken, ist nicht besonders angenehm. Vielleicht treffe ich ja auf den ersten der neuen Zunft in dieser Gegend, oder aber es hat sich nur noch nicht herumgesprochen, dass all die

Wälder hier weit und breit nur so von Räubern wimmeln. »*Du sollst nicht rauben! Du sollst nicht totschlagen!*« - *Solche Worte hieß man einst heilig. Vor ihnen beugte man Knie und Köpfe und zog die Schuhe aus. Aber ich frage euch: Wo gab es je bessere Räuber und Totschläger in der Welt, als es solche heilige Worte waren? Ist in allem Leben nicht - Rauben und Totschlagen? Und, dass solche Worte heilig hießen, wurde damit die Wahrheit selber nicht - totgeschlagen?* Das ist doch schon Anstiftung zum Mord. (Mayer, wieso sind solche Bücher nicht verboten?)

Der Anfang vom Müllerweg erinnert am Tage an einen bilderbuchreifen Märchenwald, die halbhohen, bis auf den Rasen beästeten Fichten und die in allen Grüntönen ineinanderschwimmenden Moosmatten auf dem leichthügeligen Boden. (Mayer, du hättest deine helle Freude an meinen poetischen Ergüssen.) Auch jetzt - gegen Mitternacht - hat der Wald etwas ganz und gar Märchenhaftes. Am meisten ähnelt er noch einem Räuberwald. Alle Augenblicke schaue ich nach oben, um nicht etwa von einem Genicksprung überrascht zu werden.

Der Gang über die Dünen beruhigt meine kindliche Phantasie. Das Meer ist einigermaßen zahm. Der Wind bläst beinahe schüchtern. Tief atme ich das Klima der Einsamkeit. Im frustrierten Gesicht des Mondes finde ich mein Ebenbild. Ich schließe die Augen und lasse die Gedanken treiben. *Es schläft jetzt alles noch, - auch das Meer schläft. Schlaftrunken und fremd blickt sein Auge nach mir. Aber es atmet warm, das fühle ich. Und ich fühle auch, dass es träumt. Es windet sich träumend auf harten Kissen. Horch! Horch! Wie es stöhnt von bösen Erinnerungen! Oder bösen Erwartungen? Ach, ich bin traurig mit dir, du dunkles Ungeheuer, und mir selber noch gram um deinetwillen.*

Was ist es, das mich diese Worte erinnern lässt? Ich denke an das Lächeln der Unnahbaren, an ihren Korb. Das Gefühl von damals legt sich um mich wie ein schwerer Mantel. Es ist so frisch wie eh. Ich habe beinahe immer auf der langen Bank gesessen, auf diesen langen Bänken, wie sie jeder aus Turnhallen kennt. Immer haben die anderen getanzt. Und als ich glaubte, die Liebe gefunden zu haben, da hat auch sie mit dem anderen getanzt, den ganzen langen Abend, obwohl wir uns doch schon geküsst hatten. Jeden Tanz holte er sie, und sie erwartete ihn lächelnd, und ich sitze und leide und kann nicht sterben. Aber nicht das und nicht, dass sie sich draußen geknutscht haben, Zunge in Zunge, was ich mich nicht getraut habe, und auch nicht das Gegacker ihrer Freundinnen am nächsten Morgen hat mich umgehauen, sondern ihr kränkend mitleidiger, endlos distanzierter Seitenblick, der in seiner Kälte nicht zu beschreiben ist. Sie tuschelte im Kreis all der gackernden dummen Gänse. Und ich stehe wie angewurzelt mit flatterndem Bauch und warte auf ein Wunder, hoffe, dass das Kichern einem anderen gilt. Sie wendet den Kopf und sieht mich an mit diesem Seitenblick, der in seiner Kälte nicht zu beschreiben ist. Hätte ich damals nur dem Mumm gehabt, einfach wegzugehen …

Plötzlich quillt in mir das sichere Gefühl, nicht allein zu sein. Ich öffne die Augen und suche den Strand ab. Hundert Meter weiter, dort, wo die kleinen Kräuselwellen den Strand streicheln, sehe ich eine gegen die See gebeugte Gestalt. Als wenn sie meinen Blick hätte spüren können, dreht sie sich um und läuft, kaum dass sie mich sieht, auf kürzestem Weg über die Dünen in den Wald. Am Strand bleibt etwas Helles zurück, das einer nackten menschlichen Gestalt am ähnlichsten ist. Ich laufe dem Flüchtenden nach. Es gelingt mir, ihm den

Weg abzuschneiden. Aber der Mann springt in ein helles Auto, das leider nicht die geringsten Probleme mit dem Anlasser hat. Die Räder drehen durch und hüllen mich in eine Sandwolke. Ich höre Holz splittern. Dann sind nur noch kurz die Rücklichter zu sehen.

Mein Herz beruhigt sich. Was hätte ich eigentlich mit dem Kerl anfangen wollen, wenn es mir gelungen wäre, ihn zu erwischen? Wenn er Dreck am Stecken hat, wäre er mir kaum freiwillig irgendwohin gefolgt. Wenigstens fesseln und anbinden hätte ich ihn müssen. Ich bin zwar nicht gerade ein Schwächling, aber mir fehlen alle Erfahrungen im Zweikampf. Ich hätte ihn noch nicht einmal gefesselt mit dem Auto transportieren können, weil ich nicht Auto fahren kann. Mayer hätte frohlockt. Der geht mir ständig auf die Nerven, dass jeder normale Mensch Auto fahren können muss, wenigstens für den Notfall. So ein Quatsch!

Zögerlich gehe ich an den Strand zurück. Der helle Körper liegt noch immer am Wasser. Je näher ich komme, desto mehr und deutlicher bestätigt sich meine Ahnung. Es ist wirklich ein nackter Körper. Das Herz schlägt mir bis in die Zunge. Im Mondlicht sehe ich die blasse Haut eines blutleeren Frauenleibes. Die steifen Brüste werfen lange Schatten. Der Kopf ist ungewöhnlich nach hinten verdreht. Das dunkle Haar treibt wie ein toter Tintenfisch im flachen Wasser. Unbeweglich - wie gebannt - stehe ich vor dem grausigen Fund. Ich fühle ein Zittern in den Knien, das sich nicht beherrschen lässt.

Meine Blicke irren ängstlich in alle Richtungen. Käme jetzt ein Fremder, würde es mir verdammt schwer fallen, die Situation zu erklären. Was hab ich um diese Zeit hier zu suchen? Meine Lage erscheint mir immer bedrohlicher. Vielleicht ging es dem Mann von vorhin nicht anders als mir jetzt. Alle Gedanken drängen mich fort. Trotzdem bleibe ich stehen. Mit einer zwiespältigen Faszination betrachte ich den Leichnam.

Es ist meine erste direkte Begegnung mit dem Tod überhaupt. Der Körper ist schön. Mein Blick streift das dunkle Dreieck zwischen den Beinen. Das mondgebleichte Weiß der jungen und straffen Haut wirkt marmorn. Ich beuge mich herab und sehe, dass der Kopf fast vollständig vom Rumpf getrennt und nur noch durch einen breiten Hautlappen mit dem Hals verbunden ist. Die furchtbaren Wunden klaffen dunkel und erbarmungslos. Die Berührung der Leiche ist bei aller Überwindung der Skrupel dennoch eine kaum zu bewältigende Prozedur. Ich drehe das Gesicht aus dem Wasser. Der Kopf ist schwer und kalt. Ich habe Angst vor der Betrachtung des Gesichtes. Bisher ist die Leiche anonym und nicht sonderlich gut von der Erinnerung festzuhalten. Mit dem Gesicht wird sie womöglich für längere Zeit zum beliebtesten Gegenstand meiner Albträume. Ich drehe das Gesicht ins Mondlicht und lasse den Kopf augenblicklich wieder zurückfallen.

Es ist die Frau aus dem Tanzlokal!

Ich werde Opfer einer verheerenden Panik. Mit langen Schritten - im weichen Sand immer wieder wegrutschend und lang hinschlagend - laufe ich über die Dünen zum Nottelefon. Es funktioniert nicht. Meine Arme zittern, dass ich den Fahrradlenker kaum halten kann. Die Knie sind butterweich.

Ich muss umnachtet gewesen sein, diesem Kerl einfach nachzulaufen. Die Sache hätte wesentlich schlimmer ausgehen können. Normalerweise hätte er mich doch als Zeugen gleich aus dem Weg räumen müssen. Wie ein Wahnsinniger trete ich in die Pedale. Vielleicht überlegt er sich die Sache ja noch und begreift den schweren Fehler, mich am Leben gelassen zu haben. So, wie die Frau ausgesehen hat, gehört er nicht gerade zu den Zimperlichen. Ich kann mich nicht erinnern, je solche Angst gehabt zu haben. Meine Gedanken gehen diffus hin und her. Mehrmals nehme ich den Dynamo vom Rad, um nicht schon Kilometer weit gesehen zu werden. Ebenso oft steige ich aber wieder ab, um mir Licht zu machen und wenigstens eine geringe Chance zu haben, in der Dunkelheit überhaupt etwas zu erkennen. Die Phantasie treibt meinen Puls auf eine atemberaubende, besorgniserregende Frequenz. Meine Knie schlottern geradezu. Der Schweiß läuft mir kalt über den Rücken. Immer wieder wechseln die Vernunftgründe. Mal scheint es mir klüger, ohne Rad fern der Wege durch den Wald zu schleichen, aber zuletzt siegt doch immer das Argument der Beweglichkeit. Schnelligkeit ist mir wichtiger als Sicherheit. Ja, wenn ich schnell genug fahre, gerate ich in eine Art Rausch, der noch am besten mit den aberwitzigen Gedanken fertig wird. Zuletzt falle ich sogar ungewollt, vielleicht um das Herz zu entlasten, in einen lethargischen Zustand, der mich für alle visuellen und akustischen Reize beinahe unempfänglich macht. Die Aussicht, einem Verbrechen zum Opfer zu fallen, tritt weit hinter die reale Möglichkeit zurück, an Überanstrengung oder Stress zu sterben. Nach den längsten zwanzig Minuten meines Lebens komme ich vollkommen ausgepumpt in meiner Herberge an. Ich poltere durchs Haus wie ein Gehetzter. Als die Telefonverbindung steht, kommt Frau Dönklass dazu.

„Ich möchte einen Mord anzeigen." Im Augenwinkel sehe ich das erschreckte Gesicht meiner Wirtin. Nachdem die Angaben gemacht sind, lege ich den Hörer auf. „Gehen Sie nur wieder schlafen", versuche ich meine verstörte Wirtin zu beruhigen. Natürlich sinnlos. In einem Nest wie diesem kommen Morde wohl nicht gerade häufig vor, und noch weniger solche, von denen man aus erster Hand erfährt. Am längsten hätte ich über meine Angst reden können. Aber wer redet schon gern über seine Schwächen? Über den Mord selber kann ich kaum drei Minuten reden. Das ist der lieben Ines egal. Was meiner Geschichte an Länge fehlt, muss ich durch Wiederholungen wettmachen. Sie wird nicht müde. Sie kocht einen Kaffee, dessen Stärke mein Herz zu schmerzhaften Freudensprüngen verleitet. Selbst, als ich unter der Dusche versuche, mich vom zähen, kalten Angstschweiß zu befreien, steht sie mit dem Handtuch vor der Tür und stellt immer wieder die gleichen Fragen. Am interessantesten ist ihr der Umstand, dass ich das Opfer kurz vorher im Tanzlokal gesehen habe.

Das Eintreffen der Kripo ist eine Erlösung. Nur mit Hilfe Kommissar Kullbachs gelingt es mir, die unternehmungslustige Frau abzuwimmeln. Ich bin etwas verwundert über die Erscheinung des Kommissars. Man stellt sie sich doch immer ein bisschen anders vor, irgendwie imposanter und energischer. Kullbach macht einen sehr unausgeschlafenen und müden Eindruck. Mit Worten ist er sparsam. Die Verkahlung ist schon weit über die Mitte des knochigen Schädels vorgedrungen, obwohl er nicht viel älter als ich sein kann. Das Spitze des Gesichts findet im Körper eine gesteigerte Fortsetzung. Allein die Geiernase wirkt Respekt einflößend. Allerdings kann ich mir nicht vorstellen, dass jemand bei den Worten 'Dafür hab ich einen Riecher' in seiner Gegenwart ernst bleibt. Überhaupt kann er es nicht allzu leicht haben, ernstgenommen zu werden.

Schweigend fahren wir über die sandigen Reitwege, die allein Pferden und behördlichen Fahrzeugen vorbehalten sind. Ich genieße die Befriedigung, wichtig zu sein. Die ausgestandenen Ängste werden durch die Aussicht belohnt, ein nachhaltiges Urlaubsabenteuer zu erleben. Nach reichlich zehn Minuten treffen wir am Fundort ein. Er ist menschenleer. Auch die Leiche ist verschwunden. Kommissar Kullbach sieht mich stumm und nicht gerade schmeichelhaft von der Seite an. Kriminaltechniker schleichen über den hell beleuchteten Strand. Er sieht vollkommen unverdächtig aus, keine Schleifspur, kein Blut, nichts. Der Kommissar fordert mich auf, mich dahin zu stellen, wo ich den grausigen Fund gemacht habe. Mit feinen Rechen wird nun der Sand durchkämmt. Erfolglos. Ich zeige Kullbach den Platz, wo der vermeintliche Mörder ins Auto gesprungen ist. Auch hier findet sich keine brauchbare Spur.

Der Kommissar sieht mich lange an. Vom frischen Seewind geweckt, stechen seine Augen adlerhaft. „Sagen Sie, Herr Buschner, fanden Sie Ihren Urlaub bis heute Nacht einigermaßen aufregend?"

„Nicht besonders", antworte ich arglos.

„Wo waren Sie noch mal genau, bevor Sie die Leiche gefunden haben?"

„Im Prerower Tanzlokal", sage ich noch immer einfältig. „Ich weiß nicht, wie es heißt. Jedenfalls in dem für - Fortgeschrittene."

Kullbach winkt - einseitig grinsend - ab. „Und dort wollen Sie die Frau gesehen haben, die Sie dann hier …" Der Kommissar schleicht durch den Sand. Die anderen arbeiten stumm ohne jede Anweisung.

Als das Team auf ein kaum wahrnehmbares Handzeichen des Kommissars erfolglos die Suche abbrechen will, weise ich Kullbach triumphierend auf eine Holzabsplitterung hin, die ganz frisch zu sein scheint. Die Leute von der Spurensicherung sammeln ein paar Rindenstücke in Folietüten.

Im Auto redet Kullbach nur Halbsätze mit mir.

„Was wird denn nun?", frage ich schüchtern, nachdem mich Kullbach gebeten hat, noch ein paar Tage hier oben zu bleiben.

„Wir können nichts machen, solange wir keine Leiche haben. Bis jetzt haben wir ja noch nicht mal eine Vermisstenanzeige. Ohne die sind uns selbst für jede Suchaktion die Hände gebunden."

„Aber die Frau muss doch irgendwo fehlen."

„War sie hübsch?"

„Ziemlich."

„Wenn es ihr Hobby war, Körbe zu verteilen, dann wird es vielleicht keinen geben, der ihren Abgang bemerkt hat."

Erst jetzt wird mir klar, dass Kullbach womöglich alle meine Schilderungen für Phantasiegespinnste hält. „Hören Sie, Kommissar, ich mag heute Abend ein bisschen sauer gewesen sein wegen der unerfreulichen Begegnung im Tanzlokal. Aber die Geschichte mit der Toten ist absolut wahr. Ich gehöre durchaus nicht zu den Leuten, die sich ganze Nächte um die Ohren schlagen, nur um der Polizei ein bisschen Arbeit zu machen."

Kullbach nickt lächelnd.

Frau Dönklass wartet schon ungeduldig. Jetzt ist es ein Glück, dass ich nicht m e h r zu erzählen habe.

„Ich weiß ja, laufendes Verfahren, da dürfen Sie nicht."

Ich nicke und gehe ins Bett. Zur Ruhe kommend, merke ich, wie fertig ich bin. Trotzdem finde ich lange keinen Schlaf. *Nacht ist es. Nun reden lauter alle springenden Brunnen.* Das Bild der schönen Toten geht mir nicht aus dem Sinn. Immer wieder versuche ich mir vorzustellen, wie sie in so kurzer Zeit aus dem Lokal hat kommen können. Hat sie sich meine Worte zu Herzen genommen? Hat sie dem nächsten Verehrer keinen Korb gegeben? Wenn das ihr Verhängnis war, dann war ich ihr Schicksal; dann bin ich Schuld an ihrem frühen Tod. Mit der heißen Empörung darüber, dass dieses Verbrechen am Ende auch noch ungesühnt bleibt, greife ich zu Mayers Urlaubslektüre. Zwei Sätze fesseln mich seltsam: *Wahrlich einen schönen Fischfang tat heute Zarathustra! Keinen Menschen fing er, wohl aber einen Leichnam.* Und später stolpere ich über die Worte in den Schlaf: *Gefährten brauche ich, und lebendige, - nicht tote Gefährten und Leichname.*

4

Erst nachmittags komme ich aus dem Bett, *zur Stunde, da alles Licht stiller wird.* Ines verwöhnt mich heute ganz besonders. Aber ich kann es ihr nicht danken, ich weiß ja wirklich nichts.

„Hat der Kommissar angerufen?", frage ich ruhig.

„Nein. Warum soll er denn?"

„Weil ich genauso gespannt bin wie Sie, ob sie was Brauchbares gefunden haben."

„Was sollen sie denn gefunden haben?"

„Die Leiche oder wenigstens eine Vermisstenanzeige."

„Ach Sie."

Ich sehe ihr an, dass sie nicht an meine Neugier glaubt und vielmehr denkt, dass ich mit solchen Fragen nur mein Wissen verschleiern will. Um ihr das Gegenteil zu beweisen, rufe ich Kullbach an. Er hat zu tun, mich zuzuordnen. Ich bin einigermaßen irritiert. „Ja, wie viele Leichen werden denn hier oben gefunden, dass Sie schon Mühe haben, sich die einzelnen Fälle zu merken?", frage ich etwas ungehalten.

Kullbach reagiert nicht versöhnlich. „Erstmal wird Ihnen nicht entgangen sein, dass wir in Ihrem Fall eben keine Leiche gefunden haben, und dann haben wir auch ohne die genug zu tun."

„So, wie Sie den Fall behandeln, wird die Leiche wohl auch kaum gefunden werden. Vielleicht sollte man den Mörder per Annonce beglückwünschen."

„Ich wünschte, ich hätte ähnlich viel Zeit wie Sie, dämliche Witze zu machen. Wenn Sie uns sagen, wo wir eine Leiche finden können, dann soll es mir auf einen sinnlosen Weg mehr oder weniger nicht ankommen. Aber verlangen Sie bitte nicht von mir, dass ich anfange, nach Leichen zu suchen, noch bevor jemand überhaupt vermisst wird. Ich kriege mein Geld nämlich von der öffentlichen Hand. Und die glotzt mir nicht ganz unberechtigt auf die Finger, um sicher zu gehen, dass ich meine Zeit nicht mit unnützem Kram verplempere."

„Ich habe ja kapiert, dass Sie meiner Aussage keinen allzu großen Glauben schenken. Aber die Vermisstenanzeige kann doch nur eine Frage von Stunden sein. Vielleicht ist das genau die Zeit, die der Mörder braucht, sich aus dem Staub zu machen!"

Kullbach atmet hörbar durch. „Sind Sie ganz sicher, dass Sie keine angeschwemmte Schaufensterpuppe gesehen haben, Herr Buschner?"

Ich verliere die Fassung. „Ich habe diese Frau noch eine halbe Stunde vorher lebend gesehen und sogar mit ihr geredet! Eine Schaufenster…"

„Das ist ja eben das Problem, Herr Buschner. Eine halbe Stunde ist verdammt knapp. Es gibt sicher auch ganz fixe Mörder, aber … Damit Sie nicht denken, dass wir ganz und gar faul sind, wir waren heute Morgen noch einmal am vermeintlichen Tatort, mit Hunden, die einen Tropfen Blut auf etliche Meter riechen können.

Es wird Sie vielleicht nicht allzu sehr verwundern, wenn Sie hören, dass die Hunde den Strand ziemlich frustriert verlassen haben. Sie sehen, wir lassen uns unsere Skepsis einiges kosten. Den Hunden können Sie nun aber nicht leicht Voreingenommenheit oder gar Faulheit unterstellen."

„Das habe ich ja nicht behauptet", sage ich kleinlaut.

„Wenigstens nicht direkt, Herr Buschner. Nun werden Sie aber zugeben, dass es nicht sehr leicht ist, eine Frau in einer halben Stunde nicht nur umzubringen und acht Kilometer über unwegsames Gelände zu transportieren, sondern sie dann auch noch mit abgetrenntem Kopf so an den Strand zu tragen, dass kein Tropfen Blut zur Erde fällt."

„Und wenn er den Kopf erst am Strand …"

„Dann wären unsere Hunde schon im Auto vor Freude an die Decke gesprungen. Und damit keine Zweifel zurückbleiben, Herr Buschner, selbst wenn er die Frau im knietiefen Wasser geschlachtet hätte, dann könnten wir j e t z t noch an Ihren Schuhen Blut nachweisen. Wenn wir nicht erst den Versuch machen, so darum, weil wir uns auf unsere Hunde absolut verlassen können. - Herr Buschner? - Sind Sie noch dran?"

„Ja."

„Ich würde vorschlagen, die Sache erst mal zu vergessen. Behalten Sie mich nicht in allzu schlechter Erinnerung. Ein anderer hätte Ihnen leicht ein Verfahren wegen Irreführung oder groben Unfugs anhängen können. Ich will aber nicht als ganz humorlos gelten. Auf Wiederhören, Herr Buschner."

Deprimiert lege ich den Hörer zurück. Frau Dönklass hat natürlich mitgehört. Ihr Blick ist eine Mischung aus Mitleid und Enttäuschung. *Nicht gegen den, der uns zuwider ist, sind wir am unbilligsten, sondern gegen den, welcher uns gar nichts angeht.* Ich gehe verstört in mein Zimmer. Das kann ich mir doch nicht alles eingebildet haben. Die Tote war absolut real! Ich bin nicht sonderlich intelligent. Aber dennoch habe ich Respekt vor der Wissenschaft und mehr noch vor der Natur. Wenn Hunde nichts riechen, dann … Ich erinnere das Gespräch mit Kullbach. Schwere Scham befällt mich. Aber ich habe sie gesehen! Wenn nicht, wäre ich ein Fall für die Klapper. Ich hatte noch nie irgendwelche Bewusstseinstrübungen. Mag sein, dass sexuelle Abstinenz ein bisschen die Nerven verspannt, aber sie ist doch kein Grund, zu verblöden! Hätte ich wenigstens die Dönklass außenvorgelassen. Jetzt muss ich auch noch ihren mütterlichen Trost ertragen, wie ein Kind, das sich in seiner Phantasie verrennt.

„Bei mir hakt es auch manchmal aus", sagt sie lächelnd, als ich mit rasenden Kopfschmerzen die Treppe hinunterschleiche, um ungesehen an ihr vorbeizukommen.

„Haben Sie so eine Art Kräuterbitter?" Sie hat natürlich. Ich trinke drei oder vier.

„Gehen Sie heute Abend wieder auf Brautschau?"

Sie ist erbarmungslos. *Es ist schwer, mit Menschen zu leben, weil Schweigen so schwer ist.* Ich mache ein gequältes Gesicht. Aber im Grunde spricht sie genau das aus, was mich bewegt. Ich muss noch mal in dieses vermaledeite Tanzlokal. Ich muss versuchen, etwas über die mysteriöse Tote herauszufinden, die sogar die unbestechlichen Nasen ausgebildeter Hunde foppt. Ich weiß, dass meine Aussichten nicht besonders gut sind. Und wenn eine andere Kellnerin Dienst hat, ist eh alles hoffnungslos.

Während die Dönklass in der Küche ein versöhnlich stimmendes Abendbrot zusammenbrutzelt, überlege ich mir alle möglichen Fangfragen, mit denen ich die Kellnerin aufs Glatteis führen kann. Ich bin, wie gesagt, nicht sonderlich pfiffig. Drum brauche ich auch etwas länger. Zum Schluss bin ich ganz zufrieden mit mir.

Nach dem Abendbrot sind die Kopfschmerzen auf ein erträgliches Maß abgeflaut, und ich fühle mich einigermaßen unternehmungslustig. *Der Wind blies mir durchs Schlüsselloch und sagte: »Komm!«* Natürlich verrate ich meiner neugierigen Wirtin nicht, was ich vorhabe. Da kann sie noch so vertraulich lächeln. Ich sage ihr, dass ich nur mal eben ein Stück mit dem Fahrrad fahre, um die Kopfschmerzen loszuwerden.

In der Nähe des Lokals verlässt mich doch ein gutes Stück Selbstsicherheit. Wenigstens entdecke ich schon vom Eingang aus die dralle Kellnerin vom Vorabend. Ich setzte mich an einen leeren Tisch. Die Kellnerin kommt, zweideutig lächelnd. Sie begegnet einer Friedhofsmiene. Immerhin weiß ich etwas, das ihr todsicher die Haare zu Berge stehen ließe.

„Haben Sie den Korb von gestern verschmerzt?", gurrt sie mich an.

„Wo hat sie gewohnt?", frage ich direkt, alle bereitgelegte Verführungsstrategie missachtend.

„Hat? - Ich vermute mal, sie wohnt noch immer da. Aber wenn Sie wissen wollen, wo genau, dann müssen Sie schon einen zweiten Korb riskieren." Sie wendet sich zu jenem Tisch, an dem gestern ...

Augenblicklich stürze ich in Panik. S i e sitzt einsam am selben Tisch. Mir ist, als wenn mir der Speichel im Kehlkopf gefriert. Das in den Kopf stürzende Blut drückt mir das Wasser in die Augen. Ich atme hastig mit offenem Mund wie nach einem Hundertmeterlauf. Als ich wieder denken kann, kommt mir das Gespräch mit Kullbach in den Sinn. Ich hatte ihm schon vorschlagen wollen, eben hier Erkundigungen über die von mir entdeckte Leiche einzuholen. Ich weiß nicht, ob sein Humor so weit gereicht hätte, mir auch dann noch eine Klage wegen Irreführung zu ersparen, wenn er mein Opfer so lebendig, wenn auch unverändert traurig hier gefunden hätte. Aber ich bin nicht verrückt! Ich habe sie am Strand liegen gesehen! Wer spielt hier mit mir ein erbärmliches Spiel?

Die charmante Kellnerin bemerkt meine Gefühlswallung. „Sie hat es ja erwischt", sagt sie unsicher und mitleidig zugleich.

Wie gebannt sehe ich auf die geheimnisvolle Frau. Sie muss eine Rolle in diesem Spiel haben. Ein anonymer Zorn breitet sich in mir aus. Als mich ihr Blick trifft und ein leises Lächeln über ihr Gesicht huscht, spüre ich einen unwiderstehlichen Impuls zum Handeln. Ich stehe auf und gehe - sie nicht mehr aus den Augen lassend - auf ihren Tisch zu. Ihr Lächeln verstärkt sich. Es ist nun kein Zweifel mehr, dass es mir gilt. Noch ehe ich den Tisch erreiche, steht sie auf. Meine Stirn ist so feucht, dass mir der Schweiß in die brennenden Augen läuft.

„Was ist das für ein Spiel?", drängen die Worte verzweifelt wie feindselig aus mir heraus.

Ihr Lächeln erstarrt.

Ich erwarte keine Antwort. „Die Attrappe war wirklich gut. Ich hätte geschworen, Ihren Kopf in den Händen gehalten zu haben."

Die Kellnerin steht besorgt an meiner Seite. Die Frau sieht mich verständnislos an.

Ich werde unsicher. „Sie sind mir gestern Nacht am Weststrand als wunderschöne Leiche begegnet. Nur war der Hals so schlimm zugerichtet, dass der Anblick kein besonderes Vergnügen war."

Die Frau reißt Mund und Augen auf. In ihr Gesicht bricht eine Blässe ein, die der auf dem Gesicht der Toten sehr ähnlich ist.

'Das war keine Attrappe!', schreit es in mir. Kein noch so geschickter Künstler kriegt das hin. „Wie geht das zu?", frage ich nachdrücklich. „Sie können sich unmöglich den Hals samt Wirbelsäule durchschneiden und heute - mir nichts dir nichts - herumlaufen, als sei nichts passiert."

Die Frau beginnt zu schreien, erst leise, dann immer lauter.

„Jetzt gehen Sie aber wirklich zu weit", warnt die Kellnerin, die nicht weniger blass ist als die Schreiende. Natürlich sind längst alle im Lokal auf uns aufmerksam geworden.

„Wieso haben die Hunde nichts gerochen?", schreie ich jetzt, um die Kreischende zur Besinnung zu bringen. Aber die wird immer hysterischer. Ich fasse sie bei den Schultern und schüttle sie.

Die Kellnerin fällt mir in die Arme. „Hören Sie auf!", schreit sie immer wieder. „Sie sind ja vollkommen verrückt!"

„Das hätten Sie wohl gern?", brülle ich außer mir. „Ich bin durchaus nicht verrückt! Ich habe diese Frau tot am Strand liegen gesehen, gestern, nach Mitternacht!"

„Das ist ja unmöglich. Sie war gestern bis weit nach eins hier!", kreischt die energische Kellnerin über den noch anschwellenden Sirenenton der nun völlig durchdrehenden Frau.

„Ich bitte Sie, das Lokal zu verlassen", höre ich wie von fern. Männer drängen sich um mich. Die Kellnerin versucht, die sich wie eine Wahnsinnige Gebärdende zu beruhigen. Die hat das Gesicht in den Händen geborgen und schreit unablässig.

„Das Geschrei wird Ihnen nichts helfen. Ich komme dahinter. Ich kriege raus, was Sie damit bezwecken!"

Mehrere starke Arme packen mich. Ich spüre harte Fäuste in Gesicht und Magen. Jeder Versuch, mich aus den festen Griffen zu befreien, schlägt fehl, nicht aber die in aller Ruhe und ohne jedes Risiko zielenden Fäuste.

„Hören Sie auf, ihn zu schlagen!", höre ich die verzweifelte Kellnerin.

Die tobenden Kerle drängen mich zum Ausgang. Vor der Tür treffen mich noch einige schmerzhafte Schläge. Der harte Griff löst sich. Ich stürze zu Boden. *Was fällt, das soll man auch noch stoßen!*

Ich schmecke salzig mein eigenes Blut. Als es mir gelingt, mich auf alle Viere zu stützen, sehe ich die zitternden Beine der Kellnerin. Sie hockt sich zu mir und versucht, mich wieder auf die Beine zu bringen. *Wenn der große Mensch schreit, flugs läuft der kleine hinzu, und die Zunge hängt ihm aus dem Halse vor Lüsternheit. Er aber heißt es sein 'Mitleiden'.* „Es geht schon", sage ich unwirsch.

„Jetzt tun Sie ja nicht so, als sei ich an Ihrem Rausschmiss schuld. Den haben Sie sich ganz allein zuzuschreiben."

„Wenigstens können Sie nicht behaupten, ich hätte keinen Mut zum Risiko", nuschle ich durch die geschwollenen, noch immer blutenden Lippen. Im Schein der Straßenlampe sehe ich, wie sich mein Taschentuch rot färbt. Mit der Zunge taste ich vorsichtig nach den Zähnen.

„Kommen Sie mit in die Küche, da können Sie sich waschen." Wir gehen durch einen Nebeneingang in die hell erleuchtete Küche. Hier wird die Kellnerin mit allerlei Fragen bedrängt. Sie winkt aber nur ab und schiebt mich vor ein Waschbecken. Sie ist beeindruckt. „Oh Gott. - Die haben Sie ja furchtbar zugerichtet."

„Ich habe letzte Nacht Schlimmeres gesehen", sage ich, das mir fremde Bild im Spiegel betrachtend. Meine Stimme zittert noch immer unterm Druck gestauter Aggressivität. Die Kerle haben auf mich eingedroschen, als hätten sie nur auf eine Gelegenheit gewartet, Rambo spielen zu können. Ein paar Gesichter habe ich mir gemerkt. Die sollen mir nur irgendwann einzeln unter die Finger kommen.

„Warum haben Sie denn diese blödsinnige Geschichte erzählt? So können Sie doch bei keiner normalen Frau landen."

„Ich habe nicht mehr vor, bei der zu landen. So, wie sie reagiert hat, kann die Geschichte übrigens so blödsinnig nicht gewesen sein", sage ich bitter, vor allem der Schmerzen wegen, mit denen das Reden verbunden ist.

„Aber sie war wirklich letzte Nacht bis fast gegen Zwei hier. Wir haben noch ein bisschen gesessen, nachdem der Laden leer war." Mit feuchten Servietten betupft sie meine brennenden Blessuren. „Ganz nebenbei, haben wir vor allem über Sie und Ihren Vorwurf geredet."

„Danke", sage ich etwas versöhnlicher. Der innere Druck lässt langsam nach.

„Dafür müssen Sie sich nicht bedanken."

„Das verstehen Sie nicht", sage ich kaum hörbar. Ihrem fragenden Blick erwidere ich dann noch: „Sie sind die erste, die versucht, vernünftig auf meine Geschichte einzugehen. Das tut unheimlich gut, umso mehr, wenn man selber fast soweit ist, an die eigene Verblödung zu glauben."

„Sie müssen nicht soviel reden", sagt sie mitleidig. Der Anblick meines Gesichtes ist alles andere als erheiternd.

An der Tür drehe ich mich noch einmal um. „Ich werde wiederkommen. Irgendwann wird sie auch das hysterische Geschrei nicht mehr retten. Sagen Sie ihr das, wenn Sie wieder mal mit ihr über mich reden. Ich kriege raus, was mit ihr los ist. - Ich danke Ihnen trotzdem. Gute Nacht." Im Gehen sehe ich mich in der Küche um. Ganz passabel. Viel ist offenbar nicht mehr los. Die herrenlose Pfanne raucht leicht vor sich hin. Ich drehe den Regler zurück, wende das Steak mit der unweit liegenden Fleischgabel und ziehe die spritzende Pfanne vom Herd.

„Sie machen ja alles ganz falsch!", höre ich ihre Stimme und auch noch den kupplerischen Ton.

Diesmal fahre ich auf der Asphaltstraße zurück. Der Waldweg ist zu holperig. Am meisten tun mir die Rippen weh. Der Fahrtwind kühlt angenehm die malträtierten Lippen. Die haben echt schonungslos zugeschlagen, ohne zu wissen, worum es geht. Am Ende hätten die mich fertiggemacht, wenn die kleine Kellnerin nicht so energisch dazwischengegangen wäre. Dabei kennt mich doch hier kein Schwein. Mein verletzter Stolz will zurück; will den Schlägern jeden Schlag vergelten. *Aber oft ist mehr Tapferkeit darin, dass einer an sich hält und vorübergeht, damit er sich dem würdigeren Feind aufspare! Ihr sollt nur Feinde haben, die zu hassen sind, aber nicht Feinde zum Verachten. Ihr müsst stolz auf euren Feind sein.*

Wieder dreht sich alles, wie damals auf dem Schulhof. Warum ist die Erinnerung noch heute so scharf? Sie stehen um mich herum. Ich sehe sie grinsen, sehe die Fäuste in den Taschen, als schämten sie sich ihrer, weil sie so untätig dem ungleichen Kampf zusehen. Der Protz haut mich zusammen. Halb kniet er auf meinen

Oberarmen, halb sitzt er auf meiner nach Luft ringenden Brust; eine Art Lehrvorführung, allen anderen zur Warnung. Ich Trottel hatte mich selbst zur Zielscheibe gemacht, hatte mich ihm entgegengestellt, um dem Schmächtigen zu helfen, wie es einem wahren Helden geziemt. Nur fehlte mir für einen Helden halt die Kraft, die sich nicht erträumen lässt; die man halt hat oder nicht hat. Erst als ich mich nicht mehr rühre, lässt er ab von mir. Es dauerte lange, ehe sich der Haufen verzog. Der Schmächtige kommt aus einem Winkel, um mir zu danken. Als er mir auch noch helfen will, schicke ich ihn fort.

Diese Erniedrigung hätte ich dem Protz noch durchgehen lassen, immerhin hatte ich ihn provoziert, und Prügel war ich gewöhnt, von meinem Alten, für nichts und wieder nichts. Aber später stahl er mir - nachdem er mir die Liebste genommen hatte - auch noch die Erinnerung an sie. Auch diese Szene ist mir ganz deutlich in Erinnerung geblieben. Auf jedem Arm und jedem Bein knien zwei dieser willigen Knechtseelen. Ich habe keine Chance, wie rasend ich mich auch gebärde. Ich wäre zum Mörder geworden in diesem Augenblick. Er wühlt in der Schultasche, zieht vorsichtig das Gesuchte heraus, leert den Ranzen über mir aus und zeigt mir mit triumphierendem Grinsen ihr Foto. Erst nachdem er außer Reichweite war, ließen sie mich los. Wieder kommt nur der Schmächtige, mir beizustehen. Es war ein schmerzlicherer Schlag als all die der Fäuste gewesen. Entsprechend feindselig begegnet ihm mein brennendes, verheultes, verrottetes Gesicht.

Wie oft sind meine Gedanken damals rückwärts gelaufen, von Demütigung zu Demütigung, und für jede einzelne haben sie eine würdige Rache erfunden und in schillernden Farben ausgemalt, so plastisch, so intensiv, so oft, dass ich noch heute jede einzelne erinnern kann.

'Einer muss ihn erschlagen', dachte ich. Und dieser Gedanke war bald mein ständiger Begleiter. Irgendwann waren alle Maße voll. Dann stand ich da, den riesigen Schraubenschlüssel hinterm Rücken. Warum genieße ich noch heute diesen Augenblick, der immer länger wird? Er stand - keinen Arm lang - vor mir und inszenierte sich wie immer mit zotigen Witzen. Die Jünger grölten bei jedem Verdacht einer Pointe. Ich stehe lächelnd dabei - den kalten, schweren Schlüssel hinterm Rücken - und warte auf meinen Auftritt, den kurzen, wirkungs- wie verhängnisvollen Schlag ...

5

Es war idiotisch, mit der sicheren Rückkehr zu drohen. Wenn sie von der Kellnerin gewarnt wird und sich aus dem Staube macht, dann ist der Fall erledigt. Sie ist doch der einzige Schlüssel.

Mein erster Gedanke an die Dönklass reißt mich in eine neue Panik. Dabei ist der Magen noch von der Schlägerei her verkrampft. Diesmal muss es mir gelin- gen, unbeobachtet an ihr vorbeizukommen. Wenn die mich so sieht, kündigt sie mir glattweg das Zimmer. Erst sehe ich Leichen, die es nicht gibt, dann werde ich Op- fer einer Saalschlacht in dieser ach so friedlichen Ge- gend ... Nicht einmal Mayer hätte mir vermutlich ge- glaubt, der mich als den ruhigsten und ungefährlichsten Typen kennt. Jetzt - mitten in der Saison - habe ich ja keine Chance, irgendwo anders ein bezahlbares Zimmer zu kriegen. Ich fahre ins nächtliche Dorf, um Zeit zu gewinnen. Je später ich in der Pension eintreffe, umso größer sind die Chancen, bei der Heimkehr von der Wirtin unentdeckt zu bleiben. Aber womit soll ich inzwischen die Zeit totschlagen? Ich habe furchtbaren Durst. Die haben mich aus dem Lokal gedroschen, ohne mich auch nur erst ein Bier trinken zu lassen. Diese Barbaren! *Und mancher, der sich vom Leben abkehrte, kehrte sich nur vom Gesindel ab. Und mancher, der in die Wüste ging und mit Raubtieren Durst litt, wollte nur nicht mit schmutzigen Kameltreibern um die Zisterne sitzen …*

Wieck macht - wie jede Nacht - einen geradezu ausgestorbenen Eindruck. Hier muss doch die Selbstmordrate erschreckend hoch sein, besonders im Winter: Selbst *die Gasse macht er einsam, dass der Mondschein drin nachts sich fürchtet.*

Auch in der Nacht, als mir der Protz die Erinnerung an meine erste Liebe geraubt hatte, irrte ich lange einsam durch die Straßen. Das Bild blendet auf. D a s Bild. Es ist Jahre her, dass es sich mir zum letzten Mal aufgedrängt hat, das Bild jener Nacht, in der ich dem Tod so nahe war und schon meinen Frieden mit ihm gemacht hatte: Ich stehe - vorgebeugt, die Hände weit hinter mir am Brückengeländer - auf der schmalen Kante und sehe in die Tiefe. Ich bin bereit. Stunden stehe ich hinterm Geländer. Nur ein winziger Impuls wäre nötig gewesen, damals, auf der nächtlichen Brücke. Die Hände hätten sich gelöst, und ich wäre … Aber war der Impuls nicht dagewesen? Ich erinnere mich wieder. Die Hände hatten sich bereits gelöst, der fröstelnde Körper war wenige Zentimeter nach vorn gerutscht, da haben die starren Finger wieder zugegriffen. Auch später verkrampfen sie sich zur Faust, wann immer ich daran denke. Was war es, was mich nach einer durchlittenen Nacht hat übers Geländer zurück auf den Fußweg steigen lassen, früh, nachdem die ersten Sonnenstrahlen - sich zwischen

graue Häuserwände zwängend - die Starrheit des nacht-
kühlen Körpers gelöst hatten …?

Der Mond ist hier noch die wirksamste Straßenbe-
leuchtung. Ich lenke das Rad also mehr nach Gefühl.
Die wenigen erleuchteten Pensionen kommen für mich
nicht in Frage. Mit dem Gesicht würde ich da nie rein-
kommen, selbst wenn es mir gelänge, meine Absicht
auch nur einigermaßen verständlich zusammenzunu-
scheln.

Ich habe quälenden Durst.

Dort, wo ich sie am wenigsten vermutet hätte - keine
fünfzig Meter hinterm Bäcker, in dem ich meine Brötchen hole - liegt eine kleine Kneipe mit dem anheimeln-
den Namen 'Eichenstübchen'. Von außen sieht sie aus
wie eine Baracke. Der schwere und rustikale Eichen-
holztresen ist die erste Überraschung in dieser Gaststube, die nur vier Tische hat. Am Stammtisch klopfen vier
ziemlich betrunkene Gestalten Skat, die bereits Mühe
mit den einfachsten Handlungen haben. *Wer unter Menschen nicht verschmachten will, muss lernen, aus allen Gläsern zu
trinken.*

Wie oft hat der Protz dem Schmächtigen und mir in
die Tasse und ins Kompott gespuckt …?

*Und wer unter Menschen rein bleiben will, muss verstehen, sich
auch mit schmutzigem Wasser zu waschen.*

Knöcheltief standen wir in der Seifenlauge, die bei der
Zahl der Duschenden schneller zusammenläuft, als sie
ablaufen kann. Der Protz stellte seinen Körper zur
Schau und versammelte die Getreuen, um mit einem
Lineal die Länge der Schwänze zu messen. Wenigstens
hier plagte mich kein Minderwertigkeitsgefühl. Meine
Schmächtigkeit lässt ihn nur noch imposanter erschei-
nen …

Ich bin der einzige fremde Gast. Mein Aussehen findet kaum Beachtung. Ich genieße das Bier und bekomme noch ein Essen, wie ich es hier wirklich nicht erwartet habe. Jede Bewegung des Mundes schmerzt unangenehm. *Aber gut essen und trinken ist wahrlich keine eitle Kunst!*

Der Geruch des Speiseraums stößt mir auf. Ich sehe das Brötchen auf meinem Platz, dazwischen die Maus mit der blutigen Schnauze. Ich erschrecke so furchtbar, dass mir alles Geschirr aus den Händen fällt. Ich dachte, es ist Edwin. Das Gelächter hallt laut aus der Vergangenheit und der Spott der folgenden Tage. Auch die Rache springt mir ins Gedächtnis: Ich sehe mich lächelnd in eine Bierflasche pinkeln; sehe, wie er sie lässig an die Lippen setzt; wie ihm das Grinsen gefriert und wohl erstmals aller Spaß vergeht …

Nach dem dritten Bier wird mir warm, und die Gedanken ordnen sich wohltuend. Warum hat sie so geschrien? Wenn sie mit meiner Geschichte nichts hätte anfangen können, dann hätte sie höchstens den Finger an die Stirn getippt. Die war völlig von der Rolle. Was genau hab ich gesagt? Doch nur, dass ich sie tot am Strand hab liegen gesehen. Das kann sie doch nur aus der Fassung gebracht haben, wenn sie was von der Sache weiß. Richtig ausgestiegen ist sie erst, als ich die Wunde am Hals beschrieben habe. Aber warum, zum Henker? Und wieso haben sie über mich geredet? Was hat die Kellnerin mit der Geschichte zu tun?

6

Am Morgen betrachte ich mich lange im Spiegel, ehe ich es wage, der Dönklass unter die Augen zu treten. All meine Bedenken waren vollkommen grundlos. Mayer muss hier einen wahnsinnig guten Ruf haben. Wen er schickt, der kann unmöglich ein schlechter Kerl sein. Als ich mit meinem aufgedunsenen, farbenfrohen Gesicht beim Frühstück erscheine, treffe ich auf uneingeschränkte Anteilnahme. Für meine Ines steht es ganz außer Frage, dass ich ein unschuldiges Opfer der zunehmenden Gewalt bin. Sie pflegt mich mit der aufmerksamsten Fürsorge. Bald packt mich ein schlechtes Gewissen, dass ich ihr herzlose Attacken wie einen Rausschmiss überhaupt habe zutrauen können.

„Es ist heute gar nicht so einfach, eine Frau kennenzulernen", sage ich, als wieder von meinen Wunden die Rede ist.

„Na, was denkst du, was früher in den Kneipen los war zum Tanz. Da flogen beinahe jedes Mal die Fetzen. Da brauchte einer eine Frau nur mal falsch angucken, da war schon der Teufel los. Und wenn die Schlägerei erst mal im Gange war, dann kühlte jeder sein Mütchen an jedem, bei dem er noch was offen hatte. Du darfst dich nur nicht gleich beim ersten Mal ins Bockshorn jagen lassen. Ich hoffe nur, sie ist die Schinderei auch wert."

„Ich fürchte, sie ist es eher nicht", sage ich bitter, den Müslilöffel vorsichtig an den schmerzenden Lippen vorbeilotsend.

„Na, so schnell darfst du die Flinte nun aber mal auch nicht ins Korn werfen, Holger. Eine Frau, die will erobert werden. Auch wenn sie alle so tun, als wenn das altmodisch wäre, wollen tun sie es trotzdem."

„Wenn ich bei jedem Versuch mit so harten Folgen rechnen muss, dann bin ich beizeiten hinüber", maule ich durch die geschwollenen Lippen.

„Aber, was glaubst du, was das für Eindruck macht. Die Weiber sind doch nicht anders als Hirschkühe. Die stehen erregt da und glotzen zu, wie sich die Bullen mit den Geweihen beharken. Und dem Besten, der übrig bleibt, dem geben sie sich hin."

„Ach, Ines, bei Ihnen ist das alles so klar. Aber Frauen wie Sie findet man nur selten."

Ines lacht beinahe verführerisch. „Und denk dran: *Wenn du zu Frauen gehst, vergiss die Peitsche nicht*", sagt sie laut lachend.

Ich verschlucke mich schmerzhaft am Müsli. „Sie kennen Nietzsche?", frage ich, begeistert, die erste Frau gefunden zu haben, bei der ich mit meinen Sprüchen landen kann.

Bedauernd schüttelt sie den Kopf. „Aus Wieck ist er jedenfalls nicht. - Ist das so eine Art Nebenbuhler?"

„Nein", sage ich enttäuscht.

Sie glaubt mir natürlich nicht. „Das wird schon noch werden, mein Lieber."

Es wird nicht. In den nächsten Tagen bin ich ganz mit der Pflege meiner Wunden beschäftigt. Ich habe keine Lust, mich so, wie ich aussehe, in der Tanzbar sehen zu lassen. Das hat nicht so viel mit Eitelkeit zu tun, sondern mit Vorsicht. Ich *schwieg zwei Tage und war kalt und taub vor Traurigkeit, also, dass ich weder auf Blicke noch auf Fragen antwortete.*

Die längste Zeit liege ich am Weststrand in der Sonne und betrachte mir all die unterschiedlich von der Vorsehung begnadeten Geschöpfe der weiblichen Zunft. *Viel verborgene Güte und Kraft wird nie erraten; die köstlichsten Leckerbissen finden keine Schmecker! Die Frauen wissen das, die köstlichsten. Ein wenig fetter, ein wenig magerer - o wie viel Schicksal liegt in so wenigem!*

Dieser Strand ist der Frieden selber. Zweimal am Tag laufe ich über jene Stelle, an der ich meine 'Herzensdame' schon einmal nackt gesehen habe, wenn auch nicht

44

gerade in begehrenswertem Zustand. Die Erinnerung wird immer blasser. Nachdem ich gar von der reizenden Kellnerin erfahren habe, dass die mysteriöse Frau gleich nach meiner Attacke abgereist ist, die ihr noch in der gleichen Nacht eine schwere Nervenkrise beschert hatte, verliere ich bald jedes Interesse an der Erklärung der seltsamen Vorgänge am nächtlichen Strand. Kullbachs These, dass es sich keineswegs um eine menschliche Leiche gehandelt hat, scheint durch das Ausbleiben einer Vermisstenanzeige bestätigt worden zu sein. Jedenfalls hat er nicht mehr angerufen. Und das hätte er wohl mit Sicherheit, wenn es einen neuen Hinweis auf das von mir angezeigte Verbrechen gäbe.

Ich kann Mayer immer besser verstehen. Für einen Single ist die Gegend nicht verkehrt. Die Tage vergehen auch so recht lustig, ohne dass man ständig vom rührigen Trieb in die Zange genommen wird. Das Wetter ist erstklassig gegen depressive Stimmungen. Der Wald riecht nach erstem Kuss im grünen Nest. Und der Strand nach … *»Zum Glück, wie wenig genügt schon zum Glück!« So sprach ich einst und dünkte mich klug. Aber es war eine Lästerung. Das lernte ich nun. Kluge Narren reden besser. Das Wenigste gerade, das Leiseste, Leichteste, einer Eidechse Rascheln, ein Hauch, ein Husch, ein Augenblick. Wenig macht die Art des besten Glücks.*

Manchmal hänge ich wieder meiner alten Beziehungskiste nach. (Mayer, du wärst ziemlich unzufrieden mit mir.) Der Eisverkäufer, ein braungebrannter, igelköpfiger Bilderbuchmann, hat in mir zuverlässige Kundschaft. Er verfolgt mit echter Anteilnahme die Heilung meiner farbenprächtigen Hämatome. Wenn er den beschirmten Wagen mühsam durch den weichen Sand schiebt, spannen sich alle Muskeln; ein wirklich hübscher Bursche, dabei kaum eitel. Entsprechend schwirren die jungen Dinger um ihn herum. Ich nehme Rache für meinen Neid, indem ich mir alle Tage ein dickes Eis kaufe und genüsslich an der kalten Vanille lutsche, während er mit faszinierendem Muskelspiel den schweren Wagen durch den widerborstigen Sand astet.

Ich will das Kennenlernen nun dem Zufall überlassen. Mag er mir ein Weib über den Weg wehen oder nicht. Ines ist natürlich sehr enttäuscht über den fatalistischen Entschluss. Aber sie hat ein gewisses Verständnis in Anbetracht der nur langsam heilenden Wunden.

Zarathustra, mein ungeduldiger Welt- und Menschenverbesserer, ist die ideale Ablenkung von all dem unerfreulichen wie unerklärbaren Kram der letzten Tage. *O Himmel mir, du reiner! Hoher! - Dass du mir ein Tanzboden bist für göttliche Zufälle; dass du mir ein Göttertisch bist für göttliche Würfel und Würfelspieler! Doch du errötest? Sprach ich Unaussprechbares? Lästerte ich, indem ich dich segnen wollte? Oder ist es die Scham zu zweien, welche dich erröten machte?*

Am Abend klöne ich oft mit Ines über die Widerlichkeiten der Welt im Allgemeinen und die Beschwerlichkeit von Liebe und Einsamkeit im Besonderen. Und wenn ich bei Ines keinen angemessenen Trost finde, dann ziehe ich ins Eichenstübchen, das mir umso schneller ans Herz wächst, je herzlicher ich hier aufgenommen werde. Bald bin ich mit allen am Stammtisch per du. *Sie sind kalt und suchen sich Wärme bei gebrannten Wassern. Sie sind erhitzt und suchen Kühle bei gefrorenen Geistern. Sie sind alle siech und süchtig an öffentlichen Meinungen.*

Mitunter erwische ich sie fast nüchtern. Dann erfahre ich auch etwas von ihnen. Was müssen ihre Frauen nur für Monster sein, wenn die Kerle jeden Abend noch lieber hierher flüchten, als in ihren Armen zu liegen? *Schlimm-Ehepaare fand ich immer als die schlimmsten Rachsüch-*

tigen. Sie lassen es alle Welt entgelten, dass sie nicht mehr einzeln laufen.

Ich merke bald, dass hier oben nur ein beherzter Mann fehlt. Eine zünftige Räuberbande hätte man schnell zusammen; und mit den allerfähigsten Kräften. Vielleicht überlege ich mir die Sache ja auch noch. Oder hat mein kluger Einsiedler diesen Leuten besser ins Herz geschaut, wenn er sagt: *Ihr werdet immer kleiner, ihr kleinen Leute! Ihr bröckelt ab, ihr Behaglichen! Ihr geht mir gleich zugrunde - an euren vielen kleinen Tugenden, an eurem vielen kleinen Unterlassen, an eurer vielen kleinen Ergebung!* Aber an anderer Stelle sagt er wieder: *Könnten sie anders, so würden sie auch anders wollen ...* Wirklich? - Wie viele gibt es unter den Ausgestoßenen, die wollten, wenn sie könnten? Der meinem Gedächtnis immer vertrautere Einsiedler hat dazu eine eher ernüchternde Meinung. *Der Rest, das sind immer die allermeisten, der Alltag, der Überfluss, die Vielzuvielen. - Diese alle sind feige!*

Die Sätze lassen mich frösteln. Wie würde ich sie lesen, wenn ich dem Schmächtigen damals nicht geholfen hätte? Warum muss ich jetzt daran denken, an das erste und einzige Mal, da ich mich offen gegen den Protz gestellt habe, den Unbesiegbaren? Wo er war, war der Mittelpunkt, das Leben, war eine Meute Verehrer. Gönnerhaft ließ er sie um sich sein, gleichgültig, wer es war, wenn es nur genügend waren. Er ließ sie teilhaben an seinem Witz, seiner Stärke, seiner Männlichkeit. Und er ließ es sich bezahlen, mit blindem Gehorsam, mit eifriger Dienstbarkeit, Zigaretten, Kompott. - Eben in dem Augenblick, in dem ich mit dem Schraubenschlüssel ausholte, drehte er sich um. Nicht nur er war gelähmt, auch die anderen starrten mich entsetzt an. Entschlossen schlage ich - keine Hand breit - neben den Kopf. Der Schlüssel fliegt über die Gruppe der Erstarrten hinweg durchs große Fenster der Aulatür. Ich streiche die feuchten Hände an der Hose ab und gehe durch die Tür, aus der hinter mir die letzten Scherben fallen, dass es klingt wie ein höhnendes Gelächter …

Außer Sonne, Meer, Wald und urigen Typen hat die Gegend nicht viel zu bieten. Also beschränke ich mich vor allem darauf. Ich komme mir nach einigen Tagen richtig auf den Grund. So ganz in mir und trotzdem leidlich wohl habe ich mich schon ewig nicht mehr gefühlt. *Die stillsten Worte sind es, welche den Sturm bringen. Gedanken, die mit Taubenfüßen kommen, lenken die Welt.*

Gestern bin ich meiner gutmütigen Kellnerin von letztens am Strand begegnet. Komisch, wenn man sich nach so offiziellem Kontakt plötzlich nackt gegenübersteht. Sie ist ohne alles noch beeindruckender und das Fraulichste, das mir in den letzten Tagen hier nackt begegnet ist. Ich berühre das leidige Thema nicht wieder. Wir kommen ganz gut ins Gespräch. Als sie aber nach einer Weile von ihrem Verehrer abgeholt wird, begreife ich augenblicklich, dass hier nicht die geringste Nische einer Hoffnung ist. Schade. Das ist ein Weib! Sie ist sogar so feinfühlig, mir beim Abschied charmant wie bedauernd zuzulächeln. Ach, manchmal könnte man dem Schicksal schon gram sein. *Mein Schicksal nämlich lässt mir Zeit. Es vergaß mich wohl? Oder sitzt es hinter einem großen Steine im Schatten und fängt Fliegen?*

7

An einem vernieselten Montag schickt mich Ines nach Arenshoop. Ich soll mir mal die Steilküste zu Gemüte führen. Ich habe sie nicht gesehen. Als ich mit dem Rad die Hauptstraße entlangkurve, um über keine der unzähligen Verkehrsinseln zu stürzen, überkommt mich eine Hitzewallung, die sich mir noch eher bemerkbar macht, als ich die Ursache erkenne. Vor der Sparkasse parkt auf dem Fußweg ein weißer Audi. Ich starre wie gebannt auf einen Stoffhund. Eine Art Dalmatiner liegt auf der Hutablage. Nun hätte ich doch beinahe eine Insel auf offener Straße übersehen. Im letzten Moment gelingt es mir, mit dem Vorderrad über die Bordsteinkante zu springen.

Augenblicklich weiß ich, wo ich diesen Stoffhund gesehen habe. Aber helle Autos mit Stoffhunden auf der Hutablage mag es Tausende geben. Ich stelle das Rad auf der anderen Straßenseite ab und schlendere unauffällig über die Fahrbahn. Nachdem ich die rechte Seite des Wagens untersucht habe, bin ich sicher; ganz und gar sicher. An der eingedrückten und abgeschürften Stelle sind sogar noch die grünen Spuren der bemoosten Baumrinde zu erkennen.

Ich spähe durch die Glastür. Ein Mann hantiert nervös am Geldautomaten. Als er mich bemerkt, wird er noch unsicherer. Er steckt das Geld ohne nachzuzählen in die Brieftasche und kommt schwankend heraus. In letzter Sekunde springe ich in einen dunklen Winkel. Er steigt, ohne weiter nach mir zu sehen, in den Wagen, der diesmal schon einige Probleme hat, in Fahrt zu kommen. Ich haste über die Straße und aufs Rad und fluche etwas vor mich hin, an dem Mayer seine helle Freude haben würde. Das Auto setzt sich sehr langsam in Bewegung und fährt nicht schneller, als ich ihm folgen kann. Mitunter wird es so plötzlich gebremst, dass ich Angst habe, mit dem Dalmatiner zu kuscheln.

Glücklicherweise dauert die seltsame Verfolgungsjagd nicht lange. Das vor mir fahrende Verkehrshindernis biegt ab und parkt vor einer Kneipe, die äußerlich meinem Eichenstübchen sehr ähnlich ist. Ich warte, bis der Kerl schweren Schrittes in der Gaststube verschwindet.

Was will ich eigentlich von ihm? Will ich wirklich die unheilvolle Geschichte noch einmal aufwärmen, die mir bisher nur Ärger eingebracht hat? Ich betrete die Gaststube und finde den Fahrer allein an einem entlegenen Tisch. Die Versuchung, die mysteriöse Geschichte aufzulösen, ist größer als jede Furcht. Ich gehe auf den Tisch zu. Wann war ich so entschlossen? Der Mann starrt mich bestürzt an.

„Ich würde mich gern mit Ihnen unterhalten", ist das Beste, was mir einfällt.

Die Wirkung ist auch für mich vollkommen überraschend. Der Mann sinkt in sich zusammen, als hätte er eben diesen Satz erwartet. „Ja, natürlich", sagt er undeutlich. Dichter Alkoholdunst hüllt mich ein. „Soll ich gleich mit aufs Revier?", fragt er in fürchterlicher Entstellung der Sprache.

Ich setze mich und sehe meinem Gegenüber neugierig in die zuckenden Augen. Er ist fertig. Das sehe ich sofort. Das erste, was ich für diesen Mann empfinde, ist seltsamerweise Mitleid. *Ach, wo in der Welt geschahen größere Torheiten als bei den Mitleidigen? Und was in der Welt stiftete mehr Leid als die Torheiten der Mitleidigen?*

Ich sage nichts. Ich lasse ihm Zeit. Ich sehe, dass er schwer nach Worten sucht.

„Ich will nichts leugnen. Irgendwann muss es ja mal ein Ende haben."

Wenn er nur eine Idee besser zu verstehen wäre. Es ist anstrengend, die Sätze aus den mir verständlichen Fetzen zusammenzusetzen. Die Zunge klebt ihm beinahe gelähmt am Gaumen. Dabei sieht er nicht wie ein notorischer Trinker aus. Wenn man sich den Dreitagebart wegdenkt, macht er sogar einen ganz passablen

Eindruck. Die Brille sitzt ihm ziemlich schief auf der bewegten Nase. Die unsteten Augen hetzen hin und her. Am ähnlichsten ist er noch einem verunsicherten, abgebrannten, etwas verwilderten Künstler.

„Sie haben sie umgebracht?"

Er lässt den Kopf schwer nach vorn fallen und wippt ihn schüchtern nach.

„Wer ist die Frau gewesen?"

„Ich kenne sie nicht. Ich kenne keine der Frauen, die ich umgebracht habe."

Redet er wirklich von mehreren Frauen? Ich frage noch einmal nach.

Er wiederholt die Ungeheuerlichkeit.

„Ja, wie viele haben Sie denn umgebracht?"

Der Mann zuckt mit den Schultern. „Ich kann es Ihnen nicht einmal ganz sicher sagen. Ein Dutzend vielleicht. Ich habe aufgehört zu zählen."

„Wie viele?"

Er wiederholt die irrwitzige Zahl.

„Sie wollen sagen, Sie haben zwölf Frauen umgebracht; und keine von ihnen gekannt?"

„Vielleicht kann ich mich ja auch nur nicht mehr an sie erinnern. Wenn ich besoffen bin, schleppe ich sie wahrscheinlich irgendwo ab. Früh finde ich sie dann immer furchtbar zugerichtet. Das letzte Mal, als ich versucht habe, sie im Meer zu versenken, hat mich jemand beobachtet. War auch eine blöde Idee. Ich habe die Leiche zwar noch verscharren können, aber seitdem warte ich auf die Polizei. Wenn ich nicht solche Angst vorm Irrenhaus hätte, hätte ich mich längst gestellt. Ich habe das schon viel zu lange gemacht. Das hält kein Schwein so lange aus."

„Sie können sich nicht daran erinnern, wie Sie die Frauen umbringen?"

Er schüttelt behäbig den Kopf.

„Aber woher wissen Sie dann, dass Sie sie überhaupt umgebracht haben?"

Er kann mit der Frage nichts anfangen. Ich sehe, wie schwer es ihm fällt, eine Verbindung zwischen der Frage und sich oder der Frage und mir oder sich und mir herzustellen. „Denken Sie vielleicht, die Frauen kommen zu mir und schlachten sich dann selber?"

Ich bin nicht sicher, ob ich ihn immer richtig verstehe. „Waren alle Ihre Opfer so jung und hübsch wie die Frau am Strand?"

Wieder lässt er den Kopf nach vorn fallen.

„Wie lange machen Sie das schon?"

„Vor knapp zwei Jahren hat es angefangen. Das erste Mal war es ganz furchtbar. Mit der Zeit gewöhnt man sich daran. Aber jetzt ist es ja vorbei."

„Ich bin nicht von der Polizei", sage ich ruhig.

Der Mann reißt die Augen soweit auf, wie das in seinem Zustand möglich ist. Die schiefe Brille gibt seiner Hilflosigkeit etwas Rührendes. „Was wollen Sie?", babelt er mit schwerer Zunge. „Mich erpressen? - Da werden Sie keinen Spaß dran haben." Er steht geräuschvoll auf und will gehen.

„Warten Sie! Wo wollen Sie denn hin?"

„Wenn Sie nicht von der Polizei sind, dann …"

„Ich will Ihnen trotzdem helfen. Wo wohnen Sie?" *Dass ich den Leidenden leidend sah, dessen schämte ich mich um seiner Scham willen; und als ich ihm half, da verging ich mich hart an seinem Stolz.*

Er bricht sich torkelnd, aber unerbittlich Bahn.

„So warten Sie doch! Ich bring Sie nach Haus. In Ihrem Zustand können Sie doch unmöglich fahren!" Am Auto hole ich ihn ein. „Setzen Sie sich hinter. Ich fahre Sie."

„Ich schaff das schon." Nachdem er mehrmals vergeblich versucht hat, die Tür aufzuschließen, gibt er mir endlich die Schlüssel. *Dem wird befohlen, der sich nicht gehorchen kann.* Ich bin noch nie Auto gefahren. Am Ende ist die Fahrt mit mir noch riskanter. Ich kenne die Handgriffe nur von unzähligen Beobachtungen. Schlüssel ins Zündschloss. Kupplung treten. Anlassen. Handbremse. Die ist gar nicht angezogen. Rückwärtsgang. Kupplung weg. Vorsichtig Gas geben. Das Wagen ruckt. Aus. Ich lächle dem Wagenbesitzer über die Schulter zu. Er ist mit den Gedanken offensichtlich ganz woanders. Alles noch mal vor vorn. Diesmal mit mehr Gas. Der Wagen springt los. Zum Glück ist genug Platz. Ich lenke scharf ein. Kupplung. Bremsen. Mein Fahrgast stößt mit dem Kopf von der Hinter- auf die Vorderlehne. Erster Gang. Der Wagen springt zur Ausfahrt.

„Sie fahren wohl sonst Ferrari?", nuschelt es vom Rücksitz.

„Nicht ganz", sage ich eilig. Ich kann mich nicht auch noch auf ein Gespräch konzentrieren. Blinken. Kupplung. Bremsen. Auf der Hauptstraße rollt Auto an Auto. Ich warte eine Ewigkeit, ehe ich mich in eine Lücke traue. So wie der Wagen springt, hätte ich die kleinste Lücke geschafft. Ich reiße den Lenker rum und gehe vom Gas. Jetzt ist es eher ein Glück, dass der Verkehr so dicht ist und wir gar nicht schneller fahren können, als einem blutigen Anfänger zuzumuten ist. Es geht besser, als ich befürchtet habe. Vor mir lasse ich möglichst viel Platz, um mit dem unsensiblen Fuß auf dem Gaspedal keinen Schaden anzurichten.

„Wie heißen Sie?", frage ich, ohne den verkrampften Blick von der Straße zu nehmen. Kupplung. Zweiter Gang. Sprung. Gas weg. Der Wagen ruckelt immer wieder unterm Druck des nervösen Gaspedals. Wer ist bloß auf die vollkommen blödsinnige Idee gekommen, mitten auf der Straße Inseln anzulegen? Vor jeder Insel steigt der Puls. Die feuchten Hände schmerzen verkrampft und rutschen trotzdem am Lenker. Ich habe die Wahl, den Wagen jedes Mal zu bremsen oder die Schikanen meiner Teststrecke sehr beherzt zu umfahren. Zum Leidwesen meines Mitfahrers entscheide ich mich für die zweite Variante. Der Umstand, dass der Wagen bereits eine gigantische Schramme hat, nimmt mir die ärgsten Skrupel.

Mein Mitfahrer hat natürlich große Schwierigkeiten mit dem Trägheitsgesetz, aber wohl noch größere mit der Frage. „Renner. Gustav Renner. Das wird bald in allen Zeitungen stehen. - G u s t a v   R e n n e r !" Die Vergewaltigung der Sprache ist unbeschreiblich.

Gas weg. Kupplung. Bremsen. „Wo müssen Sie eigentlich hin?" Ich habe Angst, dass Renner einschläft.

Mit letzten Kräften lotst er mich zu einem abgelegenen Ferienhaus, feudaler Bau, idyllisch gelegen.

Gas weg. Kupplung. Bremsen. Renner stößt mit der Stirn an den Vordersitz. Gang raus. Handbremse. Schlüssel ziehen. (Mayer, das glaubst du nicht!) Und für so was zahlen manche Leute einen Haufen Geld und quälen sich etliche Stunden?

Im Rückspiegel sehe ich, wie Renner vergeblich mit den schweren Lidern kämpft. „Wohnen Sie allein hier?"

„Nein. Die gute Frau Stirner wohnt das Jahr über hier und sieht nach dem rechten. Wenn sie erfährt, dass ich …"

Ich ziehe ihn aus dem Wagen, schleppe ihn zur Tür und läute. Erst hier - im leisen Wind stehend - merke ich, dass ich völlig durchgeschwitzt bin.

Eine alte Dame öffnet uns. „Mein Gott, Herr Renner, Sie sind ja schon wieder betrunken, und am helllichten Tag."

Renner winkt ab und nuschelt etwas, das nun beim besten Willen nicht mehr zu verstehen ist.

„Passen Sie gut auf ihn auf, Frau Stirner, vor allem auf das hier." Ich drücke ihr die Autoschlüssel in die Hand. „Ich werde morgen wiederkommen, Gustav. Ich hoffe, dann können wir besser über alles reden!" *Wahrlich, ich mag sie nicht, die Barmherzigen, die selig sind in ihrem Mitleiden. Zu sehr gebricht es ihnen an Scham.*

Die alte Dame schließt mit einem schüchternen wie schamhaften „Danke" die Tür.

Hat der Geber nicht zu danken, dass der Nehmende nahm? Ist Schenken nicht eine Notdurft? Ist Nehmen nicht - Erbarmen?

8

Erst am späten Nachmittag bin ich wieder zurück. Auf dem langen Fußweg zur Kneipe und während der Fahrt mit dem Rad habe ich Zeit, über die Geschichte nachzudenken. Allzu weit komme ich aber nicht. Bin ich dabei, einen Serienmörder zu überführen, oder kriege ich nun doch noch meinen Prozess wegen Irreführung? Die Zahl der Opfer macht mir Sorgen. Wenn ich aber nicht sofort handle, mache ich mich am Ende der Beihilfe schuldig.

Zum Glück ist Ines unterwegs. Mit rasendem Herzen wähle ich Kullbachs Nummer.

„Herr Buschner! Ich habe mich schon ein bisschen gewundert, dass Sie so lange nichts von sich haben hören lassen."

Die Heiterkeit, aber mehr noch die Ironie des Kommissars bringen mich aus dem Konzept. „Kommissar, ich will Ihren Humor nicht unnötig herausfordern, aber ..."

„Nicht doch, Herr Buschner, heute treffen Sie mich in bester Laune. Sagen Sie schon, wo Sie die Leiche gefunden haben."

Seine Hochstimmung lässt mich unvorsichtig werden. „Die zu finden ist Ihr Job. Aber wahrscheinlich habe ich den Mörder."

„Oh Gott", höre ich Kullbach leise am anderen Ende. „Sie haben den Fall gewissermaßen gelöst, Herr Buschner? - Ich gratuliere. Wo können wir ihn abholen?"

Ich suche im Gedächtnis schon nach der Adresse, als Kullbach fortfährt: „Ich hoffe nur, Sie haben auch noch den Zipfel einer Leiche."

„Ich habe ein Geständnis", sage ich nun ziemlich unsicher.

Kullbach atmet schwer durch. *Mit den Nüstern zieht er langsam und fragend die Luft ein, wie einer, der in neuen Ländern neue fremde Luft kostet.* Was man sich für Blödsinn merken kann ...

„Oder warten Sie. Vergessen Sie die ganze Geschichte. Sagen Sie mir nur bitte noch, wie viele junge Frauen in den beiden letzten Jahren hierzulande vermisst gemeldet und bis heute nicht gefunden worden sind?"

Kullbach schnauft wie ein Walross. Nach einer mir endlos scheinenden Pause lässt er sich dann doch zu einer Antwort herab. „Können Sie das 'jung' ein bisschen genauer umreißen, Herr Buschner?"

„Nein."

„Dann würde ich sagen, keine."

„Keine?"

„Keine."

„Nicht e i n e junge Frau kommt hierzulande abhanden?"

„Sie haben nur nach denen gefragt, die nicht wieder aufgetaucht sind, Herr Buschner. Abhanden kommen schon ein paar mehr."

„Landesweit liegt nicht e i n e Vermisstenanzeige auf dem Tisch?"

„Herr Buschner, Sie sind der erste, der sich solchermaßen darüber entsetzt. Ich wundere mich ja auch manchmal darüber, wenn Sie das beruhigt. Und mitunter führt mich meine Frau auch richtiggehend in Versuchung." Ich höre am anderen Ende das Gegacker einer ganzen Hühnerfarm.

Mir schießt die Zornesröte ins Gesicht. „Ich danke Ihnen für die Auskunft."

„Nichts zu danken, Herr Buschner. E i n e Vermisstenanzeige haben wir noch offen. Aber die Frau ist dreiundfünfzig. Wenn Sie das noch als jung gelten lassen."

„Danke." Ich lege den Hörer deprimiert zurück. Warum habe ich diesen Renner nicht nach den Gräbern seiner Leichen gefragt? Leichen? Wenn es sich nun aber mit allen seinen Leichen so verhält, wie mit der, die ich kennengelernt habe? Wieder setzt sich dieser Kreisel in Gang, der mich an nichts anderes mehr denken lässt. Ich habe eine Leiche gesehen, ja mit eigenen Händen berührt. Ich habe das Geständnis des Mörders. Und trotzdem interessiert sich kein Mensch, geschweige denn die Polizei dafür. Ich verfluche den Entschluss, Renner gefolgt zu sein. Der Kreisel lässt mich nicht mehr los. Dass das Hirn aber auch solcherlei Verrenkungen macht, um unsere Eindrücke von allem Rätselhaften zu befreien. Ich komme nicht mehr zur Ruhe; am Abend nicht; und selbst noch in der Nacht kreiseln die

Gedanken. Der Versuch, mich mit Nietzsche abzulenken, scheitert kläglich. Nachdem ich jeden Satz nicht mehr nur drei-, sondern zehnmal lesen muss, gebe ich auf. Ich liege mit offenen Augen auf dem Rücken und warte, dass ein Wunder geschieht. *Geist ist Leben, das selber ins Leben schneidet. An der eignen Qual mehrt es sich das eigne Wissen. - Wusstet ihr das schon?*

Meine Gedanken driften wieder zurück in jene Zeit, in der das, was wir Seele nennen, noch weich und verletzlich war. Wie lange konnte ich das Bild nicht vergessen. Wie sie dastehen und sich küssen, gleich einer Szene aus einem alten Film. Ihre Gesichter glühen. Sie hat ihre Hände ebenso zärtlich um seinen Kopf gelegt, wie vor Tagen um meinen. Er sieht gut aus, ja, verdammt gut sogar mit seinem fortgeschrittenen Bartansatz, seiner stattlichen schon recht behaarten Brust, den schwarzen Locken, dem reifen, etwas kantigen Gesicht. Warum hat sie ihn nicht durchschaut? Sie war doch keine dumme Gans, wie all die andern. Noch heute halte ich diesen Vorwurf fest, obwohl ich weiß, wie ungerecht er ist. Nein, er war eben ganz und gar nicht dumm. Das hätte alles viel leichter gemacht. Er war mir ja in beinahe allem haushoch überlegen …

9

Am Morgen erwache ich todmüde und vollkommen zerschlagen. Ich drehe mich auf die andere Seite und versuche weiterzuschlafen. Aber auch der Kreisel ist wach und dreht sich sogleich auf Hochtouren. Eine Art Trotz nährt meinen Entschluss. Ich weiß, dass mich reiner Egoismus treibt. Ich muss diesen Kreisel loswerden. Mit dem Rad fahre ich zu Renner. *Das ist meine erste*

Menschen-Klugheit, dass ich mich betrügen lasse, um nicht auf der Hut sein zu müssen vor Betrügern. Ist Renner echt? *Einige von ihnen wollen, aber die meisten werden nur gewollt. Einige von ihnen sind echt, aber die meisten sind schlechte Schauspieler.* Spielt er mir oder sich was vor?

Als ich eintreffe, gleicht der Vorplatz des Hauses einem Parkplatz. Mit weichen Knien steige ich die Treppe zum Eingang hinauf. Noch ehe ich läuten kann, öffnet sich die Tür. Kullbach tritt heraus.

Er ist noch überraschter als ich. „Buschner, Sie? - Sie sehen ja lustig aus. Hat das mit Ihrer Leiche zu tun?"

Ich ignoriere Kullbachs Anspielung auf mein noch immer buntes, wenn auch nur noch in schüchternen Pastelltönen koloriertes Gesicht. Hat er eine Ahnung, dass es nur die weichen Schatten einer weit lustigeren Maske sind? Was sucht er hier? Mich befällt eine unangenehme Ahnung. „Ich will zu Renner", sage ich zögerlich.

„Da kommen Sie leider eine Idee zu spät. Man fand seine Leiche heute Morgen am Fuß der Steilküste. Sie sehen, manchmal haben wir auch Glück. Leider ist hier nicht viel für uns zu tun. Es sieht alles ganz sauber nach Suizid aus." Kullbach bemerkt wohl mein Entsetzen. „Haben Sie ihn näher gekannt?"

„Nein", würge ich mühsam heraus.

Kullbach will sich schon der Gruppe anschließen, die eben das Haus verlässt, als er sieht, wie ich mich krampfhaft ans Geländer klammere. „Was ist mit Ihnen, Buschner? So, wie Sie aussehen, trifft Sie die Nachricht nicht gerade leicht. Vielleicht haben Sie ihn doch besser gekannt?"

„Nein", stammle ich. „Hat er einen Brief ...?"

„Sonst könnten wir noch nicht so sicher von Selbstmord ausgehen."

„Kann man ihn lesen?"

„Natürlich nicht. - Warum wollen Sie ihn lesen, wenn Sie Renner nicht gekannt haben?" Kullbach sieht mich durchdringend an.

Ich beeile mich, seiner Vermutung zuvorzukommen. „Renner ist der Mörder, von dem ich gestern gesprochen habe. Er hat behauptet, mehr als zehn Frauen umgebracht zu haben."

Ein Teil meines Hirnkreisels springt auf Kullbach über. „Fahrt mal schon immer!", ruft er den Wartenden zu. Türen schlagen. Der Platz leert sich. Kullbach und ich stehen einsam auf der Treppe. „Das war eine fixe Idee", sagt Kullbach tröstend. Er zieht einen Brief aus der Tasche und faltet ihn auseinander. „Hier, lesen Sie."

Zögerlich nehme ich das Blatt. Mit trockenen Lippen murmle ich: „Ihr Lieben, es gibt Situationen, in denen das Leben allen Reiz verliert. Ich wünsche mir und Euch, dass Euch die Erkenntnis der näheren Hintergründe meines Abganges erspart bleiben mag. Trauert nicht allzu sehr. Es ist eine Erlösung für mich und die Welt, wenn ich gehe. Lebt wohl. Gustav"

An Unheilbaren soll man nicht Arzt sein wollen. Aber es gehört mehr Mut dazu, ein Ende zu machen, als einen neuen Vers. Das wissen alle Ärzte und Dichter.

Kullbach nimmt mir den Brief aus der zitternden Hand. „Frau Stirner bestätigt Renners zunehmende Verwirrung. Er war zuletzt vollkommen dem Alkohol verfallen und konnte Realität und Phantasie nicht mehr auseinanderhalten. Sie werden sich wohl einen anderen Mörder suchen müssen." Kullbach steigt die Treppe hinab.

„Einen Moment noch, Herr Kommissar", nehme ich das Stichwort Kullbachs auf. „Wenn Renner nun aber doch nicht ganz verrückt war? Wenn das mit den Leichen nicht nur Phantasie war?"

„Herr Buschner, ich dächte, Sie gestern davon überzeugt zu haben, dass es keine Leichen gibt."

„Und wenn es sich um Frauen handelt, die keiner vermisst? Frauen, die nirgends auch nur registriert sind?"

„Hat e r Ihnen das erzählt?"

„Nein. Aber es ist doch zumindest denkbar, oder?"

Jetzt macht Kullbach wenigstens ein nachdenkliches Gesicht. Dann schüttelt er den Kopf. „Zehn Frauen? Und keine registriert? Nein, Herr Buschner, das ist ganz und gar unmöglich."

„Aber e i n e Leiche ist real!"

„Jetzt fangen Sie nicht wieder damit an!"

„Herr Kommissar, Sie können behaupten, dass ich verrückt bin, und Sie können behaupten, dass Renner verrückt war. Aber Sie werden doch wohl in Ihrer Ignoranz nicht so weit gehen und behaupten, dass zwei Leute, die sich noch nie im Leben begegnet sind, die gleiche Leiche gesehen und berührt haben, von denen einer der beiden vorgibt, der Mörder zu sein, und sich aus Schuldgefühl von der Steilküste stürzt!"

Kullbach kommt ein Stück zurück. „Warum verbohren Sie sich so in diese Geschichte?"

Ich vermag nur mit aller Kraft, Kullbachs stechendem Blick standzuhalten. „Weil ich gedanklich auch schon ziemlich nahe an der Klippe stehe", flüstere ich. „Renner hatte Angst vorm Irrenhaus. Er wollte entdeckt werden, damit es ein Ende hat. Aber er hatte furchtbare Angst vor der Klapper. Vielleicht bin ich Schuld an seinem Tod." Das Letzte schoss mir spontan in den Sinn, aber jetzt, da es ausgesprochen ist, steht es als glasklare, knallharte Erkenntnis vor mir. Mir wird kalt.

„Nun hören Sie auf, sich auch noch solchen Quatsch einzureden. Sowenig, wie er ein Mörder war …"

„Wenn er k e i n Mörder war, Kommissar, dann ist meine Situation noch beschissener, verstehen Sie das nicht?"

Wieder macht sich Kullbach mit einigen tiefen Zügen schnaufend Luft. „Also gut. Ich werde die Leute von der Spurensicherung noch einmal durchs Haus scheuchen. Ich werde die Experten bitten, sich bei der Obduktion unseres vermeintlichen Mörders alle Mühe zu geben. Und ich werde - um nichts unversucht zu lassen, Sie von Ihren Albträumen zu befreien - nach der jungen Frau forschen, die Ihnen abhandengekommen ist. Wo, sagten Sie, sind Sie ihr begegnet?"

Ich starre Kullbach entsetzt an.

„Was ist? Verwirrt Sie mein Aktionismus? Trösten Sie sich, Sie werden nicht der einzige bleiben. - Oder wollen Sie nicht, dass ich nach ihr suche?"

„Doch. Schon. Ich fürchte nur, Sie werden Ihre Zeit sinnlos …"

„Na, nun trauen Sie mir nur ein bisschen mehr zu. Manchmal finden wir auch was."

Ich fühle mich wie ein Fisch auf dem Trockenen. Ich stelle mir vor, Kullbach kniet sich mit aller Energie in die Sache und findet am Ende meine Leiche quietschlebendig. Vermutlich wird hier sein Humor am Ende sein. „Ich habe alle in der Bar gefragt. Jeden Tag bin ich dagewesen. Nichts. Ich denke, es ist vergeblich."

„Sie wecken meinen Ehrgeiz, Herr Buschner." Kullbach macht keine Anstalten, zu gehen. Er sieht mich lächelnd an. „Wann genau sind Sie ihr begegnet?"

„Am zwölften. Gegen Mitternacht. In Prerow. Im …"

Kullbach winkt ab. „Schon klar. - Und wie erreiche ich Sie? Ich meine, falls ich fündig werde?"

„Aber Sie wissen doch nicht mal, wie sie aussieht."

„Ach, manchmal ist das sogar besser. Da kann man nicht so leicht betriebsblind werden."

Ich zweifle an Kullbachs Ernsthaftigkeit. Dennoch gebe ich ihm schweren Herzens meine Nummer.

„Ich habe das Gefühl, wir sehen uns noch mal, Herr Buschner."

Ich sehe Kullbach lange nach. Als ich mich umdrehe, steht Frau Stirner in der Tür.

„Es tut mir leid", ist das Erste, das mir einfällt.

„Sind Sie ein Freund?", fragt sie mit tränenerstickter Stimme.

„Ich denk schon", lüge ich. Sie verwechselt meinen Ausdruck und lässt mich ins Haus. Lange sitzen wir uns sprachlos gegenüber.

„Ich habe geahnt, dass es mal so kommen wird", sagt sie mit brüchiger Stimme. „Es wurde immer schlimmer."

„Haben Sie außer seinem Zustand irgendwas anderes Eigenartiges an ihm bemerkt?"

„Nein. Ich kenne ihn doch schon, da war er noch keine zwanzig. Kennen Sie ihn schon lange?"

Ich weiß, was sie meint, und schüttle den Kopf.

„Er war immer ein feiner Mann. Vor zwei Jahren hat es angefangen. Dann ging es immer schneller bergab mit ihm. Ich habe nie gefragt. Es geht mich doch nichts an. - War es wegen einer Frau?"

„Warum glauben Sie das?"

„Er war kein Kostverächter, wissen Sie. Und was für schöne Frauen er immer hatte. Aber seit zwei Jahren lebte er wie ein Mönch."

„Sind Sie sicher?"

„Aber ja. Er war ja nie öfter hier als in den letzten Jahren. Er war auch nicht der Mann, der sich seiner

Liebschaften schämt. Aber wenn er beinahe alle Zeit im Wirtshaus zubringt. So einen mag ja keine Frau mehr haben."

„Haben Sie seine - Geliebten noch manchmal wiedergesehen?"

„Natürlich. Er hat ja oft Frauen von hier gehabt. Und wenn eine Sache auseinanderging, dann kamen die Verflossenen noch lange mit ihren neuen Männern zu Besuch oder auf Urlaub. Früher war das Haus im Sommer immer voll. Manchmal wusste ich nicht, welche gerade die Aktuelle ist. Er hatte damit keine Probleme. Die Frauen sind ja heute ganz anders als zu meiner Zeit. Früher wollten wir vor allem auf der sicheren Seite sein. Heute nehmen sie, was kommt, und genießen halt, was sie gerade haben. Vielleicht ist das auch besser so. Sicherheit kommt oft ziemlich langweilig daher." Sie lächelt bitter. „Wozu ist das Leben so lang, wenn ein Tag doch nur wie der andere ist?"

„Wir lieben das Leben, nicht, weil wir ans Leben, sondern weil wir ans Lieben gewöhnt sind."

In ihre Augen tritt ein Hauch von Leidenschaft. „Wie geistvoll. Alle Menschen in seiner Nähe waren originell", sagt sie gurrend.

Ich muss schamhaft an meinen Einsiedler denken. *Ach, des Geistes wurde ich oft müde, als ich auch das Gesindel geistreich fand!*

Frau Stirner überlässt mich nicht lange diesen finsteren Gedanken. „Was hier manchmal los gewesen ist. Heute kommt kaum noch wer. Und wenn, dann packen sie nicht mal mehr die Koffer aus, wenn sie sehen, wie sich - alles verändert hat. Die von gestern Nacht sind schon nach einer Stunde wieder weg. Dabei müssen sie todmüde gewesen sein, so spät wie es war."

„Gestern Nacht sind Leute dagewesen?"

„Es war nach eins. Aber vor zwei sind sie schon wieder weg."

„Kennen Sie sie?"

„Nein. Sie hatten einen Schlüssel. Da gehe ich nicht glotzen, wer es ist. Ich habe sie nur beim Weggehen vom Fenster aus gesehen: Eine ziemlich attraktive Frau und ein etwas kleinerer Mann, der den riesigen Koffer getragen hat. Er war schon ganz lahm auf den Beinen. Wer weiß, wie lange die unterwegs gewesen sind. Und dann sehen sie ihn, und fort sind sie."

„Und Sie können sich nicht erinnern, sie je gesehen zu haben?", frage ich aufgeregt.

„Nein. Wenn es alte Bekannte gewesen wären, dann hätten sie wenigstens mal bei mir angeklopft. Die wissen doch, dass ich Tag und Nacht bereit bin."

„Bereit? Wofür?"

„Na, um Gäste aufzunehmen oder von alten Zeiten zu schwatzen."

„Und wann ist Gustav - gegangen?"

„Das weiß ich nicht. Er muss sich aus dem Haus geschlichen haben wie ein Dieb."

„Haben sie das Auto erkennen können? Ich meine, die Marke."

„Davon verstehe ich nichts. Es war so ein dunkler Kleintransporter aus Dresden."

„Woher wissen Sie das?"

„Na vom Nummernschild. Soviel weiß ich gerade noch. Die Renners kommen doch beinahe alle aus Dresden. - Warum interessiert Sie das, noch zumal jetzt, wo er ..."

„Es ist doch gut möglich, dass sie die Letzten waren, die mit ihm gesprochen haben. Ich muss wissen, warum er sich umgebracht hat. Eher findet man ja doch keine Ruhe."

Frau Stirner starrt nachdenklich auf die Tischplatte. „Ja, wenn einer so geht, dann macht er vielen ein schlechtes Gewissen. Auf irgendeine Art nimmt es doch jeder, der ihn gekannt hat, persönlich."

Ich nicke betroffen. Zu gern hätte ich erfahren, an welcher Stelle diese gütige, einen Hauch aristokratisch wirkende Frau das Gewissen drückt.

„Ach ja, auf dem Auto stand was drauf, irgendeine Reklame oder so was."

„Hier ist meine Nummer. Wenn die Leute noch einmal auftauchen sollten, rufen Sie mich bitte an, Frau Stirner?"

„Ja, sicher. Sie können ja auch nachfragen. Hier, das ist meine Karte."

10

Der Urlaub ist vergessen. War die Tote am Strand schon fast im Gedächtnis verblichen, so ist der von der Steilküste gesprungene Renner ständig in meinen Gedanken. Bei der Toten am Strand war ich nur zufälliger Zeuge gewesen, in Renners Tod bin ich verstrickt, wenn ich nicht sogar …

Ich komme nun aus einer Grundspannung nicht mehr heraus. Wie im Fieber schleiche ich durch den Tag. Stunden lauere ich vorm Tanzlokal auf meine Kellnerin. Als sie endlich kommt, erschrickt sie über meine Erscheinung. „Was ist denn mit Ihnen passiert?"

„Wenn Sie mir helfen wollen, wieder ein bisschen Farbe ins Gesicht zu kriegen, dann sagen Sie mir, wo ich die junge Frau finden kann."

„Ich gebe zu, ein bisschen neidisch zu sein. S o hat mich noch niemand belagert."

„Nein, das verstehen Sie falsch. Die Sache hat leider nichts mehr mit Liebe oder Leidenschaft zu tun. Es geht inzwischen um Leben und Tod." Das war viel zu pathetisch und klang wie aus einem schlechten Film.

Meine Kellnerin wird blass. „Ich weiß nicht, wo sie sich aufhält. Sie ist noch am nächsten Tag abgereist. Ich kann Ihnen nicht helfen." Sie will mich stehen lassen.

„Warten Sie! - Hören Sie mir doch wenigstens einen Augenblick zu!" Ich laufe ihr nach und fasse sie unsanft am Arm.

Sie sieht mich erschrocken an.

„Es tut mir leid. Aber Sie zwingen mich … Ich verlange ja nicht mehr, als dass Sie mir einen Augenblick zuhören. Zehn Minuten. Sie können auf die Uhr sehen."

Sie sieht auf die Uhr. „Ich höre."

Ich nutze zwei der kostbaren Minuten, um zu überlegen, in welcher Reihenfolge ich die Geschichte erzähle. Dann hole ich Luft und schnurre sie ohne Pause herunter. Als ich fertig bin, sehe ich verlegen auf die Uhr. Ich bin zufrieden. Wenn sie mir jetzt nicht hilft, dann ist alles …

„Gut", sagt sie. „Aber nur, wenn sie einverstanden ist. - Kommen Sie."

Wie ein Liftboy trabe ich hinter ihr her ins Hotel. Vor einer Tür bleibt sie stehen. „Warten Sie hier."

„Nein."

„Sie haben versprochen …"

„Sie soll mich sehen, wenn sie sich entscheidet."

Meine Kellnerin klopft an und geht hinein. Ich bleibe unsichtbar in der Tür stehen und lausche gespannt.

„Der seltsame Herr von neulich will mit dir reden, Karla. Ich denke, es ist wichtig; sehr wichtig vielleicht."

Das ist mein Stichwort. Ich setze eine Friedhofsmiene auf und trete ein. An ihrer Reaktion kann ich in etwa ablesen, wie ich aussehe. Ich bin sofort wieder fasziniert. Mich befällt eine Schwäche, wie ich sie mir gerade jetzt nicht leisten kann. Sie sitzt auf dem kleinen Stuhl wie ein todesahnendes Kaninchen.

„Ist es gestattet?", versuche ich Klarheit in die Situation zu bringen.

„Woher kennen Sie mich?", haucht sie fast tonlos.

„Aus dem Tanzlokal", sage ich irritiert. Ich sehe hilfesuchend zu meiner Kellnerin, die auf einen flehentlichen Blick der transparenten Schönen steif auf der Bettkante Platz genommen hat.

„Sie haben nie vorher von mir gehört?"

„Nein. Warum fragen Sie?"

„Schwören Sie bei allem, was Ihnen etwas bedeutet, dass sie mich …" Sie wird immer energischer.

„Ja, Herrgott, wer sind Sie denn, dass ich Sie so durchaus kennen muss?", frage ich einigermaßen ungehalten.

„Schwören Sie!"

Meine Kellnerin nickt mir eindringlich zu.

„Ja, wenn Sie darauf bestehen und ich Ihnen dann auch mal ein paar Fragen stellen darf."

„Wenn Sie mich mit der Geschichte von neulich verschonen."

„Ich will es versuchen", sage ich gereizt.

„Machen Sie nicht wieder alles falsch", verwarnt mich meine Kellnerin.

Ich betrachte lange schweigend die junge Frau, deren Augen sich plötzlich mit Leidenschaft füllen. „Geben Sie mir bitte ein Zeichen, bevor Sie wieder anfangen zu schreien." Zu meiner Überraschung nickt sie nur schüchtern. „Ich habe in den letzten zwei Wochen einige Dinge erlebt, an denen man verzweifeln, wenn nicht gar verrückt werden kann. Wenn überhaupt, dann können nur Sie Licht in die Geschichte bringen. Ich will damit nur sagen, für mich hängt ziemlich viel an Ihrer Antwort. Vielleicht können Sie das bei Ihrer Schmerzgrenze bedenken."

Wieder nickt sie verschämt, wenn auch erstaunlich selbstsicher.

Trotz der Anspannung empfinde ich den Reiz, im Bannkreis zweier schöner Frauen zu stehen. Da mir keine der Schönen einen Platz anbietet, stelle ich mich so, dass ich beide Gesichter im Auge habe. „Ich weiß nicht, warum Sie meine Frage neulich so hart getroffen hat. Ich war auch schon drauf und dran, die ganze Sache zu vergessen. Vielleicht hebe ich mir die Frage für den Schluss auf. Sie können dann selbst entscheiden, ob Sie antworten oder nicht." Meine Kellnerin nickt mir ermutigend zu. „Letzte Nacht hat ein Mann, der bis vor zwei Jahren noch ein ganz normales Leben geführt hat, sein Haus verlassen, um sich kurze Zeit später von der Steilküste zu stürzen. Er ist tot. Das ist keine Erfindung von mir. Kommissar Kullbach wird es bestätigen. Ich fühle mich am Tod des Mannes, der Gustav Renner heißt, nicht ganz schuldlos. Durch Zufall habe ich ihn erst gestern kennengelernt. Er erzählte mir, der Mörder eines Dutzends junger Frauen gewesen zu sein. Die Alternative zum Verbrechen war das Irrenhaus. Ihr zog er den Tod vor. Wie gesagt, bis vor zwei Jahren erfreute er sich vor allem bei den Damen großer Beliebtheit."

Karla sieht meine Kellnerin verständnislos an, die nur die schönen Augen niederschlägt.

„Können Sie noch?"

„Bis jetzt weiß ich nicht, was Sie von mir wollen."

„Ja, um Ihnen das zu erklären, muss ich einigermaßen nahe an die Frage von neulich ran."

„Er gibt sich wirklich große Mühe, Karla."

Sie starrt lange auf das zugeschlagene Buch, das vor ihr auf dem kleinen Tisch liegt und eine Art Tagebuch sein mag. Ihre rechte Faust umkrampft noch immer den Füller. „Machen Sie schon."

„Ich hatte Renner schon einmal gesehen, eben in jener Nacht, als er versuchte, die Leiche einer jungen Frau im Meer verschwinden zu lassen; - einer sehr schönen Frau." Ich sehe, wie sich Karlas Augen mit Wasser füllen und ihre Unterlippe zu zittern beginnt.

Sie stopft ihre füllerbewährte Faust in den nach Luft ringenden Mund und wendet ihr Gesicht ab. Immer energischer schüttelt sie den Kopf. Als sie mir ihr Gesicht wieder zuwendet, fließen die Tränen unaufhörlich über die glühenden Wangen. „Das ist ja ganz unmöglich. Sie können meine Schwester nicht gesehen haben. Sie wurde schon Tage vorher verbrannt."

Jetzt bin ich es, der an der trockenen Luft des Hotelzimmers würgt. Ein Blick auf meine Kellnerin verrät mir, dass auch sie zum ersten Mal von einer Schwester hört. Sie springt auf, um die Weinende in ihre Arme zu reißen. „Warum hast du denn nie was davon erzählt, du Dumme?"

„Ich kann ja eben noch nicht", bricht sie heulend heraus.

Ihr Anblick ist unerträglicher, als es der ihrer Schwester gewesen war. Ich gehe aus dem Zimmer und laufe wie ein Betrunkener die Treppe hinab. An der Bar bestelle ich Wasser.

„Sie haben hier Lokalverbot", raunt der Wirt leise, aber bestimmt. „Machen Sie, dass Sie verschwinden."
Mit erhobener Brust und denen gleich, welche den Atem an sich ziehn, also steht er da.

Eben als ich zu einer deftigen Gegenrede ausholen will, erscheint hinter mir meine Kellnerin. „Wo wollen

Sie denn hin? Ich kann mich doch nicht gleichzeitig um beide kümmern."

„Ich hatte ja nur was zu trinken holen wollen. Aber der Flegel ..."

„Nun machen Sie mal nicht meine Arbeit. - Eine Flasche Wackerbarth, halbtrocken. Die geht auf mich."

„Hast du nicht Feierabend?", brummt der Wirt.

„Wieso? Darf ich darum vielleicht keinen Sekt trinken? Du bist wirklich ein Flegel. Drei Gläser."

„Wäre trocken nicht besser?", versuche ich auf die Bestellung Einfluss zu nehmen.

„Sie gehen mal lieber ganz schnell wieder hoch!", faucht mich meine Kellnerin an. Als sie mich außer Hörweite wähnt, stöhnt sie noch: „Man, seid ihr Kerle prasslich!"

11

Ich treffe Karla, wie ich sie verlassen habe. Nur die Tränen sind versiegt. „Entschuldigen Sie. Ich hatte mich nicht aus dem Staub machen wollen. Ich dachte, ein Glas Wasser ..."

„Danke."

Ich suche nach Worten. „Ich wusste ja nicht ... Es tut mir leid. Ich hätte Sie gern unter günstigeren Umständen kennengelernt."

„Danke."

„Wenn Sie lieber allein sein wollen ..."

„Gerade das wollen wir jetzt nicht", poltert meine Kellnerin mit dem Tablett durch die Tür.

„Steffi!"

„Wasser war alle."

Als wir uns unsicher mit den gefüllten Gläsern gegen-überstehen, sieht mich Steffi lächelnd an. „U n s e r e Namen kennen Sie ja dann. Verraten Sie uns auch noch Ihren?"

Ich würge ein „Holger Buschner" heraus.

„Steffi Walter."

„Karla Rost."

Hilflos schlagen wir die Gläser zusammen. Ich stürze den Sekt hinunter und setze mich zerschlagen auf die Bettkante. Meine Kellnerin füllt mir erneut das Glas. Ich habe zu tun, die Gedanken zu ordnen. „Wie ist Ihre Schwester gestorben?"

„Meinen Sie nicht, dass es erst mal reicht?"

„Nein, lass nur. Dann hab ich es weg. - Sie ist mit dem Rad auf nasser Straße ausgerutscht und unter einen Zug geraten. Sie war ganz vernarrt in diese alten Dampflo-komotiven. Unzählige Male ist sie ihnen in gefährlicher Nähe gefolgt. Aber dann war sie doch eine Spur zu tollkühn. Sie war sofort tot."

„Die Lok hat ihr den Kopf ...?"

„Ja."

„Aber dann habe ich sie wirklich gesehen! Dann ist es kein Wunder, wenn es keine Vermisstenanzeige gibt. Dann hat er eine Leiche umgebracht. Wieso? Wo hat er denn die Toten her? Sie sagen, Ihre Schwester wurde verbrannt?"

„Ja."

„Wo?"

„In Dresden."

„In Dresden? - Renner kommt aus Dresden. Der wird sich doch keine Leichen mit in den Urlaub genommen haben."

„Vielleicht mag er so was."

Ich sehe meine Kellnerin erschrocken an.

„Du trampelst ja die ganze Zeit auf der Geschichte rum. Ich dachte, so - mit einem Glas Sekt - könnte man auch mal das Thema wechseln."

Das Du fährt mir tief in den Bauch. „Ich habe seit meinem Rausschmiss mit einer ziemlich unangenehmen Situation im Kopf zu kämpfen. Letzte Nacht habe ich kein Auge zugemacht. Du kannst dir nicht vorstellen, was es für mich bedeutet, Klarheit in die vollkommen diffuse Geschichte zu kriegen."

Karla starrt ziellos aus dem Fenster.

„Wie ich die Sache sehe, bist du nur von einem Rätsel in ein anderes geraten." Steffi stellt die Flasche ungehalten auf den Tisch und geht zur Tür. „Mein Freund wartet auf mich." Sie zieht einen Rechnungsblock aus der Tasche und bekritzelt die erste Seite. „Wenn ich euch helfen kann, hier ist meine Nummer." An der Tür dreht sie sich noch einmal um. „Vielleicht findet ihr ja auch noch ein lebendigeres Thema. Macht's gut."

Ich lese den Zettel: 'An Deiner Stelle würde ich mich mehr um die lebende Schwester kümmern!'

Karla dreht sich zu mir. „Manchmal ist sie ein bisschen oberflächlich. Aber ganz lieb ist sie. Sie hat mir sehr geholfen an diesem Abend und mehr noch danach. - Es tut mir übrigens leid, dass - du wegen mir …"

Ich nicke verlegen. Sie hat 'du' gesagt! Mein Herz frohlockt. Mit den Gedanken bin ich aber schon wieder bei einem sehr toten Gegenstand. „Wann war die Beisetzung deiner Schwester?"

„Am zehnten."

„Darf ich mal anrufen?"

„Bitte."

Karla schaut wieder aus dem Fenster. Sie sieht aus wie eine dieser edlen Damen auf berühmten Gemälden, die schön und traurig und geistvoll und erhaben scheinbar in eine andere Welt schauen, eine Welt, zu der kein Mensch sonst Zugang hat.

„Ja, hier ist Buschner. Kann ich bitte mal Kommissar Kullbach ..." Noch ehe ich ausgesprochen habe, ist er dran. „Entschuldigen Sie, wenn ich schon wieder störe, aber ich wollte nur fragen, ob Sie schon etwas gefunden haben."

„Mein lieber Buschner, es ist mir eigentlich streng verboten, über laufende Ermittlungen zu reden ..."

„Ach, nun ermitteln Sie also doch?"

„Ihrem Humor nach zu urteilen, müssen Sie sich in ganz guter Stimmung befinden. Sie haben wohl nicht etwa doch noch Ihre Leiche gefunden."

„Getroffen, Kommissar."

Am anderen Ende ist es still. Nach einigen tiefen, aber durchaus nicht verdrießlich klingenden Schnaufern findet Kullbach wieder Worte. „Richtig zum Anfassen?"

„Was haben Sie über Renner erfahren?"

„Nichts. Gar nichts. Er hatte nur noch wenig Restalkohol. Keinerlei Zeichen äußerer Gewaltanwendung. Gestorben ist er etwa zwischen eins und zwei. Wir haben die Leiche schon zur Bestattung freigegeben."

„Nichts? Rein gar nichts?", frage ich sehr skeptisch.

„Eine Kleinigkeit, die aber keinen lahmen Schritt weiterhilft."

Ich warte. Ich stehe am längeren Hebel.

„Es fanden sich im Blut Spuren von Halluzinogenen." Auf mein betretenes Schweigen führt er weiter aus: „Vielleicht sagt Ihnen LSD mehr. - Was ist denn nun mit I h r e r Leiche?"

Kullbachs Neugier ist Balsam auf meine geschundene Seele. „Wissen Sie, wo und wann Renner bestattet wird?"

„Irgendwann in den nächsten Tagen in Dresden, nehme ich an. Aber …"

„Genauer wissen Sie es nicht?"

„Das geht uns doch gar nichts mehr an. Vielmehr interessiert mich …"

„Meine Leiche? Haben Sie denn eine Vermisstenanzeige?"

„Nein, zum Kuckuck!"

„Meine Leiche ist am zehnten August in Dresden in einer Urne bestattet worden."

Kullbach schnauft sich auf Touren. „Herr Buschner!", brüllt er ins Telefon. Dann scheint er aber doch einen brauchbaren Gedanken zu haben. „Wie hieß sie?"

„Herr Kommissar, ich hätte Sie für ein bisschen ehrgeiziger gehalten. Wollen Sie denn nicht auch noch selber was rausfinden?"

„Buschner, jetzt reicht es! Es gibt Sachen, über die auch ich nicht mehr lachen kann! Wie heißt sie?"

„Jetzt haben Sie ein bisschen m e i n e n Ehrgeiz geweckt." Ich lege auf. *Wahrlich, ein Segnen ist es und kein Lästern, wenn ich lehre: Über allen Dingen steht der Himmel Zufall, der Himmel Unschuld, der Himmel Ungefähr, der Himmel Übermut.*

„Haben Sie … hast du nicht Lust, den Fall mit mir zu lösen, Karla?"

„Nein", sagt sie prompt.

„Nein?"

„Lust habe ich nicht die geringste. Aber wenn du meinst, dass ich dabei etwas ausrichten kann."

„Erzähle keinem was von der Geschichte, vor allem nicht …"

„… wenn er Kullbach heißt?"

„Genau." Ich bin fasziniert; nicht nur von Karlas geistiger Beweglichkeit, mehr noch von ihrem schüchternen Lächeln. Ich krame in der Brieftasche nach einem Zettel und wähle hektisch die Nummer. „Ja, hier ist Buschner. Ich weiß nicht, ob Sie sich erinnern, Frau Stirner."

„Aber sicher. Ich habe ein sehr gutes Gedächtnis, was Personen angeht."

„Frau Stirner, wissen Sie vielleicht, wann und auf welchem Dresdner Friedhof Gustav bestattet wird?", frage ich bedrückt.

„Natürlich. Die Trauerfeier findet übermorgen elf Uhr in Tolkewitz statt. Er wollte verbrannt werden. Nehmen Sie sich die Geschichte nur nicht so zu Herzen, Herr Buschner. Was nützt es, wenn Sie sich nun auch noch das Leben schwer machen?"

„Vielen Dank, Frau Stirner. Sie sind sehr freundlich." Bedächtig lege ich auf. „Übermorgen um elf!", rufe ich unternehmungslustig.

„Du bist ja ein Schauspieler von der übelsten Sorte. Wechselst du immer so schnell die Gefühle?", fragt sie mit einseitig verzogenem Lächeln.

„In Tolkewitz. Kennst du den Friedhof?", überhöre ich ihren Vorwurf.

Karla nickt. Ihre Augen füllen sich wieder mit Wasser. Sie dreht sich zum Fenster.

„Oh, Mann, ich bin ein Idiot. Entschuldige. Ich bin wirklich zu dämlich." Ich gehe zu ihr und drehe sie zu mir. „Sie ist auch dort …"

Karla nickt. Dann sieht sie mir lange in die Augen. „Jedenfalls hatte ich das bis jetzt gedacht. Klara war immer ein ganz verrücktes Ding. Und jetzt macht sie auch noch nach ihrem Tod komische Geschichten." Und während ich mich über die Selbstironie wundere, setzt sie noch hinzu: „Du musst nicht solche Rücksicht auf mich nehmen. Das allermeiste ist ja doch nur Selbstmitleid."

12

Dresden ist eine echt sehenswerte Stadt. Die Altstadt ist beeindruckend. Karla führt mich überall herum. Die könnte ihr Geld auch als Fremdenführerin verdienen. Wie sie sich all das Zeug merken kann. Ich bin in Hochstimmung. Karla hat so eine Art, sich bei mir unterzuhaken ... Am Ellbogen spüre ich manchmal - wenn sie zu forsch die Richtung wechselt - ihre muntere Brust. Im Übrigen ist sie sehr zurückhaltend. In einer Gastwirtschaft mit dem verlockenden Namen 'Destille' essen wir Abendbrot; Pellkartoffeln mit Leinölquark. Vollkommen fußlahm stehen wir vor dem Problem der Übernachtung; wenigstens meiner, Karla wohnt ja in dieser wunderbaren Stadt.

„Du kannst bei mir schlafen, wenn du willst und die Situation nicht ausnutzt."

„Ausnutzt? Nachdem du mich so lange durch die Stadt gezerrt hast, wüsste ich nicht, wie ich was ausnutzen soll. Ich freue mich nur noch auf mein Bett", lüge ich unverschämt.

Man kann einen Menschen vortrefflich durch seine Wohnung kennenlernen, jedenfalls wenn er allein in ihr haust. Karlas Wohnung nimmt mich sofort ein. Nichts ist Schnickschnack. Alles - selbst das kitschigste Nippes - hat Atmosphäre, scheint eine Beziehung zu ihr zu haben. Es ist sauber, aber nicht zu ordentlich. Die Unordnung ist behaglich. Der Geruch, die alten, aber nicht spleenigen Möbel, die Bilder unterschiedlichster Machart an allen freien Wänden atmen Heimischkeit. Allein die großen, bis unter die Decke gefüllten Bücherschränke machen mir Sorge; mehr noch Titel und Verfasser der Bücher, von denen ich kaum je gehört, geschweige denn gelesen habe.

„Was machst du eigentlich beruflich?", frage ich unsicher.

Karla erschrickt beinahe ein bisschen. „Ich studiere noch."

„Und was?"

Karla überlegt, als wenn sie nicht recht wüsste, was sie studiert. „Germanistik", sagt sie dann wie entschuldigend.

Bei einem Blick ins Schlafzimmer verunsichert mich das breite Doppelbett. „Brauchst du soviel Platz zum Schlafen oder teilst du das Bett mit einem andern?"

Karla schluckt. „Klara schlief bis vor kurzem neben mir. Du schläfst aber in der Stube."

„Du hast hier mit deiner Schwester gewohnt?", frage ich verwundert.

„Ja. Alles, was an sie erinnert, habe ich in Kisten gepackt und auf den Boden geschafft. Vielleicht kann ich das Zeug mal irgendwann sehen, ohne heulen zu müssen. - Es ist übrigens auch Eigennutz, dass ich dich mit auf meine Bude geschleppt habe. Ich hatte ziemlichen Bammel davor, sie nach dem Urlaub wieder zu betreten."

„Du hast sie sehr geliebt?", frage ich Karla, während sie mir das Stubensofa für die Nacht herrichtet.

Sie schaut mich nicht an. Ersatzweise starre ich auf ihr imposantes Hinterteil. Sie braucht lange für eine Antwort. „Liebe ist wahrscheinlich nicht das richtige Wort. Zwillinge leben länger zusammen, als sie denken können; die können nicht so leicht auseinander wie andere Geschwister; die hält was zusammen, was nicht zu erklären ist. Wir haben immer wieder versucht, uns zu trennen. Manchmal haben wir uns richtig gehasst. Und doch haben wir es nie lange ohne den andern ausgehalten. Bei mir war es wahrscheinlich immer noch eine Spur schlimmer als bei ihr. Sie war in allem die Lebenstüchtigere. Sie war mutiger, intelligenter, stärker, lustiger, charmanter, schöner …" Ihre Stimme erstickt.

„Karla!"

Sie dreht sich um und fällt mir an die Brust. „Sie kann nicht einfach weg sein!", schreit sie verzweifelt. „Wir haben oft darüber geredet, was wir machen, wenn der andere stirbt. Wir wollten schon eine gemeinsame Grabstelle pachten, irgendwo an einem idyllischen Ort, mit einer Bank davor, wo wir uns zusammen hinsetzen und träumen können. Wie oft haben wir gestritten, wer wohl eher gehen wird. Immer hat sie Recht behalten!"

Die Situation sieht mich vollkommen hilflos.

„Und gerade im letzten Jahr war es so schön mit ihr. Wir waren uns so nah wie noch nie. Manchmal haben wir schon geflachst, ob wir nicht heiraten sollten. - Dann würde ich jetzt wenigstens Witwenrente kriegen." Mit dem hingetrotzten letzten Satz befreit sich Karla grob aus meinen Armen und läuft hinaus.

Ich höre das Wasser in der Dusche rauschen. So kompliziert wie die ist, habe ich kaum eine Chance, ihr auch nur irgendwie näher zu kommen. Germanistik. Ich weiß noch nicht mal, was genau das ist. Irgendwas mit deutscher Sprache. Alle möglichen bekannten Leute haben Germanistik studiert. Wahrscheinlich kann man mit dem Abschluss alles werden. Das Rauschen des Wassers beflügelt meine Phantasie, und der ausgehungerte Trieb treibt sie in abenteuerliche Gefilde.

Ich setze mich aufs Sofa und nehme ein Buch vom Tisch, in dem massenhaft kleine Papierschnipsel stecken. F. W. J. Schelling. Das System des transzendentalen Idealismus. Ich brauche drei Anläufe, nur um den Titel zu lesen. Beinahe alle Seitenränder sind eng beschrieben.

In ein Handtuch gewickelt hüpft Karla über den Flur. „Gute Nacht", sagt sie versöhnlich.

„Schlaf schön." Ich lese die ersten Seiten und entziffere die Kommentare dazu. Nach einigen Seiten bin ich richtiggehend gefesselt. Das ist auf alle Fälle leichter zu kapieren als der Zarathustra. Es geht darum, wie man denkt, und ob es so was wie Wahrheit und Erkenntnis gibt, und wie uns die Logik helfen kann, zu erkennen. Am begeistertsten bin ich von mir selber. Immerhin schaffe ich im ersten Anlauf dreißig Seiten. Dann hat sich mein Trieb soweit verflüchtigt oder zur Ruhe gelegt, dass ich auf jede Selbsthilfe verzichten kann. Der Schlaf kommt herrlich warm über mich. Hier könnte ich alt werden …

Bis in die Zehen hinein erschrickt er, darob, dass ihm der Boden weicht und der Traum beginnt. Ich weiß nicht, warum, irgendwie drängt sich jedenfalls eine Unruhe in meine Träume.

Ich öffne die Augen und erschrecke. Im Sessel sitzt eine Gestalt, die sich nur schemenhaft aus dem Dunkel hebt. Ich springe aus dem Bett und suche den Lichtschalter. „Karla, was machst du denn hier? Warum schläfst du nicht?", frage ich streng, meine Ängstlichkeit überspielend.

Mit angezogenen, armumschlungenen Knien vergräbt sie sich im riesigen Sessel. Als sie den Kopf hebt, sehe ich das verquollene, noch immer feuchte Gesicht. „Mach das Licht aus!", schluchzt sie wie ein kleines Kind.

Ich bin gehorsam. *Wer sich nicht befehlen kann, der soll gehorchen. Und mancher kann sich befehlen, aber da fehlt noch viel, dass er sich auch gehorche!* Heulende Frauen machen mich fertig; und sie ganz besonders. „Was ist denn?" Ich hasse meine Stimme, wenn sie therapeutisch wird.

„Es geht nicht. Es geht nicht", wimmert sie. „Das Bett ist zu leer. So allein kann ich in d e m Bett nicht schlafen. - Ich bin ja ganz still. - Schlaf nur weiter."

Ich gebe mir Mühe. Aber bei dem Gedanken, dass sie - im Sessel sitzend - zu schlafen versucht, werde ich immer munterer. „Karla, wenn du da sitzt und heulst, kann ich nicht schlafen. Morgen früh werden wir uns im Spiegel nicht mehr erkennen. Geh bitte wieder ins Bett. Wir können ja die Türen offen lassen."

„Das hab ich schon probiert. Es geht nicht. Du musst mitkommen."

„Karla", sage ich gequält, „ich bin auch nur ein Mann, und ein ziemlich ausgehungerter dazu. Musst du mich wirklich so …"

„Bitte."

„Also schön, versuchen wir's", sage ich geschlagen. „Aber du musst mir versprechen, zu schlafen, damit ich weiß, wofür ich mich quäle."

Karla trabt vor mir - in ein duftendes Nachthemd gehüllt - barfuss ins Schlafzimmer. Wir werfen uns beinahe gleichzeitig ins Bett und drehen uns nach außen. Bald atmet Karla ganz ruhig. Ich liege noch ewig wach und schwitze im seifenduftenden Kissen. *Man muss sich selber lieben lernen - mit einer heilen und gesunden Liebe, dass man es bei sich selber aushalte und nicht umherschweife.*

Wie viele Nächte lag ich wach und suchte verzweifelt eine taugliche Technik, um die Umliegenden im Schlafsaal die verräterischen rhythmischen Bewegungen unter der Decke und die Zuckungen im Orgasmus nicht merken zu lassen. - Ich war wirklich nur zufällig im Duschraum, um das vergessene Duschbad zu holen. Gut, ich hatte die Gelegenheit auch nutzen wollen, um ungestört tun zu können, wozu im Schlafsaal eine besondere Technik vonnöten war. Ich habe ja nicht geahnt, zu so später Stunde noch jemanden unter der Dusche zu treffen. Die Kronstätter gab bei uns Biologie. Sie hatte in der Turnhalle wohl heimlich ihr nächtliches Fitnessprogramm absolviert und war danach gleich unter die Gemeinschaftsdusche gesprungen, die von Lehrern eigentlich nicht benutzt wurde. Sie war nicht besonders gebaut, aber der unerwartete Anblick ließ meinen bereits belockten Specht wachsen. Ich war wie gebannt. Hätte ich mich doch einfach fortgeschlichen. Eine Lehrerin beim Duschen zu beobachten, ist einfach geil, umso mehr, wenn man sie zuvor für geschlechtslos gehalten hat und nun sieht, dass sie sich nicht einseift, sondern in den Zustand sinnlicher Extase zu bringen versucht. Vom Anblick und Tun der feuchten Nackten ermuntert, streichelte ich meinen nickenden Specht. Ich war noch immer gebannt. Nein, die Kronstätter war keine Schönheit und auch nicht mehr ganz jung, jedenfalls aus damaliger Sicht, nach der schon Frauen jenseits der Dreißig nicht mehr ganz frisch waren. Dabei wirkte sie in ihrem Habitus noch älter. Sie lebte allein. Und mit der zur Schau gestellten Geschlechtslosigkeit versuchte sie wohl, aus der Not eine Tugend zu machen. - Als sie mich entdeckt, weicht mir das Blut aus allen Gliedern. „Warte, Bürschchen!", sagt sie. „Wenn schon, dann ganz." Dann hat sie mich gegriffen und auf die Duschbank gestreckt, um solange auf meinem unentschiednen Specht herumzurutschen, bis er zur möglichen Größe gewachsen ist. Wie im Rausch, sehr resolut und nicht besonders feinfühlig reitet sie mich zum Mann. Die schwer zu fangenden Brüste klatschen den Rhythmus zu ihrem weltvergessenen Lustgesang. Sie verlangt noch unbarmherzig meinen Einsatz, als mir schon längst jede Lust an diesem Spiel vergangen ist; sie hobelt und reitet, als sich mein Specht nicht mehr beleben lässt. Ihre Kondition ist absolut beeindruckend. Schließlich steigt sie lachend von meiner Peinlichkeit, um mit wenig schmeichelhaften Bemerkungen unter die Dusche zu springen und sich von meinen Säften zu reinigen. Ich liege noch lange auf der Bank und wäre so gern gestorben …

13

Als ich erwache, finde ich im anderen Bett allein Karlas Nachthemd. Ich kann der Versuchung nicht widerstehen. Wie ein Dieb ziehe ich es zu mir, um mit dem Gesicht in den herrlich erregenden Duft zu tauchen.

„Kommst du frühstücken?"

Es gelingt mir gerade noch, den unwiderstehlichen Fetisch loszuwerden, als Karla in der Tür erscheint.

Sie lächelt mich an. Dann schaut sie auf das hektisch hingeworfene Nachthemd. „Du könntest es wenigstens wieder ordentlich hinlegen."

Folgsam lege ich das Hemd zusammen und nehme noch einmal eine ganz tiefe Nase voll.

Nach dem fast wortlosen Frühstück fahren wir mit Karlas kleinem Auto - sie beteuert, wie peinlich es ihr ist, überhaupt eins zu haben - nach Tolkewitz. Ich bewundere ihre Routine beim Schalten. Bei der Betrachtung ihrer feinfühligen Hand werde ich neidisch auf den Schalthebel. Immer wieder springen meine Blicke von der Hand zu den Knien.

In der Nähe des Friedhofs wird sie still.

„Du musst nicht mitkommen", sage ich, als sie den Wagen einparkt. „Warte hier. So lange wird es nicht dauern." Ich nehme die Blumen vom Rücksitz und gehe mit weichen Knien durch das gewaltige Tor.

Bestattungen sind mir - offen gestanden - ein Gräuel. Spätestens bei der Kondolenz bricht bei mir kalter Schweiß aus. Was können Worte gegen Trauer ausrichten? Und für ein Schauspiel oder eine dieser blöden Floskeln ist mir die Sache zu ernst.

Die Trauergemeinde ist nicht sehr groß, vielleicht zwanzig Leute. Ich sehe ein bekanntes Gesicht. Frau Stirner weint unablässig. Als ich mich neben sie stelle, nimmt sie meinen Arm. Ich fühle mich geborgen und streichle ihr dankbar die Hand.

„Vor drei Jahren haben wir hier seinen Bruder begraben. Er ist mit dem Auto verunglückt. Der gute Ludwig", schluchzt sie.

„Sie kannten alle Renners?"

„Alle, die ab und an im Häuschen an der See gewohnt haben. - Warum muss ein Mensch so etwas tun?"

„Ein Tor, der leben bleibt. Aber so sehr sind wir Toren. Und das eben ist das Törichtste am Leben."

„Hat e r Ihnen das gesagt?"

Ich schüttle den Kopf. Unauffällig beobachte ich die Trauergäste in der Kapelle. Sie alle scheinen ehrlich vom Tode Renners betroffen zu sein. In der ersten Reihe sitzt ein Mann in Renners Alter. Da er Renner auffallend ähnlich ist, tippe ich auf Bruder. Die um einiges jüngere Frau an seiner Seite weint zügellos. Ich will mich wundern, wenn es nicht Renners Schwester ist.

Der Sarg taucht - wie von Geisterhand geführt - aus dem Dunkel. Das Schluchzen erreicht seinen Höhepunkt. Die Trauerrede ist natürlich alles andere als informativ. Renner war - wie alle Verstorbenen - der beste Mensch auf der Welt. Er tat nur Gutes, war immer treu, ehrlich, vorbildlich überhaupt. Er hatte keine Kinder, war nie verheiratet. Dennoch sind viele Frauen anwesend, die sich unauffällig aus den Augenwinkeln heraus mustern; durch die Bank schöne Frauen. Merkwürdig, diese Eifersucht noch um einen Toten. Auch die kostbaren Blumengebinde atmen Rivalität. Die getragene Musik lässt Phantasie und Erinnerung freien Lauf. Warum kann man es nicht dabei belassen? Der Sarg verschwindet so unauffällig, wie er gekommen ist.

Das von mir ins Auge gefasste Paar nimmt die Kondolenz entgegen. Ich kann nicht umhin, mich anzuschließen, ich bin ja unlösbar an Frau Stirner gekettet. „Kennen Sie die beiden?", frage ich die alte Dame, als sie sich wieder ein wenig in der Gewalt hat.

„Der Herr ist Gustavs Bruder Berthold. Die Frau habe ich noch nie gesehen."

Als die Reihe an mich kommt, suche ich viel zu spät und entsprechend verzweifelt nach Worten. Zuletzt kommt mir mein Einsiedler zu Hilfe. „*Was vollkommen ward, alles Reife - will sterben! Aber alles Unreife will leben*", plappere ich ohne jede Anteilnahme. Die tränenfeuchten Augen der in allem schönen Frau sehen mich wenigstens zweideutig an *und nicht unähnlich solchen,* denen *ein unvermutetes Glück zustößt.* Die Schöne löst sich von Renners Bruder und hakt sich bei mir unter. Ich bin verwirrt; Frau Stirner nicht weniger.

„Sie sind wahrscheinlich Gustavs bester Freund", sagt die unbekannte Schöne mit einer warmen, sehr angenehmen Stimme. Erst jetzt fällt mir der wunderschön gezeichnete, etwas aufgeworfene Mund auf.

„Woher wollen Sie das wissen?", frage ich irritiert.

„Weil Sie - von Berthold abgesehen - der einzige Mann in der Runde der Trauernden sind."

Ich sehe mich um und finde ihre Beobachtung bestätigt. Wenigstens bin ich der einzige Mann in Renners Alter. Auf dem Weg zum Ausgang habe ich zwischen Frau Stirner und der schönen Unbekannten einen unangenehm exponierten Platz. „Gustav hat viel von Ihnen erzählt", begebe ich mich auf gefährliches Glatteis.

Sie nickt. Augenblicklich füllen sich ihre Augen mit Tränen.

„Sie sind doch die - Schwester?", pokere ich mit höchstem Einsatz.

Frau Stirner sieht mich solchermaßen fragend an, dass ich das Spiel sogleich verloren gebe und schon nach einer Ausrede suche. Aber die Schöne nickt. Nun geht die Neugier auch mit der alten Dame durch. „Gustav hatte eine Schwester?" Die Frage klingt taktlos wie verletzend.

Die Schwester wirft der Fragenden einen giftigen Blick zu. Mir fällt ein Stein vom Herzen. Der Poker ist gutgegangen. Ich bin begeistert von meiner Menschenkenntnis. Frau Stirner fixiert die Frau an meiner anderen Seite wie eine Schlange die Maus. Dann löst sie sich aus meinem Arm und geht zu Gustavs Bruder, bei dem sie herzliche Aufnahme findet. Im Gesicht der Schwester breitet sich Nüchternheit aus, wenn nicht gar Kälte. Noch lange beobachte ich sie aus dem Augenwinkel. Ihr Ausdruck bleibt unverändert. Sie ist irgendwie faszinierend und mit jeder Faser Weib. Als ich mich von ihr lösen will, klemmt sie meinen Arm ganz fest unter ihren Ellenbogen.

Alle drücken meiner spröden Schönen zum Abschied noch einmal mit unverbindlichen oder ungeschickten, manchmal auch tröstenden Worten die Hand. Ist es schon unendlich peinlich, zu kondolieren, so wird es geradezu unerträglich, wenn man ganz unvermittelt zu jenen gerät, die getröstet werden. Ich stehe da und mache ein verzweifeltes Gesicht, das noch nicht einmal geheuchelt ist. Die Schöne an meiner Seite verliert keine Träne mehr. Sie schaut wie in ein fernes Nichts. Irgendwann ist die Letzte von Renners Verflossenen schluchzend an uns vorbeigeschlichen. Von jeder erhalte ich einen ganz unverdienten, aber umso versöhnenderen Kuss.

„Gott sei Dank", haucht meine Nachbarin.

„Sie mögen auch keine Bestattungen?"

„Ich bin Susanne, und du?"

„Holger", stammle ich verblüfft.

„Bring mich schnell hier weg."

„Wohin?"

„Am besten zu mir nach Hause."

„Jetzt?"

„Ja."

„Ich habe noch einen Termin", versuche ich mich ihr zu widersetzen.

„Dann sag ihn ab."

Am Friedhofstor bleibt sie unvermittelt stehen. Ihr Blick verrät sie. Als ich ihm folge, begegnet mir ein frustriertes Männergesicht am Steuer eines dunklen Lieferwagens.

„Dann treffen wir uns um drei bei mir", verschiebt Susanne den Zeitpunkt des Rendezvous.

„Wo?"

Sie gibt mir unauffällig ihre Karte. „Du wirst es nicht bereuen."

Ihr Blick durchglüht mich bis in den letzten Zipfel. Ich weiß, dass sie nicht zu viel verspricht. „Ich will es versuchen", sage ich also verdutzt.

Mit dem verführerischsten, aber überhaupt nicht anzüglichen Lächeln trennt sie sich von mir. Auffällig unauffällig geht sie am Lieferwagen vorbei, der sich gleich darauf langsam in Bewegung setzt. Ich halte hektisch nach Karla Ausschau. Im letzten Augenblick taucht sie auf.

„Fahr dem dunklen Wagen nach. Schnell!"

14

Susanne empfängt mich im Morgenmantel. Noch im Flur nimmt sie mir die Weinflasche aus der Hand, um sich hernach mit warmen, trockenen Händen zärtlich meinem Gesicht zuzuwenden. Augenblicklich bewege ich mich in gefährlicher Nähe der Schmerzgrenze meiner Selbstbeherrschung.

„Die Liebe ist noch immer das beste Mittel gegen die Trauer", sagt sie nüchtern.

„Gegen die Trauer oder die Angst zu sterben?", versuche ich die unvermittelt begonnene körperliche in eine geistige Unterhaltung umzuwandeln.

Ihre Antwort ist ein Kuss, der mich aller Selbstkontrolle beraubt. *Begehren, - das heißt mir schon, mich verloren haben.*

Als ich ihr das weiche Haar aus dem glühenden Gesicht streiche, lässt sie den Morgenmantel fallen. Ihr Körper ist beeindruckend. Ich überlege, wie viele Wörter wir bisher gesprochen haben. Bis zum Du waren es keine zehn; bis zum ersten Kuss kaum mehr. So schnell bin ich mein Lebtag noch nicht zur Sache gekommen. Ich kann mich aber auch nicht erinnern, es je so nötig gehabt zu haben. Sie hat es nicht schwer, mich in einen ihr ähnlich unbekleideten Zustand zu bringen. Am längsten halten die Knöpfe meines Hemds auf. Susanne käme sicher schneller zum Ziel, wenn ich mich nicht so begeistert ihren herrlichen Brüsten widmen würde. Unsere Hände kommen sich ziemlich kontraproduktiv ins Gehege. Immer wieder wirft sie ihren Mund so leidenschaftlich auf den meinen, dass ich Angst um meine alten Wunden habe. Ihre Hände spielen indessen mit meiner glühenden Männlichkeit, als gäbe es nichts Vertrauteres für sie. Ich spüre sofort, dass ich allzu bald in Zeitnot geraten werde. Susannes Hände sind ungewöhnlich erfahren oder einfühlsam. Ihre geräuschvolle Art zu genießen jagt mich dem Countdown noch schneller entgegen. Ich habe zwar oft davon reden gehört, erlebt habe ich eine so durch den Kehlkopf gehende Lust aber noch nicht einmal bei der Kronstätter. Susanne ersetzt die Tonkulisse eines ganzen Raubtierhauses. Einen Augenblick kreisen meine Gedanken sogar sorgenvoll um das Ruhebedürfnis der Hausbewohner. Immerhin stehen wir noch immer im Flur. Die Sorge um meinen Nächsten hilft mir wirtschaften, obwohl Susannes Händen auf Dauer kein noch so weit fortführender Gedanke gewachsen ist. Ich muss mich um ihre Startzeit kümmern. Nur widerwillig verlassen meine Hände das so herrliche Spielzeug und rutschen der Scham entgegen, die sich dem kühnsten Finger feucht eröffnet. Im gleichen Moment wechselt Susannes Kuss vollständig den Charakter; Lippen und Zunge werden ganz weich. Und wenigstens für mich ungewöhnlich gefühlvoll liebkost sie alle Winkel meines Gesichtes. Die Vibrationen ihres lustvollen Gejammers lassen mich zittern wie einen Pennäler beim ersten Bordellbesuch. Sie wirft sich auf den Teppich und schreit mit aufgerissenen Augen: „Komm!" Ich werfe mich auf sie. Ohne Zwischenspiel rutschen wir ineinander. Auch hierin erlebe ich eine

Rekordzeit. Susanne ist vollkommen weggetreten. Ich schäme mich ein bisschen meiner kühlen Betrachtung ihrer nicht mehr steigerungsfähigen Leidenschaft. Die Strafe folgt auf dem Fuß. Als ihre Schamlippen zu klammern beginnen, gräbt sie ohne Selbstkontrolle ihre spitzen Fingernägel in meinen Rücken. Der Schmerz macht mich ganz nüchtern. Der Specht verliert sofort Volumen und Festigkeit und - was schlimmer ist - alle Wachstumsimpulse. Obwohl ich schreie, gräbt Susanne ihre Nägel immer tiefer in das wunde Fleisch. Sie ist nicht mehr von dieser Welt. Meine Schreie dringen nicht zu ihr. Es ist ganz unmöglich, mich aus ihren Armen zu befreien. Jeder Versuch endet in qualvollen Schmerzen. Ihr Körper zittert noch immer. Der Schmerz wird unerträglich. Das Blut läuft kribbelnd über die Haut. *So reich ist Lust, dass sie nach Wehe dürstet, nach Hölle, nach Hass, nach Schmach, nach dem Krüppel, nach Welt.*

Ich schlage ihr derb ins Gesicht, um sie aus der für mich so schmerzhaften Trance zu befreien. Sie reagiert auch auf die nachfolgenden, noch derberen Schläge nicht. Erst als sich ihr Körper entspannt, erwacht sie. Endlich lösen sich die Nägel aus der Wunde. Erschlafft fallen ihre Arme seitlich auf den Boden.

Ich ziehe mich unsensibel aus ihr zurück und stehe auf. „Hast du sie noch alle!", schreie ich ungehalten. Mit ungeschickten Verrenkungen untersuche ich den malträtierten Rücken. Blutverschmiert kommen meine Hände wieder zum Vorschein.

Susanne erschrickt ehrlich. „Oh, mein Gott, was hast du denn gemacht?"

„Ich? Du merkst wohl nichts mehr? Vielleicht guckst du dir mal deine Hände an."

Sie erschrickt noch mehr. Nun ist sie ganz schnell auf den Beinen, um sich meinen brennenden Wunden zuzuwenden. Sie tut es mit rührender Sorgfalt. „Das passiert mir immer mal. Ich merke es gar nicht, weißt du?", sagt sie entschuldigend. Zuletzt küsst sie die Wunden und bläst sie mit ihrem noch immer glühenden Atem trocken.

Mit steifem Rücken suche ich meine Sachen zusammen. - *Es ist besser, in die Hände eines Mörders zu geraten, als in die Träume eines brünstigen Weibes.*

Susanne verstellt mir den Weg zur Wohnungstür. „Sei nicht dumm! Lass es mich wieder gutmachen." Sie zieht mich ins Schlafzimmer. Ich wehre mich, soweit es der schmerzende Rücken erlaubt. Da ich die Wohnung unmöglich nackt verlassen kann, bin ich wenigstens so lange auf Susannes Zurückhaltung angewiesen, wie ich brauche, um in die Hose zu steigen. Aber genau das lässt sie nicht zu. Immer wieder hält sie mich fest, oder sie stellt sich in den verführerischsten Posen dazwischen. Sie versteht es, ihren beeindruckenden Körper zu präsentieren und jedes der köstlichen Details auf unwiderstehliche Weise anzubieten. Im Schlafzimmer ist es schummrig und angenehm frisch. Die kaum geöffneten Jalousien werfen einen angenehmen Schatten. Mit aller Umsicht bettet mich Susanne gleich auf die makellose französische Decke. Die kühle Seide tut meinem Rücken gut. Ich schließe die Augen und lasse mich ganz egoistisch ins Reich der Sinnlichkeit entführen.

„Willst du dir nicht etwas wünschen?", fragt sie mit dieser so angenehmen Stimme. „Ich erfülle dir den ungewöhnlichsten Wunsch."

„Ich habe keine Ahnung", murre ich verklemmt.

Mit zärtlichen Lippen verschließt sie mir den Mund. Dann küsst sie sich ganz langsam am Hals herab über Brust und Bauch bis zu meinem wieder erwachten Notnagel. Die Phantasie, mit der sie sich seiner annimmt, lässt mich allen Schmerz vergessen. Als sie ihm mit den Zähnen das Fell über die Ohren zieht, schnelle ich hektisch in den Sitz.

Susanne sieht mein entsetztes Gesicht. „Du musst keine Angst haben", sagt sie schelmisch, „gebissen hab ich noch nie."

Ganz beruhigt bin ich nicht. Ihre Zunge umkreiselt indessen die entblößte Spitze meines 'Dorns im päpstlichen Auge', wie Mayer ihn nennt. Erwartungsvoll dreht sie mir ihr lockendes Hinterteil zu. Mein Wirkungsbewusstsein ist größer als die Angst vor ihren unberechenbaren Handlungen in der Ekstase. Mein Daumen drängt in ihr Zentrum. Ihr Brummen überträgt sich mit beinahe unerträglich erregenden Schwingungen auf den Gegenstand ihrer zärtlichen Bemühungen. Neben allem Genuss beobachte ich ihre Hände. Noch liegen sie in beruhigender Entfernung weit neben mir. Sie braucht sie nicht. Was ihre spielenden Lippen an meinem im Unsterblichkeitsgefühl versinkenden Körper nicht erregen können, übernehmen ihre Brustspitzen, die mir - kaum spürbar und gerade dadurch unübertrefflich besinnlichend - über den Bauch streichen. Sie lässt ab von meinem bis nah an die Grenze verwöhnten Glücksbringer und sieht mich bittend an. Ich ziehe sie, alle Wunden ignorierend, auf mich. Sie sitzt auf mir und streichelt meine pralle Eichel mit den Löckchen ihrer Scham. Nur ab und an senkt sie sie tiefer, um die Reibung zu erhöhen. Meine Hände haben sich wieder dem Lieblingsspielzeug zugewandt. Die Brüste tanzen wie Zwillinge ... Ich muss an Karla denken. Nur Susannes Künsten ist es zu danken, dass der flatterhafte Gedanke ohne peinliche Folgen bleibt. Susannes Augen starren schon wieder in die Ferne. Schmeichelhaft wie ein Schmusekätzchen setzt sie ihre krallenbewehrten Pfötchen auf meine Brust. Diesmal bin ich vorsichtiger. Mit festem Griff der Handgelenke führe ich ihre Hände so weit von meinem Körper, wie es die Länge ihrer Arme zulässt. Sie senkt ihr Becken immer tiefer ab, bis meine Lanze ihre heiße Scham zerfurcht, ohne in sie einzudringen. Das ist vollkommen neu für mich. Aber im Grunde ist ja alles an diesem Liebesspiel Neuland. Sie ist sich ihres Erfolges ganz sicher. Ich gebe alle Verantwortung an ihr Rhythmusgefühl und genieße …

Es klingelt.

Augenblicklich bin ich aus der Rolle.

Es klingelt noch ungeduldiger.

Innerhalb weniger Sekunden verliert mein Specht alle Festigkeit. Susanne hobelt umso unerbittlicher. „Weiter", stöhnt sie. „Komm schon!"

Es klingelt ohne Unterlass.

Jetzt ist mein Kriechtier nicht mal mehr al dente. *Der Leib war's, der am Leib verzweifelte.*

Susanne steigt nervös von mir und geht hinaus. Ich höre erregte Stimmen. Ein Mann flucht vorwurfsvoll auf sie ein. Ich springe aus dem Bett und drücke das Ohr an die Tür.

„Schrei nicht so", zischt Susanne immer wieder.

„Ich soll auch noch still sein, wenn du wie die letzte Hure mit andern Kerlen fickst? Su, ich warne dich! Ich mache so nicht mehr mit. Denkst du vielleicht, ich bin so dämlich und merke nicht, dass du mich nur benutzt? Am Ende mache ich die Pflaume dabei. Seit dem Friedhof fährt eine Frau hinter mir her, die ich irgendwoher kenne."

„Mach dich nicht lächerlich! Und hör auf zu schreien. Deine Weibergeschichten interessieren mich auch nicht. Ich habe dir gesagt, dass ich dich am Abend erwarte. Was willst du mehr?"

„Nicht so behandelt werden, wie der letzte Quickie für nur mal so zwischendurch."

„Nun sei nicht dumm", sagt sie schon etwas versöhnlicher. „Du hast ja wohl keinen Grund, dich zu beklagen."

„Warum kann ich nicht rein?"

„Weil ich jetzt zu müde bin."

„Kann ich mal nachsehen?"

„Du bist eifersüchtig wie ein Schuljunge. Sei ein Mann, Jochen. Ich will ja heute Nacht für alles büßen, hörst du? Alle Strafen kannst du dir ausdenken, wenn du jetzt artig bist."

Die beiden flüstern nur noch. Also nutze ich die Zeit, um in die Sachen zu schlüpfen. Ich habe den Gürtel noch nicht zu, als Susanne ins Zimmer tritt. „So kannst du unmöglich gehen. Null zu zwei hab ich noch keinen Mann von mir fortgelassen. Komm." Sie kniet sich vor mich und nimmt mir die Gürtelschnalle aus der Hand.

„Susanne, ich bin wirklich nicht mehr in Stimmung", sage ich nachdrücklich.

„Da ist e r aber anderer Meinung."

„Der ist doch … Gut, wenn du drauf bestehst." Sie hat wirklich unglaubliches Feeling. Mein wunder Rücken brennt wieder stärker. Die Decke, auf der ich eben noch gelegen habe, ziert ein blutiges Muster. Von den Händen unterstützt nähert sie sich schnell dem Ziel. Ich luge durch die Lamellen der Jalousie auf die Straße. Ein hinkender Mann schaut mit zorniger Miene zu mir herauf. Er kann mich nicht sehen. Ich denke an die Worte der Stirner. Ein fußlahmer, kleinerer Kerl und eine junge Frau, hat sie gemeint. Hat sie sich auf dem Friedhof so eigenartig benommen, weil sie Susanne wiedererkannt hat?

„Was ist denn jetzt?" Susanne schaut nun fast so irritiert zu mir herauf wie der humpelnde Kerl auf der Straße.

„Ich sage doch, ich bin nicht mehr in Stimmung." Ich verstaue meine Peinlichkeit und knöpfe die Hose zu.

„Willst du wirklich so gehen? So hart kannst du doch nicht gegen dich sein."

„Hart. Du hast doch gesehen, was los ist."

„Sehen wir uns wieder?", fragt sie mit wehmutsvollem Lächeln an der Tür.

„Bestimmt."

15

Wie ein Irrer laufe ich in der noch sengenden Sonne. Hast du das wirklich eben erlebt? Wieso bist du fortgelaufen? So eine Frau triffst du so schnell nicht wieder. Wo willst du eigentlich hin? - Karla. Ich versuche mich zu erinnern, wo sie wohnt. Bei Mickten. Ich bin froh, als ich eine Straßenbahn finde, die mich hinbringt. Aber auch dann habe ich noch einen weiten Weg vor mir; nicht was die Strecke angeht, sondern das verzweifelte Herumirren. Dabei wäre es so nah gewesen. Vollkommen zerschlagen komme ich bei Karla an.

Mit vorwurfsvoller Miene empfängt sie mich. „Hast du eine Vorstellung, wie lange ich auf dich gewartet habe?"

„Ich hatte zu tun, deine Wohnung wiederzufinden. Ich bin schließlich keine Brieftaube", murre ich, auch wegen der starken Rückenschmerzen.

„Mann, darum habe ich ja auch am Friedhof auf dich gewartet; drei volle Stunden. Wo warst du denn?"

„Kann ich erst mal duschen?"

Ich habe die Klinke zum Bad noch nicht in der Hand, als ich von Karlas Schrei erschreckt werde. „Holger, verdammt, was hast du denn gemacht? Dein Hemd ist ja ganz blutig."

„Mir ist ein Kater auf den Rücken gesprungen", maule ich wie ein Polizist der Spezialeinheit, der über die wahren Gründe seiner Verletzungen nicht sprechen darf.

Die Rede verfehlt nicht ihre Wirkung. Karla ist augenblicklich die Besorgtheit selber. „Kann ich dir irgendwie helfen?"

„Wenn du so gut bist und mir ein frisches Unterhemd sterilbügelst. Im Koffer sind welche. Aber nimm ein altes." Ich habe nun Zeit, mich im Bad zu verarzten. Das heiße Wasser brennt wie Feuer. Ich lasse es so lange laufen, bis der Schmerz nachlässt. Das kalte Wasser nachher nimmt den letzten Schmerz.

Karla bringt das Hemd. „Soll ich dir beim Anziehen helfen?"

„Nein, leg es nur hin. Ich mach es selber." Das Hemd ist noch heiß.

Karla erwartet mich schon in der Stube. Sie sitzt da wie ein Fragezeichen.

Ich hatte unter der Dusche genügend Zeit. *Wer nicht lügen kann, weiß nicht, was Wahrheit ist.* „Karla, bitte, frag jetzt nicht. Es ist vorerst besser, wenn du bestimmte Dinge nicht weißt. Es würde dich nur sinnlos in Gefahr bringen. - Hat deine Beobachtung was ergeben?", frage ich scheinheilig.

Karla sieht mich lange sehr enttäuscht an. „Ja. Der Mann fährt einen Leichentransporter. Überführung und Umbettung. Er humpelt ein bisschen, aber auffallend genug. Möglich, dass er es ist, den die Stirner in der Nacht, als Renner starb, mit der jungen Frau gesehen hat."

„An dir ist ein Detektiv verlorengegangen. Glückwunsch."

Karla nickt traurig. „Er ist durch alle möglichen Kneipen gezogen. Gegen halb vier war er dann bei einer Frau Renner. Ich habe sie nur streiten gehört. Zu verstehen war nichts. Ich wollte eigentlich noch warten, bis diese Frau Renner erscheint, um zu sehen, wie alt sie ist. Aber dann fiel mir ein, dass du ja nicht weißt, wo genau ich wohne. Und da bin ich wieder zum Friedhof zurück. - Und? Gibt es bei dir was? Ich meine, das ich wissen darf?", fragt sie nüchtern wie kühl.

„Susanne Renner ist Gustav Renners Schwester. Es ist die Frau, die du mit mir am Friedhofstor gesehen hast. Der humpelnde Kerl hat dort auf sie gewartet. Hier ist ihre Karte."

Karla liest sie. „Dann hätte ich mir die ganze Spioniererei ja sparen können."

„Renners waren vier Geschwister. Ein Ludwig ist vor drei Jahren tödlich mit dem Auto verunglückt. Ein Bruder lebt noch. Er heißt Berthold. Eltern scheint es keine mehr zu geben. Die meisten Leute auf dem Friedhof waren Renners Ehemaligen."

Karla nickt lange. „Wenn du heute sterben würdest, wie viele Frauen würden dann wohl an deinem Grab heulen?", fragt sie mit müder Stimme.

Ich überlege tatsächlich, welche Frau meinem Sarg folgen würde. Vera vielleicht. Vor ihr hatte ich nur kurze Beziehungen oder Frauen für nur mal so. Ulrike? Sie war meine erste gewesen. Die hat mich wirklich geliebt. Aber selbst wenn sie mich noch immer liebt, wie sollte sie von meinem Tod erfahren? „Ich fürchte, keine. Es sei denn, du bist so gut."

„Gibt es keine oder hast du sie alle so schlecht behandelt?"

Wenn Karla wüsste, wie sie damit ins Schwarze trifft. Heiße Scham quillt auf und drängt zum Kopf, um sich vor aller Welt sehen zu lassen. Ulrike. Wie gern würde ich alles ungeschehen machen … „Ist das so eine Art Verhör?", frage ich trotzig. „Dir scheint das Detektivspiel ja richtig Spaß zu machen."

„Nicht so sehr", erwidert Karla reserviert. „Man riskiert immer, Sachen zu erfahren, die man gar nicht wissen will."

„Viele Frauen gibt es nicht", sage ich mit seltsamer Ahnung. „Die genaue Zahl würdest du mir doch nicht glauben."

„Ich hatte drei Stunden Zeit, mir eine Geschichte zusammenzureimen", fährt Karla nüchtern fort. „Renner war offensichtlich verrückt. Er hatte die Frauen über. Bei keiner fand er mehr den Kick. Also stieg er auf Leichen um."

„Geht es vielleicht weniger gestisch", würge ich angewidert.

„Entschuldige. Ich dachte, Männer sind bei solchen Sachen nicht so empfindlich", entgegnet sie scharf.

„Weiter."

„Seine Schwester knüpft Kontakt zu einem Mann aus dem Krematorium, über den sie das Material bezieht, und kassiert ordentlich. Renner hatte als niedergelassener Zahnarzt eine Menge Kohle. Leider hat sich der eine Spleen bald in einen anderen verwandelt."

„Oder es war von Anfang an der Kick, wie du sagst, sich einzubilden, der Mörder der Schönen zu sein."

„Aber warum bringt er sich dann um? Warum wird er später selber Opfer seiner perversen Neigung?"

„Nicht wenige, die ihren Teufel austreiben wollten, fuhren dabei selber in die Säue."

Karla sieht mich fragend an. Ich sehe, dass sie Mühe hat, den letzten Satz zu verdauen. Ich genieße meine Rätselhaftigkeit. (Mayer, vielleicht ist der Zarathustra meine Rettung. Woher kennst du nur die Frauen so gut?) *Er kennt wenig die Weiber, und doch hat er über sie recht! Geschieht dies deshalb, weil beim Weib kein Ding unmöglich ist?* Ich muss alles Witzige und Provokante auswendig lernen!

Das Telefon klingelt.

Karla geht ran. „Steffi!" - „Uns geht es gut." - „Hör auf. Er sitzt mit blutigem Rücken vor mir." - „Das verrät er nicht." - „Die Fahrt hat sich gelohnt, denk ich." - „Nein, du Blöde. Was die Sache mit Renner betrifft." - „Kullbach?"

Mir fährt der Schreck in die Glieder.

Karla stellt laut.

„Er hat nach deinem Schwarm gefragt", schnarrt es.

„Er ist nicht mein Schwarm", ruft Karla und errötet wie ein Schulmädchen. „Steffi bitte! Er hört mit."

„Kullbach wollte wissen, ob ich mich an deinen ..., ich meine, an Holger erinnere. Er hatte sogar ein Bild von ihm. Ich sagte, ja. Dann fragte er, ob mir aufgefallen wäre, dass er sich für eine bestimmte Frau interessiert. Ich sagte natürlich, nein. Das ist so ein Typ, sagte ich, den lassen die schönsten Frauen kalt. Ist doch so!"

„Steffi, bitte. Wenn du mal ein bisschen ernst sein könntest."

„Um alles in der Welt wollte er wissen, wie du heißt. Du könntest vielleicht Chancen haben. Zuletzt hat er sich das Gästebuch zeigen lassen, obwohl ich ihm hoch und heilig geschworen habe, dass du nie hier gewohnt hast. So richtig überzeugt hat es ihn wahrscheinlich nicht. Dabei habe ich dem Chef eingetrichtert, dass er ja nichts von der Schlägerei in der Nacht und deinem Zusammenbruch erzählen soll. Der Kullbach ist ein ganz Gerissener."

„Du warst großartig, Steffi. Du darfst ihm auch weiterhin nichts von der Sache erzählen, hörst du?"

„Ihr seid gut. Ich riskiere - wer weiß, wie viele Jahre - Knast wegen Beihilfe, um eure Flitterwochen nicht stören zu lassen. Und ihr ..."

Karla stellt leise. „Nein. Hör auf." - „Ja." - „Nein." - „Das kann ich jetzt nicht sagen." - „Irgendwas Nekrophiles." - „Dann schau mal in den Duden." - „Ich wäre auch gern wieder bei dir. Mach's gut." Karla legt auf. Sie ist blass geworden. Verzweifelt sieht sie mich an.

„Was ist denn?", frage ich unsicher.

„Was machen die eigentlich mit den Leichen?"

Ich suche nicht wirklich nach einer Antwort. „Ich weiß nicht. Du musst dir nicht alles vorstellen wollen, Karla. Und noch wissen wir nicht sicher, ob Renner pervers war."

„Ich habe Angst, dass ich der Sache nicht gewachsen bin. Brauchst du mich wirklich noch?"

Sie sagt das so kühl und gleichgültig, dass mich eine Panik befällt. „Natürlich, Karla. Ohne dich bin ich doch erledigt. Keinen Schritt weiter wäre ich ohne dich." Der innere Aufruhr ist beinahe so katastrophal, wie damals, als mir Vera ihren Abschied angekündigt hat. Ich habe Angst, eine Frau zu verlieren, noch bevor ich sie auch nur irgendwie besessen habe und die zu kriegen noch dazu absolut utopisch ist. Das ist doch vollkommen verrückt!

Sie nickt mit ihrem so typischen einseitigen Lächeln. „Ich habe im Krematorium angerufen; - als eine verzweifelt Verliebte, die einen Mann kennengelernt hat, von dem sie nur weiß, dass er einen kleinen Gehfehler hat, im Krematorium arbeitet und Werner heißt."

„Jochen."

Karla springt auf. Ich komme gerade noch dazu, mich - träge vom Schmerz - aus dem Sessel zu schälen. Mit einem Griff reißt sie mir das dünngewaschene Unterhemd vom Leib und mit ihm alle Wunden auf. „Du verlogener Scheißkerl! Zu meiner eigenen Sicherheit? Du vergnügst dich mit der erstbesten Tusse, die du aufgabeln kannst, während ich in der Hitze stundenlang dem schleimigen Kerl hinterherfahre, der wahrscheinlich meine Schwester zu diesem Perversen gekarrt hat." Sie schlägt mir das zerrissene Hemd um die Ohren und - was weit schmerzhafter ist - um den Rumpf, bis ich ihr die Hände festhalte. Sie wehrt sich wie eine Verrückte. „Verschwinde!", schreit sie immer wieder.

„Karla, es war nicht die erstbeste Tusse, sondern Renners Schwester. Wenn überhaupt jemand, dann weiß sie, was genau gespielt wird. Ich konnte ja nicht ahnen, dass sie mich gleich im Flur vergewaltigt."

„Hör auf, auch noch solchen Blödsinn zu erzählen, und verschwinde!", schreit sie außer sich.

Ich gehe zur Tür und drehe mich noch einmal um. „Ich hatte nicht allzu viel Spaß dabei, wie du siehst."

„Scheißkerl!"

Meine Sachen sind schnell zusammengesucht. Das Anziehen geht nicht ganz so flott. Als ich mich von Karla verabschieden will, steht sie mit dem Rücken zu mir am Fenster. *Oder ist es das: Die lieben, die uns verachten, und dem Gespenst die Hand reichen, wenn es uns fürchten machen will?*

„Es tut mir leid, Karla. - Es soll wohl so sein. Mach's gut."

„Du auch."

Ich bleibe stehen und warte darauf, dass sie sich umdreht.

„Er heißt übrigens Kirschberg."

„Ja, danke." Ich mag nicht gehen, ohne ihr Gesicht noch einmal gesehen zu haben. „Wie willst du denn jetzt schlafen, so allein?"

„D a f ü r jemanden zu finden, ist wohl nicht so schwer, wie du ja am besten weißt", sagt sie abfällig wie anzüglich.

„Aber es ist gleich acht. - Na dann." Ich schließe leise die Tür.

Karla dreht sich hektisch um und sieht mich noch immer mit bitterem Lächeln im Zimmer stehen.

„Ihr seid wirklich Scheißkerle. Aber nur noch diese Nacht. Morgen fliegst du raus. Viel zu gut ist man."

Karla lässt mich schon im Stehen ganz links liegen. Nach der unheilvollen Ankündigung spricht sie nur noch einmal mit mir.

„Soll ich heute Nacht nicht besser in der Stube …?", frage ich vor der Belegung der Betten.

„Dann hättest du auch gleich gehen können. Die Galgenfrist hast du ja nur darum."

Natürlich liege ich lange wach. *Meine ungeduldige Liebe fließt über in Strömen, abwärts, nach Aufgang und Niedergang. Aus schweigsamem Gebirge und Gewittern des Schmerzes rauscht meine Seele in die Täler …*

Gibt es ein Schicksal? Gibt es eine Aufrechnung von Schuld? Vielleicht ist das Schicksal blind, aber nicht ohne Gedächtnis. Warum muss ich gerade jetzt an die Kronstätter denken? Ihr gegenüber hab ich kein schlechtes Gewissen. Ihr gegenüber nicht! Als hätte sie etwas in der Nacht im Duschraum verwandelt, scheußelte sie sich auf einmal an wie diese jungen Gänse. Ich brauchte lange, ehe ich begreife, dass die Panikverjüngung mir gilt. Es ist schon peinlich genug, wenn eine reife Frau versucht, sich in ein pubertierendes Mädchen zu verwandeln, aber zum Albtraum wird es, wenn man entsetzt feststellt, selbst Anlass der unmöglichen und daher albernen Metamorphose zu sein. Um gerecht zu sein, ganz wirkungslos war die Verwandlung nicht. Immerhin nahm man sie nun allgemein als Frau wahr, die Wert darauf legt, als Frau wahrgenommen zu werden. Sie sah nicht nur aus, als sei sie einem alternativen Modejournal entstiegen, sie war sogar zu riechen. Ich übersah und überhörte noch die aufdringlichste, flehendlichste Einladung. - Im Biologievorbereitungsraum reißt sie mich leidenschaftlich an sich. Alle Gefahr ignorierend, steckt sie mir die Zunge in den Mund. Ich bin gelähmt ...

16

Der Morgen sieht mich vollkommen zerknirscht. Es dämmert mal gerade, und ich bin schon hellwach, wenn auch todmüde. Sie atmet ganz ruhig. Es ist ihr also doch Ernst. Sie sieht aus wie ein kleines Mädchen, ganz friedlich und sorglos. Ich betrachte sie lange, auf den Ellbogen gestützt. Als mir der Arm abstirbt, stehe ich auf.

Das Wohnzimmer hat bereits etwas so Vertrautes! Ich werfe mich in den Sessel und lese im System des transzendentalen Idealismus. Obwohl ich mit den Gedanken immer wieder abschweife, komme ich erstaunlich schnell voran. Was manche Leute denken. Haben die auch mal so was Gewöhnliches wie Ärger mit Frauen erlebt? Haben die auch mal diese schwere Masse im Magen liegen gehabt? Fühlten die sich auch mal im engen Käfig der Brünstigkeit oder der Verzweiflung? Die denken die Welt so abstrakt und fern aller kleinen Probleme. Es muss wunderbar sein, sich unbeschwert und unbekümmert solchen Gedanken hingeben zu können; allen gedanklichen Aufruhr zu befrieden und zu ordnen.

Nach einer Weile werde ich ruhig. Meine Verzweiflung löst sich auf und verschwimmt in der gewaltigen Frage nach dem großen Ordner und der Ordnung selbst. Die Zeit bleibt stehen und verliert ihre alles bedrohende Vergänglichkeit. Die innere Ruhe, die mich erfasst, weckt die Vermutung, dass diese abstrakten Gedanken vielmehr Früchte einer unerträglichen Verzweiflung im Kopf und Bauch ihrer Schöpfer sind.

Am Abend hatte ich mir noch so rührende Worte der Verteidigung zurechtgelegt. Jetzt sind sie mir nicht mehr wichtig. Ich bin mir unheimlich. Ich traue diesem Frieden nicht ganz. Wie lange wird er halten? Ich will diese Ruhe aber auch nicht durch Zweifel aufs Spiel setzen.

Als die Sonne die Dämmerung fortleckt ... (Mayer, und du behauptest immer, ich wäre ganz und gar unpoetisch!) Jedenfalls stehe ich auf und mache Frühstück. Es ist amüsant, das System ihrer Ordnung zu erraten. Als alles fertig ist, überschaue ich noch einmal zufrieden mein Werk. Dann gehe ich wieder an mein oder, besser, ihr System des transzendentalen Idealismus. Nach ihrem Schlaf zu urteilen, muss Karla ganz und gar harmonisch in sich selber ruhen.

Beim - was weiß ich, wievielten - Blick zur Uhr fällt mir ein Zettel auf. In der Hoffnung, eine versöhnliche Nachricht zu finden, nehme ich ihn zur Hand. Es ist die Telefonnummer vom Krematorium. Ich wähle die Nummer.

Eine verschlafene Stimme meldet sich. „Schmidt."

„Hallo, hier ist Buschner. Spreche ich mit dem Chef?"

„Persönlich."

„Ich bin Journalist bei der ..." Hektisch suchen meine Augen im Zimmer herum und werden fündig. „...

Sächsischen Zeitung. Ich soll einen längeren Artikel über Ihr Haus schreiben. Die Leute interessieren sich für Ihre Arbeit. Wäre es Ihnen möglich, mir einige Insiderinformationen zukommen zu lassen?"

„Selbstverständlich." Die Stimme am anderen Ende wird munter. „Was wollen Sie denn wissen?"

„Eigentlich alles."

„Fertiges Informationsmaterial haben wir natürlich nicht. Und a l l e s ist gleich ein bisschen viel. Am besten, Sie sehen sich die Sache mal selber an. Dann hat man doch noch immer den besten Eindruck."

„Einverstanden. Wann wäre es Ihnen denn möglich, mich ein bisschen herumzuführen?"

„Wann Sie wollen, Herr …"

„Buschner."

„Herr Buschner, Entschuldigung. Am frühen Morgen ist es immer am besten." Seine Stimme nimmt nun gar etwas Unterwürfiges an.

„Ist Ihr Morgen jetzt noch früh genug, Herr Schmidt? Mir ist gerade ein Termin geplatzt."

„Ja. - Wenn Sie wollen. - Ich bin nur nicht so recht vorbereitet. Aber ich will versuchen …"

„Sagen wir, in einer Stunde? Damit der Morgen nicht zu alt wird?"

„Gut, Herr Buschner. Ich hole Sie am Haupttor ab."

„Vielen Dank! Bis gleich dann."

Ich werfe noch einen Blick in die Küche und einen ins Schlafzimmer. Beide füllen mein Herz mit Wehmut. Meinen Koffer lege ich in den Bettkasten vom Stubensofa. Als ich die Eingangstür öffne, sehe ich am Schlüsselbrett ein großes Bund. Karlas Schlüssel liegt auf der Flurgarderobe. Ich probiere die Schlüssel, die für die Eingangstür in Frage kommen. Den richtigen drehe ich vom Ring. Ganz leise schließe ich die Tür, um Karlas grausamen Schlummer nicht zu stören.

17

Schmidt ist die Beflissenheit und Zuvorkommenheit selber. Er ist fünfzig, beinahe zwei Meter groß, trägt Vollbart und eine Brille mit halben Gläsern, durch die ich ihn nicht ein einziges Mal blicken sehe. Der Bauch ist kaum störend, viel mehr gibt er dem Riesen etwas Vertrauenerweckendes. Man könnte ihn glatt für einen Professor halten. Auch die sprachliche Gewandtheit und das Redebedürfnis hätte er.

Natürlich preist er sein Krematorium als eines der schönsten und beeindruckendsten seiner Art. Ich erfahre, dass es - im recht ungewöhnlichen Jugendstil erbaut - an das Grabmal des Gotenkönigs Theoderich erinnert. Schmidt doziert über den Architekten Schumacher und empfiehlt mir den Zeitungsartikel über einen unlängst von einem Forschungsinstitut in Los Angeles herausgegebenen Sammelband, in dem exponiert von eben diesem symbolträchtigen Bauwerk die Rede ist. Er heißt: Weltanschauungsarchitektur im Geiste Nietzsches - Das Krematorium Tolkewitz auf dem Johannesfriedhof.

Ich stutze. - In Amerika bringt ein Forschungsinstitut einen Band heraus, in dem Leute hundert Jahre nach seinem Tod über die Architekturvorstellungen meines Nietzsche grübeln und behaupten, dass gerade das Krematorium, in dem die ominöse Tote verbrannt wurde, den Vorstellungen des Mannes entspricht, mit dem ich mich seit Wochen herumschlage? - Das ist doch aberwitzig! Ich habe nicht viel Zeit, dem Gedanken nachzuhängen.

Schmidt erzählt unablässig, während ich mir auf einem kümmerlichen Zettel Notizen mache oder wenigstens so tue. Er geht mit mir den Weg allen Fleisches gewissermaßen von hinten nach vorn. Zuerst erzählt er mir etwas über die in verschiedene Kategorien und Felder eingeteilten Gräber. Der anschließende Gang durch die farblosen Kellerräume zwingt mich in eine finstere Stimmung. Im kühlen Vorbereitungsraum stehen an die Dutzend einfache Särge auf so einer Art groben Servierwagen. Von dort aus geht es in den Brennraum. Drei Öfen nehmen die Särge auf, die über Rollenstraßen bis in die Brennkammern transportiert werden. Eine Stunde etwa dauert eine Einäscherung, je nach Leibesfülle des Verstorbenen. Schmidt beschreibt freisinnig alle Phasen der Verbrennung. Erst flammt der Sarg auf. Die Leiche wird gewissermaßen vorgekocht, bis die Feuchtigkeit raus ist; dann brennt der trockene Rest; die Dicken übrigens schlechter als die Dünnen, was ich genau andersherum vermutet hätte. Schmidt lacht über den allgemeinen Irrtum, der ihm lang vertraut ist. Eine halbe Treppe tiefer - hinter den Öfen - befinden sich die Klappen, durch die man den Brennvorgang beobachten kann. Ich gebe mir keine besondere Mühe, Details zu erkennen, es wird mir in Zukunft auch so schwer genug werden, ohne Assoziationen in den Geflügelgrill zu schauen. Nach der Verbrennung wird der Rost um die eigene Achse gedreht; über einen Trichter fallen die Reste in den backblechgroßen Auffang. Hier werden alle Metallteile herausgeklaubt und in einem großen Edelstahlcontainer gesammelt. Die nicht verbrannten Knochen wandern in die Mühle, wo sie in grobe Späne zerrieben werden und in den verschraubbaren Kunststoffeinsatz fallen, den Kern der späteren Urne. Auf die Knochenspäne wird die feine Asche gestreut. Fertig.

Ich habe genug gesehen.

In Schmidts Büro komme ich endlich zur Sache. „Und man kann sich darauf verlassen, dass immer die richtige Asche in den Urnen landet?", frage ich scherzend.

Schmidt erstarrt. „Selbstverständlich! Unsere Mitarbeiter sind absolut zuverlässig. Laut Vorschrift tun immer zwei Kollegen Dienst. Zudem begleitet eine Keramikplakette den Brennvorgang. Da ist jeder Irrtum ausgeschlossen." Ausladend deutet er mit der Hand auf eine Reihe dicker Ordner. „Da drin sind alle Einäscherungen der letzten Jahre protokolliert. Hier, sehen Sie." Er öffnet den Ordner auf dem Schreibtisch. „So sieht das aus."

Lax blättere ich rückwärts. Mein Herz schlägt immer heftiger. Zehnter August. Klara Rost. Geboren am sechzehnten Dezember ... Unterm Protokoll stehen die Unterschriften von Kirschberg und einem Steffen Lord. „Das sind die beiden Mitarbeiter, die ..."

„... die Einäscherung besorgt haben. - Richtig."

„Sind das die beiden, die wir unten gesehen haben?"

„Der ältere von ihnen war Herr Lord. Herr Kirschberg hat Urlaub. Er kommt erst morgen wieder. Gestern hat schon eine Dame nach ihm gefragt, wahrscheinlich eine Urlaubsbekanntschaft, die sich nicht mit dem Urlaub begnügen will, Sie verstehen?" Schmidt lacht aus ehrlichem Herzen.

Ich nutze die Heiterkeit als Einleitung für den Abschied, der sich dann noch lange hinzieht. Zuletzt macht mir Schmidt noch ein ungewöhnliches Angebot. „Wenn der Artikel gut wird und Sie mal so weit sein sollten und Lust haben, verbrannt zu werden, dann garantiere ich Ihnen einen Platz in der Nachtasche."

„Nachtasche?", stutze ich.

„Die letzten, die in der Schicht dran sind, bleiben die ganze Nacht in der Brennkammer. Das gibt eine ganz feine, wunderbar weiße Asche. Wie Schnee", schwärmt er.

Womit man alles locken kann. Also auch noch hier gibt es ein Privileg. Ich bedanke mich herzlich.

Da der Johannesfriedhof mehrere - hundert Meter voneinander entfernt liegende - Eingänge hat, und ich nicht weiß, welchen Lord bevorzugt, bin ich gezwungen, mich wieder ans Krematorium zu schleichen. Ich setze mich auf eine Bank im Schatten einer stattlichen Buche und ziehe den Zarathustra aus der Jackentasche. Lord hat erst in vier Stunden Feierabend. Ich habe also viel Zeit mit meinem keuschen Asketen. *Wahrlich, ein schmutziger Strom ist der Mensch. Man muss schon ein Meer sein, um einen schmutzigen Strom aufnehmen zu können, ohne unrein zu werden.*

Woher wusste die Kronstätter von meiner Triebhaftigkeit? Nach ihrem leidenschaftlichen Kuss im Vorbereitungsraum war mir klar, dass ich nun Zugang auch zu allem anderen habe. Eben das verbot ich mir mit aller Entschiedenheit und Kraft, jedenfalls so lange, bis der Trieb die Oberhand gewann. Ich rieb - ohne Beachtung aller Technik - den Specht, bis es schmerzte. Mit allen Mitteln versuchte ich, den Trieb im Zaum zu halten. Ich büffelte, ich las, ich sang, ich hörte laute Musik. In alle geistige Ablenkung mischte sich nach kurzer Zeit ihr rhythmischer Lustgesang. Ich suchte Rettung unter kalten Duschen, bis die Zähne hinter blauen Lippen klapperten, um der Verlockung zu widerstehen, in ihr Bett zu steigen. Bald drehten sich alle Gedanken nur noch um das eine. Und am defätistischsten war der Gedanke, der nach Rache schrie, Rache für ihr Lachen und ihren Spott gegen meinen Specht. Ja, mich drängte der Gedanke, ihr zu beweisen, zu welcher Standzeit er wirklich fähig ist. So hatte alles Reiben und Kaltduschen keinen Sinn. Ich landete in ihrem Bett. Solange ihre Brüste in der Reizwäsche steckten, waren sie ganz passabel, nackt werden sie schlaff, und wenn sie mich zureitet, bekommen sie einen viel zu großen Bewegungsradius. Mitunter haben die Bewegungen etwas Hypnotisierendes. Ja, ich fühlte mich wie ein willenloser Esel. Aber der Kitzel war zu verlockend. Sie wollte Liebe. Ich ging zur ihr, wie man nicht anders zu einer Hure geht. Sie verwöhnte mich. Ich schämte mich meiner Geilheit und verachtete mich wegen meiner Erbärmlichkeit und Schwäche. Mit Ekelgefühlen schleiche ich mich aus ihrem Zimmer. Trotz der ständigen Horrorvorstellung, dass unser für sie verbotenes, für mich auf den Tod peinliches Spiel entdeckt wird, hielten alle guten Vorsätze nicht lange. Sie rächte sich für die Liebesverweigerung an meinem Körper, an dessen kleinstem und sensibelstem Teil sie sich schadlos hielt. Ich liege da und lasse es geschehen. Oft schlägt der Puls - nahe dem Sekundentakt - qualvoll im Kopf. Die Schonzeiten zwischen den Ergüssen sind nur kurz. Mit geschlossenen Augen versuche ich die Zeit zu überstehen. Mit weit entfernten, schwülen Phantasien halte ich den geschundenen Specht bei Laune. - Warum müssen immer die peinlichsten Augenblicke am deutlichsten und längsten im Gedächtnis haften bleiben ...?

Beinahe hätte ich Lord verpasst. Auf die Minute genau verlässt er das dunkle Gebäude. Ich steuere gradlinig auf ihn zu. „Herr Lord? Ich müsste unbedingt mit Ihnen reden."

Lord dreht sich ängstlich um. „Was wollen Sie?"

„Mein Name ist Rost. Ich bin Detektiv."

Lord wird bleich. „Ich habe nicht viel Zeit. Meine Frau wartet."

„Ich denke, Sie sollten sich die Zeit nehmen, wenn Sie Ihrer Frau eine längere Abwesenheit ersparen wollen."

Lord sieht mich nicht gerade liebevoll an. Er ist hager, von blasser Haut, spitznasig, mit fortgeschrittener Glatze, die wenigen Haare lang und spontan geordnet. „Kann ich vorher trotzdem erst mal nach Hause?"

„Ich lasse Sie nur ungern gehen. Am Ende sind Sie so unvorsichtig, Ihre letzte Chance sausen zu lassen. Ich erwarte Sie in einer Stunde in Mickten, Sternstraße 3. Rost. Vergessen Sie den Namen nicht, Herr Lord. Und - noch haben Sie es nur mit einem Detektiv zu tun. Wenn sich erst die Polizei der Sache annimmt, wird es vermutlich verdammt ernst für Sie. Also machen Sie keine Dummheiten."

Lord nickt und schleicht zum Ausgang. Ich bin zufrieden. Die Nummer war annähernd perfekt. Ich kann nur hoffen, dass sie ähnlich gut weiterläuft. Vor allem muss ich Karla besänftigen. Auf mein Klingeln öffnet sie nicht. Ich überlege lange, ob ich den Schlüssel nehmen soll. Immerhin kann es gut sein, dass sie mich hat kommen sehen und darum nicht öffnet. Mit Sicherheit würde mein quasi gewaltsames Eindringen alles vermasseln. Andererseits, wenn sie nicht mitspielt, ist das Verhör Lords hier eh nicht zu machen.

Karla ist nicht da. In ihrem Bett liegt - nicht sehr sorgsam zusammengelegt - allein das verführerische Nachthemd. Allein dafür hätte sich der Einbruch gelohnt. Diesmal lege ich es ganz ordentlich zusammen. Der Frühstückstisch ist beinahe unverändert. Nicht einmal mein unbenutztes Gedeck hat sie abgeräumt. Ich habe Hunger und nutze das nette Angebot.

Kauend überlege ich, ob es klug war, Lord gehen zu lassen, nachdem ich ihm einen Schuss vor den Bug gesetzt habe. Ich komme mit mir überein, dass sich Vor- und Nachteile die Waage halten. Gut, er hat Zeit, sich alle möglichen Ausreden und Verteidigungsstrategien zurechtzulegen. Aber die wachsende Furcht vor dem Ungewissen, vor dem, was ich wirklich weiß und beweisen kann, wird ihn leicht Fehler machen lassen.

Im Wohnzimmer empfängt mich ein Chaos. Überall liegen zerrissene oder zerknüllte Blätter. Als ich sie näher betrachte, sehe ich, dass es kümmerliche Reste des Versuches sind, einen Brief zu schreiben. Die Eitelkeit tropft mir wohlig auf die Seele, als ich mich als Adressaten erkenne. Die Textfragmente sind weniger schmeichelhaft. Immerhin hat sie nicht so gut geschlafen, wie es den Anschein hatte. Nachdem ich die Botschaften an meine rabenschwarze Seele gelesen habe, entsorge ich die Früchte der zornigen Liebeserklärung. *So erfindet mir doch die Liebe, welche nicht nur alle Strafe, sondern auch alle Schuld trägt! So erfindet mir doch die Gerechtigkeit, die jeden freispricht, ausgenommen den Richtenden!*

Das Wort 'Schuld' lässt mich wieder an Ulrike denken. Sie war nur drall, nicht einmal dick. Trotzdem lief sie allein. Hierin waren wir uns ähnlich. Wir haben uns zugelächelt, nicht mehr. Mitunter war es für Wochen das einzige Lächeln, das mir galt. Vielleicht ging es ihr ebenso. Nein, mehr war nicht. Jedenfalls nicht, bis sie mich aus der größten Verlegenheit meines Lebens befreite. Ich suchte ein anderes Objekt der Begierde, um aus dem Bannkreis der Kronstätter zu kommen; ein jüngeres, würdigeres, weniger peinliches, weniger aufreibendes. Im Geräteraum der Turnhalle gab ich ihr meinen ersten Zungenkuss. Endlich schlüpfte ich aus der Rolle des dummen Lehrlings in die des Meisters. Sie hatte eine wunderbar weiche Zunge. Und sie ließ meine Hände ohne Widerspruch auf ihrem drallen Leib spazieren gehen. In meiner Geilheit faselte ich bald alles Mögliche von Liebe, um sie so schnell wie möglich dahin zu kriegen, wohin mich die Kronstätter lockte. Sie glaubte mir jedes Wort, und ich wunderte mich darüber, wie leicht es ist, anderen etwas einzureden. Schon beim zweiten Mal hatte ich sie soweit. Da meldete sich das schlechte Gewissen. Wieder verfluchte ich meine Geilheit. Wieder verachtete ich mich, diesmal für meine Verlogenheit. Wieder suchte ich - zähneklappernd und schlotternd - Rettung unter kalten Duschen ...

18

Lord kommt pünktlich. Er sinkt in die Couch, auf der eben noch die verwehten Blätter des weiblichen Zorns gelegen hatten.

Ich bin in Hochstimmung. Lord ist mir ziemlich schnuppe. Ich kann Karlas Rückkehr kaum erwarten. „Wollen Sie? Oder soll ich die Geschichte erzählen? Ihre Variante ist vielleicht eine Spur authentischer", beginne ich vorsichtig.

„Ich weiß nicht, was Sie meinen, Herr Rost", erwidert Lord höflich und gezwungen ruhig.

„Gut, dann will ich Ihrem Gedächtnis nachhelfen. - Vielleicht erinnern Sie sich nicht an jeden Dienst. Aber an einen können Sie sich sicher noch erinnern. Oder war der zehnte August ein Dienst wie jeder andere?"

„Ich weiß nicht ..."

„Immer noch nicht? Die junge Frau heißt Rost; Klara Rost. Ihre unverbrannte Leiche tauchte wenig später am schönen Ostseestrand auf."

„Was wollen Sie? Ich habe mit der Geschichte nichts zu tun."

„Der Mann, für den sie bestimmt war, ist tot. Er hat sich von der Steilküste gestürzt, nicht ohne zuvor einen Brief geschrieben zu haben."

„Ich kann Ihnen wirklich nicht helfen."

„Herr Lord!", verliere ich nun doch die Fassung. „Was geschieht, wenn eine Leiche auftaucht, die laut einem Protokoll verbrannt wurde, das Ihre Unterschrift trägt?!"

„Das wäre ziemlich unangenehm für mich."

„Sehr vorsichtig ausgedrückt. Wenn die Leichen aber für viel Geld verkauft wurden, um zweifelhafte Gelüste zweifelhafter Gestalten zu befriedigen, würde es wohl nicht mehr nur unangenehm werden, oder?"

Lord nickt. „Ich habe mit der Sache nichts zu tun."

„Das glaube ich Ihnen sogar, jedenfalls, was die weitere Verwendung der Leichen betrifft. Aber an der Beschaffung müssen Sie beteiligt sein!"

Lord sagt nichts mehr. Er versinkt *tief hinein in sich selber, also dass er die Augen* schließt, und schüttelt nur noch den Kopf. Ich schreie immer lauter auf ihn ein. Da ich keine anderen Argumente habe, bleibt mir nichts, als die schon gebrauchten in immer drohenderen Variationen zu wiederholen. Lord schweigt verbissen. Ich brülle mich heiser. Ohne Wirkung.

„Wir haben alle eingeäschert. Alle!", meldet sich Lord ab und an schüchtern - wie aus einem Albtraum erwachend - zwischen meinen immer härteren Vorwürfen.

Unvermittelt öffnet sich die Tür. Karla tritt ein. Ich erschrecke nicht viel weniger als Lord, wenn ich mich auch nach dem ersten Schock in einer weit günstigeren Position befinde. Karla hat sich den Hals eindrucksvoll präpariert. Sie ist vollkommen nackt. Vom Hals läuft eine blutige Träne über die Brust. Die Wirkung ihres Auftritts ist kaum zu übertreffen. Lord fällt förmlich in sich zusammen. Karla steht nur einfach da. Ich tu so, als gehöre ihr Erscheinen zu meiner Inszenierung, und sehe Lord eindringlich an. Ich muss nicht lange warten.

Lord starrt auf das Phantom. „Das ist nicht möglich. Sie gehen zu weit."

„Sie haben a l l e verbrannt?!", versuche ich die Initiative zu behalten. „Hier geht es nicht nur um Nekrophilie. Hier geht es vielleicht um Mord. Sie decken ein Verbrechen, um kein Disziplinarverfahren zu riskieren. Oder zahlt Ihnen Kirschberg genug für das Risiko, für Jahre in den Knast zu wandern?"

Lord ist noch immer in die imposante Erscheinung Karlas versenkt. „Die Ähnlichkeit. Das ist ja nicht möglich. - Ich habe nichts mit alldem zu tun. Kirschberg hat mich manchmal eher gehen lassen. Meine Mutter liegt schon Jahre in vollkommener Unbeholfenheit. Meine Frau dreht durch. Sie ist für jede Minute dankbar, die ich sie von der Pflege entbinden kann. Natürlich fiel mir irgendwann auf, dass er mich immer dann heimschickte, wenn junge, hübsche Frauen zu verbrennen waren. Es wäre undankbar gewesen. Ich dachte, er soll sein bisschen Spaß haben. Es tut ja keinem mehr weh. Und wenn es keiner weiß, kann es keinen verletzen. Ein gutes Gefühl habe ich trotzdem nie gehabt all die Jahre."

„Wie viele Jahre genau?"

„Ungefähr fünf", stammelt Lord. „Kann sie bitte weggehen?"

„Fünf Jahre?"

„Vielleicht sind es auch schon sechs. Die Zeit rast ja so unglaublich."

„Wollen Sie damit sagen, fünf Jahre geht das bestimmt so?"

„Dass er mich eher gehen lässt, ja. Ja, da bin ich ganz sicher. Können Sie sie bitte fortbringen?"

„Sie wird da so lange stehen bleiben, wie sie will!"

Lord schaut verschämt auf die eigenen Knie. Seine Hände zittern. „Ich konnte doch nicht ahnen ... Verzeihen Sie."

„Herr Lord, wir geben Ihnen eine Chance. Sie gehen jetzt heim, als hätte es dieses Gespräch nicht gegeben. Sie werden keinem Menschen von der Sache erzählen; nicht einmal Ihrer Frau. Sollte Kirschberg Sie aber wieder eher heimschicken, dann rufen Sie uns an. Mehr haben Sie nicht zu tun. Verstehen Sie?"

Lord nickt, ohne aufzuschauen.

„Wenn Sie diese Bedingung akzeptieren, werden wir alles tun, Sie aus der Sache herauszuhalten, vorausgesetzt natürlich, Sie haben die Wahrheit gesagt."

„Ich habe alles gesagt, was ich von der Geschichte weiß. Das müssen Sie mir glauben. Hätte ich gewusst, dass ..."

„Hier sind die Nummern, die Sie zu wählen haben."

„Herr Rost, Sie wissen sicher eine Menge mehr über den Fall, aber Kirschberg ist kein schlechter Mensch. Er ist da bestimmt in was reingerutscht. Er ist doch ziemlich beschissen dran."

„Wir werden sehen."

Lord erhebt sich schüchtern. Die Stirn glitzert von unzähligen Schweißperlen. Er ist beinahe so blass wie die Gegenstände seiner Arbeit. Karla geht hinaus. Lord und ich folgen. An der Tür will er sich von mir verabschieden.

„Ich bring Sie noch bis zur Haustür."

„Das ist wirklich nicht nötig, Herr Rost."

„Doch, das ist nötig. Aber das verstehen Sie nicht. Es hat auch nichts mit Ihnen zu tun."

„Ach so", haucht er irritiert.

Unten verabschieden wir uns. Als Lord mit durchnässtem Hemd die Straße betritt, tut er mir leid. Ich warte unten so lange, wie ich glaube, einer Frau Zeit zum Anziehen geben zu müssen. Mit weichen Knien steige ich die Treppe hinauf. Ich stehe lange vor der Tür, ehe es mir gelingt, einen der ängstlichen Finger auf die Klingel zu zwingen.

19

Noch ehe der Finger sein Ziel erreicht, öffnet sich die Tür, und mein Name wird in einer Weise gerufen, wie ich es nur zu gut aus Kindertagen erinnern kann, als sich wieder mal ein Ungewitter über mir zusammenbraute und ein erstes Grollen den Beginn einer lieblosen Hirnwäsche eindonnerte. Meine Hand schreckt zurück. „Ich wollte ihn nur …"

„Komm rein!" Das klingt bereits wie der Beginn einer Bestrafung, wie ich sie nicht mal aus Kindertagen erinnern kann. „Erst brichst du in meine Wohnung ein, schnüffelst rum und missbrauchst sie als Büro, und dann verpisst du dich."

„Aber ich wollte ja eben …"

„Gib den Schlüssel her!"

Karla tobt in allen Schattierungen und Nuancen. Dabei bringt sie mitunter die Dinge völlig durcheinander. Sie schimpft oft so weit an der Wirklichkeit vorbei, dass es mir schwer fällt, ernst zu bleiben. Meinen Rausschmiss hat sie völlig verdrängt. Stattdessen wirft sie mir vor, am Morgen grußlos verschwunden zu sein. Die Erregung macht sie wunderschön. Ich will sie darin nicht stören. Also stehe ich da und genieße ihre Leidenschaft. Als sie es bemerkt, holt sie aus, um mit schlagkräftigeren Argumenten fortzufahren. Jetzt bin ich froh, dass mir Susanne nicht die Brust zerfleischt hat. Ich lasse Karla in der Hoffnung zuschlagen, dass ihre Gefühle für mich die Wucht der Fäuste zügeln. Wenn es die einzige Art Berührung ist, zu der sie mir gegenüber fähig ist, dann will ich sie schon männlich ertragen.

„Fortgeschlichen wie ein Verbrecher hast du dich, du Scheißkerl!"

Ich gerate schnell in Zweifel, was Karlas Gefühle für mich betrifft. Sie hat einen kräftigen Schlag. Ich halte ihre Arme fest. Gern hätte ich sie an mich gedrückt, aber ich habe Angst um meinen Rücken.

Sie tobt weiter. „Mit welchem Recht nennst du dich mit meinem Namen?!"

„Karla", flüstere ich beinahe.

Unbeeindruckt tobt sie weiter.

„Karla", wiederhole ich leise, beinahe geheimnisvoll.

Nun sieht sie mich erschrocken an. „Was denn?", fragt sie irritiert.

„Ich liebe dich auch, Karla."

Sie öffnet den Mund, als wenn sie mir die Nase abbeißen will, lässt ihn dann aber verräterisch lange offen stehen. „Wie kommst du darauf, dass ich dich Scheißkerl liebe?", fragt sie mit bebender Stimme.

Ich angle ein Bündel schlecht behandelter Blätter aus dem Zeitungsständer. „Soviel Zorn ohne Liebe?" *Und wer begriff es ganz, wie fremd sich Mann und Weib sind!*

Sie reißt mir die begonnen Briefe aus der Hand und geht hinaus.

Ich folge ihr ins Schlafzimmer. „Hast du jemanden für die Nacht gefunden? Oder darf ich noch mal?"

Sie schweigt.

„Karla, du warst großartig vorhin. Das war sehr tapfer. Ohne dich hätte ich aus diesem Lord kein Wörtchen herausgekriegt. Woher wusstest du …"

„Ihr habt ja laut genug geschrien", sagt sie müde.

„Du sahst phantastisch aus, Karla. Ich möchte immer bei dir schlafen."

„Und warum bist du dann einfach abgehauen?"

„Ich wollte dich nicht wecken. Du sahst so friedlich aus. Ich dachte, wenn du so schlafen kannst, dann ist es dir vielleicht doch schnuppe." *Zehnmal musst du des Tages dich selber überwinden. Das macht eine gute Müdigkeit und ist Mohn der Seele.* Wie hab ich mir nur solches Zeug merken können? Am Ende gerät es noch auf die Zunge.

„Wo hast du denn deine Sachen hingeschleppt?"

Mich reitet der Teufel. „Zu Susanne. Ich kenne ja keinen andern hier." Die Veränderung in Karlas Gesicht ist das beste Liebesgeständnis. Lange sucht sie nach Worten. Ich ziehe sie an mich. „Kannst du eigentlich auch zärtlich sein?" Ich küsse ihr die Stirn in der Hoffnung, dass sie mir auch noch den Mund bietet.

Sie löst sich grob aus meinen Armen. „Und wenn es bei mir nicht klappt, dann bleibt dir ja noch ein anderes Liebeslager", klagt sie bitter.

Ich bin nicht enttäuscht. Ich habe ihren Körper gespürt. Das reicht mir für heute. Ich gehe in die Stube und versenke mich in den Zarathustra.

Karla lässt mich warten. Aber es lohnt sich. Vollkommen verwandelt betritt sie den Raum. Aus der verzweifelten Bettlerin ist eine strahlende Königin geworden. Sie trägt ein langes, schwarzes, hautenges Kleid.

Ich bin hingerissen.

Sie genießt es. - „Du liest?", fragt sie spitz.

„Ich kann lesen. Schön, nicht?"

„Darf ich fragen, was?"

„Willst du raten?"

„Einen Krimi?"

„Danke. Wenigstens hast du mir keinen Karl May zugetraut."

„Den hätte ich als nächstes geraten", kontert sie schnippisch und nimmt das System des transzendentalen Idealismus zur Hand. Ich bin stolz, dass ich den ganzen Titel auf Anhieb erinnern kann. Wir lesen gewissermaßen gegeneinander. Ich bin in geringem Vorteil, da ich weiß, womit sie sich beschäftigt. Hoffentlich kann sie sich besser konzentrieren als ich. Ich denke nur das eine: Sie ist - bezaubernd.

Nach einer Weile nimmt sie das Buch herunter. Ich starre weiter in meinen Zarathustra, ohne auch nur zu versuchen, hinter den Inhalt der immer wieder verschwimmenden Zeilen zu kommen. Ihr Blick verunsichert mich. Ich verfluche meinen Leichtsinn, mich solchermaßen unvernünftig in diese Abhängigkeit begeben zu haben, die man verschleiernd Liebe nennt. Dennoch überwiegt das Wohlgefühl, in ihrer Nähe zu sitzen, sie zu sehen und zu riechen, ein Teil ihrer Welt zu sein.

„Was denkst du? Gibt es einen Gott?" Karla grinst mich schelmisch an.

Ich probiere ein ähnliches Gesicht. Meine Hände werden kalt und feucht. „*Wegsehn wollte der Schöpfer von sich, - da schuf er die Welt*", setze ich zur Flucht an.

Karla legt den Kopf zur Seite. Ich gewinne Zeit. „Denkst du nun, es gibt einen oder nicht?"

Unauffällig blättere ich einige Seiten zurück. „*Gott ist eine Mutmaßung. Aber ich will, dass* alles *Mutmaßen begrenzt sei in der Denkbarkeit.* Könntest du *einen Gott denken?*

Karla scheint sprachlos zu sein.

Aber dies bedeute dir *Wille zur Wahrheit, dass alles verwandelt werde in Menschen-Denkbares, Menschen-Sichtbares, Men-*

schen-Fühlbares! Deine *eignen Sinne* sollst du *zu Ende denken!* - Glaubst du?"

„Nein", sagt sie wohltuend unsicher. „Aber nehmen wir mal an, es gäbe einen. Wie müsste der sein?" *Wie ein Senkblei werfe ich diese Frage in deine Seele, dass ich wisse, wie tief sie sei.*

(Mein Gott, Mayer, hast du denn in allem recht? Aber du hast gesagt, Frauen wollten a u c h mal ... Davon, dass sie es damit so eilig haben, war nicht die Rede. Erst geht es doch eigentlich ganz heiß her mit allem Drum und Dran und ohne viele Worte. Und wenn man sich näher kennt, dann ...) Sie will mich testen. Ja. In spätestens fünf Minuten ist sie fertig mit mir; dann weiß sie, was für eine Pfeife ich bin. Wie hab ich mich nur auf so was einlassen können? Ich verberge meine Verzweiflung hinter einem etwas hölzernen Lächeln. Die Frage über die Beschaffenheit Gottes habe ich erst kürzlich gelesen. Na klar, im System des transzendentalen Idealismus, im Text oder Nachwort, ich weiß es nicht mehr. Die Stelle habe ich wer weiß wie oft lesen müssen, eh ich sie kapiert hab. Wie sollte ein Gott sein? Das war eigentlich ganz logisch. „Unendlich?", frage ich unsicher. „Und vollkommen?"

Karla verliert ihr Lächeln. Dafür reißt sie die Augen auf, dass die Stirn tiefe Furchen zieht. Die Unsicherheit macht sie noch reizender. „Was aber unendlich und vollkommen ist, das wäre doch nicht vollkommen, wenn es nicht existierte; ich meine, es muss doch dann auch n o t w e n d i g existieren, oder nicht?"

Ich bin nun sicher, die Stelle wiedererkannt zu haben. Meine grauen Zellen schlagen Purzelbäume. Was war richtig? Ja oder Nein? „Sicher", sage ich unsicher wie nebenbei, „zufällig kann so was nicht sein."

Jetzt kneift Karla die Augen zusammen, dass sich die Stirnfalten aus der Horizontalen in die Vertikale verschieben. Auch so sieht sie süß aus. „Du weißt was vom Zufall?", fragt sie mit einer Skepsis, die eine empfindlichere Seele hätte kränken können.

„Was man halt so landläufig drüber denkt", sage ich entschuldigend.

„Aber haben wir dann nicht einen Beweis für die Existenz Gottes?"

Ich schaue Karla gequält an.

„Wenn etwas Vollkommenes und Unendliches auch existieren muss, dann existiert Gott doch notwendig? Oder?"

„Ja, sicher", sage ich kleinlaut.

Karla sieht mich eine Weile erwartungsvoll an. Dann atmet sie erleichtert auf.

Jetzt weiß ich wieder sicher, warum mich die Stelle so fasziniert hat. „Aber eben nur, w e n n er existiert", sage ich ganz naiv, als wollte ich mich schon im Voraus für den Einwand entschuldigen.

Karla starrt mich an. „Wie meinst du das?", fragt sie mit zittriger Stimme.

„Wenn Gott ein vollkommenes Wesen ist, dann muss er auch existieren. Wenn es aber kein vollkommenes Wesen gibt, dann existiert Gott ja ebenso notwendig n i c h t, denk ich."

Krachend haut Karla das System des transzendentalen Idealismus auf den Tisch. „Dieser Mayer ist ein noch größerer Lügner und Scheißkerl als du!"

„Wieso?"

„Der hat behauptet, du wärst Koch und ein sehr - einfacher, aber guter Kerl."

Schlagartig finde ich Karlas Wohnzimmer nicht mehr so wohnlich. (Mayer, welches Wort für 'einfach' hast du wirklich benutzt?) „Woher kennst du Mayer?", frage ich ungehalten.

„Du hast ja nichts anderes dagelassen als diese Karte hier." Sie präsentiert mir Mayers Visitenkarte, mein Lesezeichen. „Hast du ihm vorher eingetrichtert, was für Blödsinn er über dich erzählen soll, falls eine Frau anruft, die dämlich genug ist, auf den Trick reinzufallen?"

„Jetzt übertreibst du aber wirklich, Karla. Mich kannst du beschimpfen, wenn es dir dann besser geht. Aber Mayer ist der anständigste Mensch, den ich kenne. Der ist so ehrlich, dass es manchmal schon wieder - schädlich ist. Die Karte hat er in dieses hier Buch gelegt, damit ich nicht vergesse, von wem ich es habe. Er hat nicht gelogen!"

„Weißt du vielleicht nicht, dass du eben einen Gottesbeweis widerlegt hast, der sich hunderte Jahre in dieser Welt gehalten hat und erst von einem der größten deutschen Philosophen korrigiert wurde?"

„Du verwendest ja doch jedes Wort gegen mich", antworte ich trotzig und versenke mich wieder in den Zarathustra.

„Du bist mein Ruin, da bin ich ganz sicher! Ein Verhängnis bist du! Ich sollte dich rausschmeißen oder, noch besser, erschlagen, damit du nicht wieder aufkreuzen kannst!"

Scheiß Gottesbeweis. Wie soll sich da einer auskennen, wenn es bei Frauen auch noch eine Grenze gibt, was man wissen darf und was nicht. Ich pfeif auf alles Wissen. Ich will sie ... „Vorher möchte ich dich aber eine ganze Nacht ... in d e i n e r Betthälfte besuchen", maule ich finster.

Karla erwidert nichts. Sie starrt schon wieder in ihr Buch. Also spiele auch ich brav meinen Part bei diesem wahrhaft aufregenden Spiel. *Wir reden nicht zueinander, weil wir zu vieles wissen. Wir schweigen uns an. Wir lächeln uns unser Wissen zu.* Scheiße! Nach einer Stunde oder auch zwei oder drei - ich habe jedes Zeitgefühl verloren - sieht mich Karla wieder lächelnd an.

Ich winke ab, ohne aufzuschauen. „Frag einen andern. Die Art Schule macht keinen Spaß, wo man für richtige Antworten beschimpft wird."

„Kochst du uns was Schnuckliges zum Abendbrot?"

„Hast du was da?", stöhne ich frustriert.

„Als Koch wird dir ja wohl was einfallen, oder?"

Mit angedeutetem Flunsch gehe ich in die Küche.

„Nimmst du dein Buch überall mit hin?"

„Ich kann ohne Bücher nicht leben", lüge ich offensichtlich. „Willst du etwa mal ein Stück Pipi Langstrumpf lesen?"

Karlas Grinsen begleitet mich.

20

Natürlich koche ich Soljanka. Karlas Küche ist gar nicht mal so schlecht auf mein Erscheinen vorbereitet. (Mayer, am Ende steckst du auch d a hinter. Du kannst dich frisch machen!) Bauchspeck. Die Zwiebeln schneide ich schnell und geräuschvoll. Als ich fertig bin, hacke ich wie ein Specht auf das leere Brettchen ein. Wenn Karla auch nur ein bisschen Erfahrung hätte, würde sie sich totlachen. Der Kühlschrank ist ganz ergiebig. Alles, was an Fleisch und Wurst zu finden ist, wird in dünne Streifen geschnetzelt. Ich habe auf spontanen Feten schon aus weniger was zustande bringen müssen. Saure Gurken. Der edelsüße Paprika ist grenzwertig. Dass die Leute immer ihre Gewürzregale so vernachlässigen. Die denken, alles, was gemahlen ist, hält sich ewig. Die frische rote Paprika wird es hoffentlich wettmachen. Tomatenmark finde ich immerhin nach verzweifelter Suche unter der Spüle neben den schrumpeligen Kartoffeln. Als ich sogar Kapern finde, gerate ich richtiggehend in Künstlerlaune. Es riecht schon verführerisch. Karla wird ihr Misstrauen gegen meinen Beruf irgendwie büßen müssen. Sie kriegt nur einen Teller Suppe, wenn sie heute Nacht mit mir vögelt. Da bin ich unerbittlich! Wenn man gar nichts hat, sind Brühwürfel eine echte Offenbarung. Saure Sahne. Zitrone. Die in Streifen geschnittene frische Paprika gebe ich zum Schluss zu, damit sie nicht weich kocht. Das sieht gut aus! Ich singe, um auch was fürs Klischee zu tun, aber nicht nur darum. Aufkochen. Fertig. Ich reiße die Tür auf und wedele meiner unendlich vollkommenen und dabei sicher existierenden Göttin den Duft in die Nase, damit er sich da erbarmungslos festbeißt und nicht eher loslässt, als sie meine Bedingungen akzeptiert. „Kommst du?", locke ich siegesgewiss.

Mit einem skeptischen „Das ging aber verdammt schnell" erscheint sie in der Tür.

Das wird sie büßen! „Willst du erst mal fachmännisch prüfen?"

„Natürlich."

Ich nehme einen kleinen Teller und gebe nicht mehr als einen großen Löffel der köstlichen Suppe darauf. Sie bläst. Ihr gespitzter Mund lässt mich erotisch erschauern. Sie kostet. Gewonnen!

„Ganz gut", sagt sie zu diesem Wunderwerk der Improvisation.

Als sie nach der Kelle greift, werde ich prinzipiell. „Moment! Die Suppe gibt es nur unter einer Bedingung."

„Ja?"

„Du entschuldigst dich, Mayer einen Lügner genannt zu haben, und …"

„Und?"

„… und ich darf dich - küssen." *Und nicht alles dürfte ich vielleicht in deine strengen Ohren gießen!*

Karla leckt ganz langsam den Teller ab. Beim Anblick ihrer munteren Zunge ärgere ich mich noch mehr über meine Feigheit. „Gut", sagt sie, „ich entschuldige mich." Mit halboffenem Mund lächelt sie mir zu gleich *einer,* die *an allen etwas gutzumachen und abzubitten hat,* um die andere Hälfte der Bedingung zu erfüllen.

„Den Kuss heb ich mir als Betthüpfer auf", sage ich ärgerlich.

Die Suppe ist super. Karla isst drei Teller. Mit allem Lob hält sie sich zurück. Ich freue mich aufs Bett. Karla zögert es nicht einmal hinaus. Sie liegt sogar eher als ich in den Federn. In den Federn? Hat das Wort 'Vögeln' etwa hier seinen Ursprung? Behandeln sie so was nicht in der Germanistik?

Es ist noch hell draußen, und die Amseln trillern die Abendstunde ein. (Mayer, das ist doch Poesie pur, oder etwa nicht?)

„Wo hast du denn das Nachthemd her?", fragt Karla irritiert.

„Aus dem Koffer."

„Ich denke …"

„Da hast du mich schon als notorischen Lügner entlarvt und glaubst mir noch immer die blödesten Geschichten." Ich krieche auf mein Lager. Karla hat sich nicht zur Wand gedreht. Sie liegt - die Bettdecke bis zum Hals gezogen - etwas steif auf dem Rücken. Ich sehe sie lange an. Dann beuge ich mich über sie und berühre mit den Fingerspitzen ihre Lippen. Sie schließt die Augen. Ich küsse sie mit meiner phantasievollsten Zärtlichkeit. Sie macht keine Anstalten, den Kuss zu beenden. Aber ich muss Luft holen. Ich sehe sie an, bis ich ihren Anblick nicht mehr ertrage, und küsse sie noch einmal.

„Eigentlich war nur einer ausgemacht."

„Für drei Teller?" Mit dem dritten Kuss bedecke ich das verheißungsvollste Lächeln. Mein Herz rast. Ich sehe sie an und werde tollkühn. Mit der Hand streiche ich sanft über die Bettdecke, bis ich ihre Brüste fühlen kann. Sie lässt mich gewähren. Langsam ziehe ich die Decke von ihrem Körper. Das fehlende Nachthemd ist die süßeste Einladung. Ich streife die Decke ab, bis Karla in ganzer Schönheit vor mir liegt, und genieße das Bild ihres herrlichen Leibes wie ein Büfett vor dem Sturm. Mein Blick streicht über die schlanken Beine, die ausladenden Hüften, den aufgeregt atmenden Bauch, die Brüste, die ich das erste Mal habe im Mondlicht am Strand bewundern können, den schlanken Hals …

Ich schrecke hoch. Mein Bauch zittert vor Erregung, die aber nichts mehr mit diesem begehrenswerten Leib zu tun hat, sondern mit dem unvermutet eingeschossenen Gedanken.

„Was hast du?", fragt Karla ängstlich.

„Was, wenn Renner nicht nekrophil ist? Was, wenn er genauso getäuscht wurde, wie Lord vom Anblick deines Körpers?"

Karla zieht sich verschüchtert und unsicher die Decke über den Gegenstand einer - zugegeben - sehr unplatzierten Betrachtung.

„Was, wenn jemand ein Interesse daran hatte, dass Renner glaubt, ein Mörder zu sein?"

„Aber wozu denn?"

„Um genau das zu erreichen, was passiert ist."

„Das muss ein noch Verrückterer sein. Das Risiko ist doch viel zu groß."

„Für den Vorteil, dass es nicht Mord ist, wenn es entdeckt wird, kein allzu großes Risiko."

„Wer sollte Renner so was antun?"

„Was weiß ich? Eine der vielen Frauen vielleicht, die er verlassen hat? Frauen haben ein Talent für d i e Art psychologische Hinrichtung."

Karla verzieht ihren schönen Mund. „Wie kommst du denn darauf?"

„Ich weiß nicht. Der Gedanke war eben plötzlich da. Die Nekrophilie-Geschichte ist einfach viel zu unsinnig. Renner war immerhin ein studierter Mann. Selbst im absoluten Suff hat er sich noch einigermaßen vernünftig verständlich machen können. Wenn ihn schon Schuldgefühle ankommen, dann lässt er sich doch nicht weiter Leichen anschleppen, die seinen Zustand nur verschlimmern, und bezahlt auch noch dafür. Außerdem redet er sich dann ja wohl kaum ein, nicht zu wissen, oder sich nicht daran erinnern zu können, wie er die Frauen umbringt. Wenn er sich schon einbildet, sie umgebracht zu haben, dann doch wohl erst recht später, wenn er sich in die fixe Idee verrennt. Und wenn es ein Service für Perverse ist, dann gehört die anschließende Beseitigung sicher mit dazu. Wieso versucht Renner dann unter dem Risiko, entdeckt zu werden, sie selber beiseite zu schaffen? Für einen Verrückten hatte er mir ein bisschen viel Angst vorm Irrenhaus."

Karla schnellt in den Sitz, dass die Decke von ihren Brüsten springt, die - beeindruckend - ebenso unbeweglich auf die gegenüberliegende Wand starren wie Karlas Augen. „Das wäre ja entsetzlich", haucht sie tonlos. „Du meinst, sie haben sie ihm hingelegt ...?"

Nach einer ganzen Weile schüttelt sie den Kopf. „Das geht auch nicht auf. Wenn es kein - Service ist, warum schickt Kirschberg Lord schon über fünf Jahre eher nach Hause, während die Veränderung Renners erst zwei Jahre dauert? Und warum droht dieser Kirschberg deinem Vamp damit, nicht mehr mitzumachen, wenn das Ziel schon erreicht ist? Nein, ich denke, Renner ist nur einer von vielen." Ihr Blick ist ganz weit weg von mir.

Ich streichle sanft ihre warmen Brüste. *Es gibt auf Erden viel gute Erfindungen, die einen nützlich, die andern angenehm. Derentwegen ist die Erde zu lieben. Und mancherlei so gut Erfundenes gibt es da, dass es ist wie des Weibes Busen: nützlich zugleich und angenehm.*

Karla schaut langsam auf meine Hand, dann fragend zu mir.

„Ich muss zwischendurch auch mal was Lebendiges haben", sage ich entschuldigend. Ihr Gesicht überzieht sich mit Eis. Ich steige aus dem Bett, schleiche in die Stube und wähle Susannes Nummer. Ich höre Geräusche eines mitternächtlichen, kaum jugendfreien Hörspiels.

Susannes Wonneklagen ist unverkennbar. Irgendjemand klatscht dazu. Dann meldet sich die rhythmisch keuchende, später die Worte ebenso herauspressende Stimme Kirschbergs. „Was ist?"

„Susanne ist wohl nicht zu sprechen?"

„Nein, leider nicht. Sie hat mit all ihren Lippen zu tun." Er fängt mit dem Hörer akustische Details ein, die ich nicht weiter entschlüsseln will. Offensichtlich hat er weniger Probleme mit Störungen …

Ich gehe ins Schlafzimmer zurück. Karla hat sich das Nachthemd übergezogen und sich auf die andere Seite gedreht. Ihre Augen sind geschlossen. Dennoch glitzern die Wimpern im Tau eingesperrter Tränen. (Ja, Mayer, nächstens werde ich anfangen, Gedichte zu schreiben.) Ich schlüpfe hinter Karla unter die Decke. Meiner Hand weise ich einen kleinen Radius um ihren Bauchnabel zu. Ihr Körper bebt mitunter, und ich spüre ihre Mühe, es vor mir zu verbergen. Mein Mund liegt keusch auf ihrem mit Goldhärchen veredelten Nacken. Als sich mein Specht undiszipliniert vordrängt, sperre ich ihn kurzerhand zwischen meine Schenkel. Karla macht sich steif, um das Schluchzen zu unterdrücken. „Weine nur, Karla. Es muss ja doch raus."

Ich muss an meine Tränen denken, damals, vor einer Ewigkeit. Nur selten hab ich sie gezeigt. Allein im Versteck konnte ich sie ohne Skrupel laufen lassen. Ja, das Versteck im dunklen Kellerverschlag. Es war so gut, dass mich mitunter die Angst befiel, doch plötzlich zu sterben und eben da, wo ich saß und an die Wand stierte, auch zu vermodern. Der Boden war kalt. Das einzig Warme in diesem Loch war Edwin. Nein, er lässt sich nicht anfassen. Aber wenn er auf meinem Schoß sitzt, spüre ich die Wärme des kleinen Körpers. Edwin kommt schon, wenn er meine Schritte auf der Treppe hört. Ich bringe ihn gar dazu, die mitgebrachten Leckereien auf meinen Knien zu fressen, während ich ihm meinen Kummer anvertraue. Es war das erste Mal, dass ich das wunderbare Gefühl habe, von jemandem erwartet zu werden, für jemanden wichtig zu sein. Oft saßen wir im Winkel, bis der Morgen dämmerte. Er stupste mich noch lange an, um Rosinen oder dergleichen zu erbetteln, ehe er sich grußlos verzog …

21

Karla revanchiert sich mit dem Frühstück fürs Abendbrot. Die warmen Brötchen, das weiche Ei, aber das
Leckerste ist sie selbst. Wo hat sie nur all die reizenden
Kleider her? Die Frage bleibt mir im Hals stecken. „Du
siehst wunderbar aus", sage ich nur.

Karla lächelt mehrdeutig. „Danke."

„Hast du einigermaßen gut geschlafen?"

„Ja, sehr gut sogar. Und du?", fragt sie vorsichtig.

*Sehr gefallen mir auch die Geistig-Armen. Sie fördern den
Schlaf. Selig sind die, sonderlich, wenn man ihnen immer recht
gibt.* Ich zügle meine Zunge. „Ich gäbe was, wenn ich
immer so schlafen könnte", sage ich also verkürzt.

„Ich hoffe sehr, dass du jetzt lügst."

Ich brauche lange, ehe ich ihre Anspielung verstehe.
„Geschlafen habe ich wirklich wie ein Baby im Mutter-
schoß."

„Und vorm Einschlafen wärst du nicht doch gern ein
kleinwenig größer gewesen?"

Das Frühstück geht mit solchen Spötteleien und Frot-
zeleien plaudernd dahin. Karla ist verdammt geistvoll.

Meine Absicht, Susanne zu besuchen, um in die Ahnung des Vorabends Gewissheit zu kriegen, bestürzt
Karla sehr. Ich habe alle Hände voll zu tun, sie zu beruhigen. Zuletzt versuche ich es mit einem ziemlich blöden Spruch. „Karla, es mag vielleicht dem landläufigen
Klischee vom geilen Mann widersprechen, aber ich
pflege nur mit e i n e r Frau zu schlafen."

„Wenn du wirklich schlafen meintest, wäre ich beruhigt."

Jetzt erst begreife ich, was sie den ganzen Morgen
angedeutet hat. „Karla, ich hätte nichts lieber getan, als

gestern mit dir … Aber du hast ja das Nachthemd angezogen und dich auf die andere Seite gedreht."

„Nachdem du die ganze Stimmung mit der blöden Leichengeschichte kaputtgemacht und diesen Vamp angerufen hast!"

„Okay, für mich war es, als hätten wir … Susanne hat also nicht die geringste Chance. Und heut Abend machen wir es perfekt, gewissermaßen Nägel mit … Na, du weißt schon."

Als ich zum Abschied die kalten Lippen küsse, spüre ich die ganze Trockenheit ihrer Zweifel, die in Gefahr ist, eine Wüste der Verzweiflung zu werden. (Mayer, klingt das nicht wie …)

Susanne empfängt mich mit einem ähnlichen Gesicht. Sie sieht furchtbar müde und leidend aus. Ich wundere mich, überhaupt von ihr eingelassen zu werden. In der hellen Stube, die ich das erste Mal zu Gesicht bekomme, sehe ich die blauen Flecken auf ihren nackten Armen.

„Warte hier. Ich zieh mich nur schnell an", sagt sie mit heiserer Stimme.

Ich warte, wenn auch nur kurz. Die Neugier treibt mich hoch. Wie ein Dieb schleiche ich mich zum Schlafzimmer. Die Tür ist nur angelehnt. Susanne steht mit dem Rücken zu mir. Eben streift sie sich das Nachthemd ab. Ich bin schockiert. Ihr Rücken sieht aus, als wenn sie die ganze Nacht gefoltert worden wäre. *Unselig heiße ich alle, die nur eine Wahl haben: Böse Tiere zu werden oder böse Tierbändiger. Bei solchen würde ich mir keine Hütten bauen.* Ich erinnere mich an das Klatschen, das ich für irgendeinen Spaß gehalten hatte. - Aber ihre Stimme klang nicht gequält.

Ich eile in die Stube zurück. Die Wände strotzen von gerahmten Fotografien. Ich bewege mich quasi in einem geöffneten Familienalbum. Einen unübersehbar expo-

nierten Platz hat ein - übermäßig und mit Verlust ver-
größertes - Hochzeitsbild. Ringsum drapieren sich Fotos
von Kindern unterschiedlichen Alters. An den übrigen
Wänden hängen Gruppenfotos. Die drei Brüder sind
unschwer zu erkennen. Auf lediglich einem Foto sind
sie mit der hübschen Schwester zu sehen. Da war Susanne vielleicht sechs Jahre alt. Es ist ein sehr schönes
Bild: Drei schmucke Burschen mit der kleinen Schwester vorm erleuchteten Weihnachtsbaum. Susanne strahlt
in überschwänglicher Freude. *Dorthin will unser Steuer, wo
unser Kinder-Land ist! Dorthinaus, stürmischer als das Meer,
stürmt unsre große Sehnsucht!*

Am friedlichsten war mein Alter, wenn er mit der
Modeleisenbahn spielte. Dann hatte sogar ich einen
Platz in seinem Leben, der erträglich war, besonders
Weihnachten, wenn er mir wie einem kleinen Bruder
stolz und beinahe nüchtern die neuen Errungenschaften
präsentierte. Dann drosch er wieder spontan auf mich
ein, einfach so. „Wird schon was sein, wofür du's verdient hast", zischte er durch die Zähne. Bei dieser Will-
kür war es nicht leicht, Strategien gegen den Schmerz zu
entwickeln. Mit raubtierhafter Fratze stürzt er auf mich
zu, weil ich gewagt habe, die Mutter gegen einen seiner
Suffanfälle zu verteidigen. Er reißt mich von ihr los. Ich
sehe die erhobene Hand. Der Schlag trifft mich hart und
schleudert mich durch den Raum. Dann ist meine Mutter über mir ...

Noch immer betrachte ich die Wand mit den Fotos.
Auf dem Hochzeitsfoto sind sicher Susannes Eltern zu
sehen. Mir fällt auf, dass keiner der beiden auf irgendei-
nem anderen Foto noch einmal auftaucht.

... Das Bild meiner Alten dämmert auf, erstarrtes
Leben in Blei gegossen ...

Renner war wirklich ein stattlicher, außergewöhnlich attraktiver Mann. Der älteste Bruder sieht weicher aus. Es gibt nicht ein Gruppenbild, auf dem er lächelt. Immer beherrscht ihn eine anziehende wie überlegene Melancholie.

Susanne tritt ein. Sie hat sich von der Raupe in den Schmetterling verwandelt. Wäre sie mir vorhin so begegnet, ich hätte nicht den geringsten Makel an ihr entdeckt. Die Müdigkeit gibt ihr jetzt sogar einen Hauch von Adel.

„Wenn man solche Brüder hat, dann braucht man nichts zu fürchten", beginne ich hemdsärmlig. „Schade um Gustav. Weiß man schon was von den Gründen seines - Entschlusses?"

„Nicht viel", erwidert Susanne teilnahmslos. „Er hat einen Abschiedsbrief geschrieben. Aber es sind nur Andeutungen. Klarheit gibt es nicht."

„War es wirklich abzusehen, wie Frau Stirner behauptet?"

Susanne stiert abwesend vor sich hin.

„Wann habt ihr das letzte Mal miteinander gesprochen?"

Susanne schreckt aus ihrer Apathie. „Eine Ewigkeit nicht."

„Du hast ihn nicht sehr gemocht?"

„Geliebt habe ich nur Ludwig. Er war mir wie ein Vater", sagt sie zärtlich.

„Und Berthold? - Seht ihr euch manchmal?"

„Zum Geburtstag. Dieses Jahr vielleicht auch zu Weihnachten. Jedenfalls haben wir es uns vorgenommen, jetzt, wo wir die beiden Letzten sind."

„Wohnt er auch in Dresden?"

„Ja, am Schillerplatz."

„Was arbeitet er?"

„Typisch. Mich hast du noch nicht gefragt, was ich mache", erwidert sie feindselig. „Er hat eine Anwaltskanzlei. - Manchmal hat er mir aus dem Schlamassel geholfen."

„Hat er Familie?"

„Mitunter. Was interessiert dich das alles?"

„Ich habe so ein mieses Gefühl, wenn ich an Gustav denke. Vielleicht weiß Berthold irgendwas."

„Kaum", sagt Susanne müde.

„Warum hast du kein späteres Foto deiner Eltern?"

„Ich kenne meine Eltern nur von diesem Bild. Unsere Großmutter hat uns aufgezogen."

„Von ihr hast du kein Bild?"

„Nein."

Die Schärfe dieses Nein macht jede weitere Unterhaltung über Susannes Familie unmöglich. „Die letzte Nacht war wohl sehr - aufreibend?"

Susanne sieht mich müde und traurig an. Es fällt mir schwer, sie mit der Frau in Verbindung zu bringen, die mich erst vor zwei Tagen so furios an sich gerissen hat. Ich sehe mich im Zimmer um. Es ist einfach eingerichtet. Bücher fehlen vollkommen. Dafür gibt es viele Pflanzen. „Ich habe gestern Abend versucht, dich zu erreichen. Ein Mann war am Telefon, der sich gerade sportlich zu betätigen schien. Jedenfalls war er ziemlich außer Atem. Auch deine Stimme habe ich wiedererkannt. Sie war sehr - erregt."

„Sei nicht zynisch. Jochen ist ein Esel. Das einzige, was an ihm taugt, ist der Schwanz. Du hast überhaupt keinen Grund, auf ihn eifersüchtig zu sein."

„Welches Recht hätte ich auch schon, dir Vorhaltungen zu machen?"

„Er ist ein armes Würstchen. Manchmal trösten wir uns halt miteinander."

„Gibt es in deinem Leben auch noch einen handfesten Mann?"

„Manchmal." Sie sieht mich an wie ein Schulmädchen, das einer Freundin erzählt, an welcher Stelle sie sich streicheln muss, um in dieses wundervolle Zittern zu geraten. „Kann ich dir was Gutes tun?", fragt sie müde. „Ich meine, kann ich dir was anbieten?"

Ich merke, wie mein Selbst die Beherrschung verliert. Karla hatte allen Grund, an meinem Abstand vom Klischee der triebhaften Männer zu zweifeln. Dabei kennt sie diese Frau noch nicht einmal. Ehrlich gesagt, hält mich noch am meisten die Aussicht zurück, Susannes zugerichteten Körper sehen zu müssen. „Ich komme wieder, wenn du wieder richtig fit bist. Wenn du willst."

An der Tür gibt Susanne eine kleine Probe dessen, was mich dann erwarten würde. Und wieder wundere ich mich über die geradezu kindlich unbefangene und natürliche Art. Das Lächeln beim Abschied ist das eines kleinen Mädchens, so offen und ganz ohne jede Verstellung.

22

Auf der Straße erwartet mich Karla. Nun bin ich heilfroh, nicht lügen zu müssen. „Du Arme. Hast du etwa wieder die ganze Zeit an der Tür gelauscht?"

Sie wirft sich in meine Arme und drückt mich leidenschaftlich an sich.

„Karla, nicht so fest. Ich hab mir alle Mühe gegeben, den Rücken vor neuen Wunden zu bewahren. Und nun reißt du mir die alten wieder auf."

„Verdient hättest du noch viel Schlimmeres, so lange, wie du mich hier draußen hast schmoren lassen, du Scheißkerl."

„Ich mag deine Art, zu sagen, dass du mich liebst."

Karla sieht mich so verliebt an, dass ich sie unbedingt küssen muss. Dabei presst sie meine Hände auf ihr volles Leben. „Wir nehmen heute mal frei und genießen nur uns beide. Was meinst du? Wir essen in ganz feinen Kneipen; bummeln, bis wir müde sind. Dann gehen wir ganz zeitig ins Bett. Hast du Lust?"

Ich nicke und schicke ein Dankgebet an Mayer.

Karla nimmt meine Hand. „Wohin willst du?"

„Am Schillerplatz soll eine tolle Kneipe sein."

Vom Sachsenplatz gehen wir an die Elbe und laufen dann durch die breiten Wiesen bis zum Blauen Wunder. Schon von weitem erscheint die gigantische, hellblaue Stahlkonstruktion, die, wie Karla fachmännisch erzählt, so schwer ist, dass sie eigentlich unterm eigenen Gewicht zusammenbrechen müsste, wenn es nach den Gesetzen der Statik ginge. Die Wiesen lassen meine Phantasie immer wieder von Karlas Erklärungen abschweifen. Ich küsse sie nur noch mit geschlossenen Augen und versuche meine Hände so weit wie möglich im Zaum zu halten, was umso schwerer ist, als mich Karla zu allen Kühnheiten ermuntert.

An einer alten Trauerweide bleibt sie stehen. Mit geschlossenen Augen lehnt sie sich mit dem Rücken an den rauen Stamm. Sie umfassend lege ich die Hände auf die Rinde. Karlas Atem glüht mir entgegen. Meine Brust spürt die ihre. *„Wenn ich diesen Baum da mit meinen Händen schütteln wollte, ich würde es nicht vermögen. Aber der Wind, den wir nicht sehen, der quält und biegt ihn, wohin er will. Wir werden am schlimmsten von unsichtbaren Händen gebogen und gequält."*

Karla öffnet die Augen in einem ganz ernsten und strengen Gesicht. Am liebsten würde ich sie ins Gras legen und … Ich höre ihr geduldig zu und versuche, nicht an die Wiesen zu denken. Der Duft von frischem Heu weht immer wieder in mein Bewusstsein und wird nur noch von Karlas Duft - dieser unwiderstehlichen Mischung aus Seife, Schweiß und sonnengewärmter Haut - übertroffen.

Die 'Villa Marie' ist eine ziemlich feudale Kneipe. Na, hoffentlich hält die Küche, was die Preise versprechen.

„Ich würde mich vorher noch gern ein bisschen auf dem Schillerplatz umsehen. Oder verhungerst du schon?"

Karla schüttelt den Kopf. Ich schwärme für die Architektur wie ein Bauernlümmel, der zum ersten Mal seinen Fuß in eine Großstadt setzt. Es findet sich nicht der geringste Hinweis auf eine Kanzlei. Die Kreise, die ich um den Platz ziehe, werden immer größer. Schließlich gebe ich auf.

Karla zieht mich plötzlich am Ärmel. „Holger, sieh mal."

Ich drehe mich um und starre auf ein riesiges, goldenes Schild. „Rechtsanwalt Dr. Berthold Renner", flüstere ich überrascht. „So ein Zufall. Hier arbeitet also der letzte der männlichen Renners."

Karla empfängt mich mit diesem strengen, wahnsinnig reizvollen Blick. „Können wir jetzt essen gehen, du Scheißkerl?"

„Ich liebe dich genauso, Karla. Nur lass mich noch schnell Telefonnummer und Adresse aufschreiben. Kann doch sein, dass wir die noch brauchen können."

Die schlichte Einrichtung erinnert an die Toskana. An allen Wänden hängen Gemälde. Der Ausblick auf die Elbhänge und das Blaue Wunder ist super. Auch das

Essen ist gut. Italienische Küche. Ich behalte Karla im Auge. So ein klein wenig zornig ist sie am schönsten. Ich genieße ihren Anblick. Wenn ich die Blindheit, mit der mich die Liebe schlägt, mit der Vernunft heile, weiß ich, dass ich diese Frau nicht halten kann. Die Wehmut macht mich noch empfänglicher für den Genuss jedes Augenblicks. *Wo alle Zeit mich ein seliger Hohn auf Augenblicke dünkte, wo die Notwendigkeit die Freiheit selber war, die selig mit dem Stachel der Freiheit spielte.* (Mayer, kannst du mir mal verraten, warum man sich Zeug merkt, noch bevor man es verstanden hat?)

Karla tupft sich die Lippen mit der Serviette ab. „Hast du in jedem Urlaub eine Geliebte?"

Sie provoziert mich mit solchen Fragen derart, dass ich hart gegen die Versuchung ringen muss, sie weiter zu reizen. Aber ihre Augen schauen mich so flehend an. „Karla, weißt du, wovor ich die größte Angst habe? - Dass du meine e r s t e Urlaubsbekanntschaft bist, weil du es nicht länger mit mir aushältst. Vergiss nicht, was Mayer über mich erzählt hat. Das ist die Wahrheit. Alles andre ist Einbildung."

Karla mustert mich, verführerisch lächelnd. „Mayer hat nicht recht. Er hat gesagt, du wärst ein guter Kerl. Aber du bist ein ..."

„... Scheißkerl, ich weiß. Eben drum habe ich solche Angst."

Wir laufen die zehn Kilometer durch die duftenden Elbwiesen zurück. Es gibt auch Stellen, wo das Gras hoch genug steht, um vor neugierigen Blicken zu schützen. Hier komme ich am schwersten voran.

Ein einsamer und erschöpfter Radfahrer fragt uns nach dem Bischöflichen Amt. Ich hebe die Hand zu großer Geste und verkünde laut: *„Das ist nun m e i n*

Weg. Wo ist der eure? - So antworte ich denen, welche mich nach dem Weg fragen. D e n Weg nämlich, den gibt es nicht!"

Als der Radler verstört weiterfährt, lacht Karla herzerfrischend.

„Im Lachen ist alles Böse beieinander, aber heilig- und losgesprochen durch seine eigne Seligkeit", versuche ich die Heiterkeit auf die Spitze zu treiben.

Karla wird plötzlich still. Dann sagt sie *wie einer, der bei sich selbst zögert:* „Und davor habe i c h die größte Angst."

Ich kann raten, ob sie das Gesagte meint oder mich.

Bei Watzkes essen wir Abendbrot. Die Kneipe hat was von der Gemütlichkeit einer Bahnhofshalle. Wir setzen uns in den recht belebten Garten und sehen verträumt auf die still fließende Elbe. Ich will nicht leugnen, dass ich beinahe ausschließlich ans Bett denke, obwohl ich alles andere als müde bin. Karla wird immer schöner und riecht immer verführerischer. Der Wein veredelt ihr Gesicht ins Unerträgliche. (Mayer, wie soll ich mich ablenken?!)

Der Lärm um uns her schwillt auf und ab. Mitunter werde ich ungewollt Zeuge kurzer Gesprächsfetzen. Sie helfen mir bei der Ablenkung. *Alles bei ihnen redet, nichts gerät mehr und kommt zu Ende. Alles gackert, aber wer will noch still auf dem Nest sitzen und Eier brüten?* Seltsam, dass mir unter Menschen mein Einsiedler noch am lautesten spricht. *Alles bei ihnen redet, alles wird zerredet. Und was gestern noch zu hart war für die Zeit selber und ihren Zahn, heute hängt es zerschabt und zernagt aus den Mäulern der Heutigen.*

Spürt Karla meine Ungeduld? Weiß sie, wie verlockend sie ist? Freut sie sich nur annähernd so auf mich wie ich mich auf sie? Ich kann nicht mehr. Ich nehme ihre Hand und streichle sie zärtlich mit den Lippen.

„Hast du noch einen Wunsch? Sonst würde ich jetzt gern zahlen."

„Hast du es etwa eilig?"

„Ja."

Auf dem kurzen Heimweg küsse ich sie wieder und wieder. Im Flur knöpfe ich ihr das Kleid auf und streife es ab. Die Hände zittern vor Gier. Karlas Hände sind ganz ruhig. Daher ist sie mit meinem Hemd eher fertig und greift schon nach der Gürtelschnalle. Jede neue Zärtlichkeit bestätigt sie mit einem fröhlichen Seufzer. Ihr Körper ist warm und weich und auch wieder fest und geschmeidig, von einer nie langweilenden Beschaffenheit. Ich spiele vor allem mit den munteren Brüsten, wenn meine Hände nicht ihren Rücken auf- und abgleiten, um sie fester an mich zu drücken. Ich streife die geöffnete Hose ab und knie vor sie hin, um mit meinem Gesicht tief in ihr nur sparsam wie reizvoll bekleidetes Zentrum der Lust zu tauchen. Sie riecht umwerfend. Ich ziehe den seidenen letzten Vorhang so geduldig herab, wie es mir noch möglich ist, und küsse die weichen, nicht eben üppigen Löckchen. Karla genießt und lässt mich gewähren. Meine Lippen werden immer fester, zuletzt erziele ich nur mit der Zunge einen Fortschritt.

Karla hebt mich auf und zieht mich ins Schlafzimmer. Ihre Hände glühen. Sie wirft sich aufs Bett. Ich fahre fort, wo ich unterbrochen wurde. Karla öffnet sich mir weit. Meine Hände haben nun Freiheit, die festen Brüste zu liebkosen, deren Spitzen lohnende Gipfel sind. Karla genießt haltlos. Alles an ihr ist Empfangen und Genießen. Dieses Genießen ist mir Lohn genug. Ich knie vorm Bett und tropfe den Teppich nass. Karlas Bauch zittert. Dieses untrügliche Zeichen ihrer nahen Ankunft im Land des Friedens treibt meine Lust ins Grenzenlose. Ich lasse mich gehen. *Dies alles dauerte eine lange Zeit oder eine kurze Zeit. Denn, recht gesprochen, gibt es für dergleichen Dinge auf Erden keine Zeit.*

Karlas Bauch zittert immer stärker, aber ihr Körper wird weich. Irritiert schau ich in ihr Gesicht und finde es tränenüberschwemmt.

Mein Gott, ich habe schon einiges erlebt. Aber geheult hat noch keine dabei. Natürlich bin ich augenblicklich nüchtern. Karla krümmt sich zusammen wie ein frierender Schlittenhund und verbirgt den Kopf im Kissen. Ich wische mir das Kinn trocken und decke das bebende Häufchen Unglück zu. Mein alles andere als stolzer Specht weint noch immer, nur dass aus Vorfreudentränen Tränen der Trauer geworden sind. Vielleicht ist ein Mann erst dort wirklich zu Hause, wo er das Bett mit solcherart Kummer benetzt. Karla war so in Stimmung, dass ich keinen Grund habe, mit meiner Art der Eroberung ins Gericht zu gehen. Hab ich ihr später wehgetan? Ich war doch kein bisschen grob. Mayer meint, dass die Empfindsamkeit der Frauen keine Grenze kennt. Ich streichle Karla entschuldigend die - wie der ganze Körper - bebende Schulter. „Wenn es wegen mir ist, Karla …"

Sie schüttelt nicht nur energisch den Kopf, der ganze wundervolle, katzenhafte Leib schmeißt sich verzweifelt hin und her. Ich atme auf, ohne die Beklemmung los zu werden. Karla weint lange, ehe sie sich fassen kann. Dann geht sie hinaus, mich mit meiner kümmerlichen Männlichkeit allein lassend. Ich betrachte den gepeinigten Specht und mache mir Sorgen um meine Potenz. Wenn das so weitergeht, geselle ich mich bald zur Masse seelischer Kastraten. Bleibt er auch heute wieder links liegen, macht er sich auch ohne meine Hilfe bis zum Morgen Luft.

23

Karla kommt zurück. Sie hat sich das Gesicht gewaschen und ein ziemlich unerotisches Nachthemd übergeworfen und schaut nun schuldbewusst in meinen erbärmlichen Schoß. Ich schlage langsam die Decke über den Ort der Verzweiflung. Karla setzt sich neben mich und zieht die Knie ans Kinn. Selbst die Betrachtung ihrer nackten Zehen sorgt für Wachstum unter meiner Decke. *Wollust ist nur dem Welken ein süßlich Gift, für die Löwen-Willigen aber die große Herzstärkung und der ehrfürchtig geschonte Wein der Weine. Wollust ist das große Gleichnis-Glück für höheres Glück und höchste Hoffnung.*

„Du musst keine Rücksicht auf mich nehmen", beginnt sie leise. „Wenn ich dir zu sehr auf die Nerven falle, dann geh einfach fort."

„Wäre dir das so einerlei?"

Karla schmeißt sich an meine Brust und klammert sich so verzweifelt an mich, dass meine Rückennarben aufreißen. Auch das ertrage ich männlich. (Mayer, was hast du mir hier nur eingebrockt?) „Ich will dich ja um nichts auf der Welt verlassen, Karla. Ich fürchte nur, ich bin nicht der Mann, der dir helfen kann."

„Ich hatte mich so darauf gefreut. Ich war dir schon ein bisschen böse, weil du mich nicht gleich an der Elbe in den herrlichen Wiesen …"

„Du kannst dir nicht vorstellen, wie ich mich geschunden habe, an den Wiesen vorbeizukommen, ohne handgreiflich zu werden", verteidige ich mich verzweifelt.

Sie drückt mich wieder ganz fest. „Dann wäre ja wahrscheinlich auch alles nur noch schlimmer gewesen."

„Was ist denn so schlimm?"

„Du bist so furchtbar zärtlich, Holger."

Ich sehe sie gequält an und denke an meinen brennenden Rücken.

„Klara hat das nie erlebt. Dabei hat sie so viele Verehrer gehabt. Wegen mir hat sie gewartet." Karlas Kinn zittert schon wieder. „Ich war ganz blöde, was Männer betrifft. Ich habe mich absichtlich angezogen wie eine Vogelscheuche, um die Kerle abzuschrecken." Karla schluckt. „Die hübschen Kleider sind alle von ihr. Sie war immer der lustige, bunte Vogel, und die Scheißkerle schwirrten nur so um sie herum."

Jetzt fährt mir der Scheißkerl doch in den Bauch. „Du bist noch …?"

„Mit meinen zweiundzwanzig bin ich ziemlich spät dran, nicht?"

„Und warum hat sie solche Rücksicht auf dich genommen?", weiche ich aus.

„Das war auch so eine idiotische Abmachung wie das gemeinsame Grab, nur dass wir die noch so richtig mit Schwur besiegelt haben. Es sollte in einer Nacht … Und nun wurde sie von diesem perversen Schwein …", bricht sie weinend heraus.

„Karla! Solche Gedanken helfen ihr nicht, und dich machen sie kaputt! Sie hat nicht so viel Rücksicht auf dich genommen, damit du nun als alte Jungfer stirbst."

„Warum müssen wir immerzu denken, Holger? Warum hört das nie auf? Warum quält es uns, wenn es uns doch nicht helfen kann?"

Denkt sie wirklich, dass ich auch nur auf eine der Fragen eine Antwort weiß? Jetzt springt mir mein schon einigermaßen vertrauter Einsiedler auf die Zunge. *„Das Selbst sagt zum Ich: »Hier fühle Schmerz!« Und da leidet es und denkt nach, wie es nicht mehr leide. - Und dazu eben s o l l es denken. Das Selbst sagt zum Ich: »Hier fühle Lust!« Da freut es* *sich und denkt nach, wie es noch oft sich freue. - Und dazu eben s o l l es denken.*"

Karlas Blick ist meinem Gedächtnis ein weit süßerer Lohn als der Beifall eines ausverkauften Theaters. „Und du musst es büßen", sagt sie verschämt.

„Es ist nicht so schlimm", lüge ich, bitter lächelnd.

Karla löst sich von mir. „Leg dich hin, Lieber."

Das 'Lieber' klingt mir beinahe weniger zärtlich als der 'Scheißkerl'. Ich folge unsicher. Karla schlägt das Bett zurück und legt ihren Kopf auf meine Brust. Ich kraule ihr väterlich Hinterkopf und Nacken. Sie zieht die Decke soweit von mir, bis aller Jammer offenbar wird, und spielt neugierig wie zärtlich mit dem vernachlässigten Specht, der sich sogleich bläht und seinen roten Kopf erhebt. „Karla, das musst du nicht …"

„Er soll nicht darunter leiden."

„Er leidet ja gar nicht - so sehr", füge ich noch schnell hinzu. Karlas Spiel ist so unwiderstehlich, dass ich schon unheilbar süchtig bin und mich mit geschlossenen Augen ihren phantasievollen Fingern hingebe.

„Eine komische Art Tier ist das", sagt sie analytisch. „Ist das gut so?"

„Du machst es ganz wunderbar, Karla. Als hättest du das irgendwo gelernt."

„Klara hat es mir beigebracht. Die wusste immer alles; weiß der Teufel, woher. Sie hat mich mit all diesen Geschichten erst ganz heiß gemacht, und dann haben wir uns … Auch da wusste sie besser Bescheid."

„Langsam, Karla, du hast ihn gleich soweit." Sie lässt ihn ganz langsam durch ihre warme Hand gleiten. „Versprich mir, dass ich es wiedergutmachen kann", fordere ich mit veränderter Stimme.

„Pst."

Für das erste Experiment ist sie unglaublich einfalls-
reich. (Mayer, hast du so was je erlebt?!) „Karla. - Oh
Karla!", schreie ich befreit und ergieße mich unter der
Vibration des ganzen Körpers.

Karla beherrscht auch das Nachspiel perfekt. „Das ist
ja richtig spannend."

„Was?"

„Wenn man Gewalt über einen so starken Kerl durch
einen so kleinen Hebel hat."

„Der ist nicht so klein."

Lachend steht Karla auf.

„Wo willst du denn hin?"

„Warte, ich hol was. Für so was bin ich noch nicht
eingerichtet."

„Ich kann doch duschen."

„Nein, lass mich. Klara sieht doch zu. Sie soll zufrieden sein."

Klara wäre ganz sicher zufrieden gewesen. Jetzt tut es
mir noch mehr leid, dass ich Karla habe nicht ganz
glücklich machen können. Ich liege wieder an ihrem
Rücken, sicherheitshalber mit eingeklemmtem Specht.
Wie lange liegen wir so und genießen - still atmend -
unsere Nähe?

„Holger?"

„Hm."

„Liebst du mich?"

„Hm."

„Sehr?"

„Liebe kann man nicht steigern, Karla. Entweder man
liebt oder man liebt nicht."

„Dein Mayer hat doch nicht recht."

„Warts ab."

„Holger?"

„Hm."

„Ich habe dir noch was Wichtiges über meine Schwester verschwiegen. Ich möchte, dass du alles weißt." Offensichtlich hat sie Mühe, weiterzureden.

Ich lasse ihr Zeit.

„Bei der Untersuchung der Todesumstände gab es eine Merkwürdigkeit."

Sofort stehen mir die Haare zu Berge. Der Mund trocknet aus.

„Es grenzt an ein Wunder, so unter einen Zug zu geraten - wenn man es nicht will."

„Gibt es dafür irgendeinen Beweis, Karla?", frage ich verzweifelt. „Einen Brief oder eine verhängnisvolle Leidenschaft?"

„Nein. Aber sie hat manchmal so komisches Zeug geredet; immer wenn sie am glücklichsten war. Alle haben darüber gelacht. Vielleicht hat sie es nur witzig gemeint, oder sie wollte uns schockieren. Sie war so. Aber vielleicht war es auch eine Art Hilferuf, und keiner hat sie verstanden. Vielleicht hatte sie ein Problem, das sie nicht einmal mir hat anvertrauen können."

„Hör auf, Karla. Du kannst nicht dein ganzes Leben von ihr bestimmen lassen; alles Denken und Fühlen. Bloß weil man dem Zufall etwas nicht zutraut, musst du dir nicht solche finsteren Gedanken machen. Wenn du dich unter einen Zug werfen willst, würdest du dann von einem Rad springen?"

„Nein. Aber sie war ..."

Wieder überkommt mich das bisher vollkommen unbekannte Gefühl, als würde mein Hirn einen Gedanken glühend in eine grobe Form gießen. Eine heiße Welle durchflutet mich, dass ich aufschrecke. „Karla! Ich bin ein Idiot!"

Karla zuckt zusammen und dreht sich zu mir. Ihre großen Augen verraten Angst.

„Ich bin ein Idiot! Renners Bruder starb an einem Autounfall? Ich will Meier heißen, wenn es kein Selbstmord war."

„Holger!"

„Warte! - Sie ist nicht das Werkzeug. Sie ist der Täter. Die Leichen, die vor Renners Zeit verschwanden, waren für seinen Bruder bestimmt. Und die Drohung Kirschbergs, nicht mehr mitzumachen, gilt dem noch lebenden Bruder. Sie ist verrückt! Sie will sie alle umbringen."

„Warum sollte sie das tun?"

„Keine Ahnung. Ihr Wohnzimmer ist mit Familienfotos tapeziert. Ihre Brüder zieren eine ganze Wand."

„Das spricht doch eher dagegen."

„Da sind die Fürchterlichen, die in sich das Raubtier herumtragen und keine Wahl haben, es sei denn Lüste oder Selbstzerfleischung. Und auch ihre Lüste sind noch Selbstzerfleischung", flüstere ich für mich selbst.

Karla sieht mich fragend und verlegen an.

„Wir haben eine Sache ganz außer Acht gelassen: Susanne war genau in der Stunde bei ihrem Bruder, als er starb. Sie fuhr nicht ab, weil sie von Renners Zustand abgestoßen wurde. Dafür kannte sie ihn viel zu gut. Warum leugnet sie, vor seinem Tod mit ihm gesprochen zu haben? - Weil sie gar nicht mit ihm gesprochen hat! Im Gegenteil, er durfte sie nicht sehen. Sie legten ihm die letzte Leiche hin und warteten, was er tun würde. Als er aus dem Haus ging, folgten sie ihm zur Steilküste, um sicher zu gehen, erfolgreich gewesen zu sein. Dann nahmen sie die Leiche und verschwanden."

„Das ist doch absurd! Ich denke, sie hat ihn geliebt. Warum sollte sie dann so was tun?"

„Das weiß ich noch nicht. Aber etwas stimmt in dieser Familie nicht. Es gibt nur ein Foto, auf dem sie und die Brüder gemeinsam abgebildet sind. Und warum hatte die Stirner, die alle Renners schon über zig Jahre kennt, keine Ahnung von einer Schwester?"

„Und was meinst d u , warum?"

Ich zucke wieder mit den Schultern. „Wir müssen noch mal zum Schillerplatz."

Karla nickt.

„Diesmal fahren wir aber. Durch die Wiesen spazieren kann ich erst wieder mit dir, wenn deine Schwester nicht mehr mit dabei ist." *In uns selber wohnt er noch, der alte Götzenpriester, der unser Bestes sich zum Schmause brät.*

24

Vorerst gelingt es uns nur, zu Renners Sekretärin vorzudringen. Die Diensträume sind geradezu nobel. „Sind Sie angemeldet?"

„Nein. Es handelt sich aber um eine ausgesprochen wichtige Sache."

„Wenn es sich nicht um eine wichtige Angelegenheit handeln würde, kämen Sie ja wohl kaum zu uns, Herr …?

„Buschner."

„In welcher Angelegenheit kommen Sie?"

„Das würde ich Herrn Renner gern selber sagen."

Mit einem schnippischen „Moment bitte!" nimmt sie den Telefonhörer. „Herr Doktor Renner, hier sind zwei Herrschaften, die Sie um einen Termin bitten. Können Sie sie jetzt empfangen?" - „Das möchten sie nur Ihnen anvertrauen." - „Ist recht." Sie legt auf. „Doktor Renner ist es augenblicklich nicht möglich, Sie zu empfangen. Übermorgen können Sie über den ganzen Nachmittag verfügen. Sonst müssen wir einen späteren Termin vereinbaren."

Karla schlägt mit der Hand auf den Tisch. „Sagen Sie ihm, wir müssen ihn jetzt sprechen. Sagen Sie ihm, dass es um seine Person geht! Wenn er uns nicht sofort anhört, dann hat er vielleicht schon sehr bald ein Problem, das ihm über den Kopf wächst!" Karla nimmt den Hörer und drückt ihn der beeindruckten Sekretärin in die Hand.

„Ja, die Herrschaften meinen, dass Sie sie im eigenen Interesse sofort empfangen sollten." Sie behält den Hörer in der Hand. „In einer Stunde?", fragt sie uns leise.

Karla entreißt ihr den Hörer und schreit aufgebracht hinein: „Herr Doktor Renner, wir sind in genau drei Sekunden bei Ihnen!" Sie fasst mich unterm Arm und geht mit großen Schritten auf die mächtige gepolsterte Tür zu.

„Nein, das dürfen Sie nicht!", schreit noch die verschreckte Sekretärin. Da hat Karla schon die Tür aufgestoßen. Das überraschte Gesicht Renners empfängt uns hinter einer aufgeschlagenen Zeitung.

„Sie verfügen offensichtlich über eine umfangreiche Klientel", begrüßt ihn Karla aufgebracht.

Ich schließe behutsam die Tür, um Renner nicht noch mehr zu verwirren.

„Was wollen Sie? Wer sind Sie?", stammelt er mehr überrascht als ängstlich.

„Ich glaube, Sie sollten sich wenigstens soviel Zeit nehmen und die Zeitung beiseite legen", sagt Karla schon etwas ruhiger. Schwer lässt sie sich in einen mondänen Ledersessel fallen. Ich nehme sprungbereit auf der breiten Armlehne Platz.

Renner faltet die Zeitung offensichtlich so langsam zusammen, um Zeit und Fassung zu gewinnen. Lange fixiert er mich. „Sie kenne ich von irgendwoher", sagt er dann überzeugt.

„Ich bin ein Freund Gustavs. Wir haben uns auf dem Friedhof gesehen."

Renner atmet schwer. „Ich kann Ihnen über seinen Tod nichts weiter sagen. Wenn Sie darum gekommen sind ..."

„Es gibt keinen, der über seinen Tod so gut Bescheid weiß wie wir", erwidert Karla nüchtern.

Nun verliert Renner doch alle Fassung. Er reißt die Augen auf wie ein schlachtreifes Kaninchen.

Mit einem beinahe ebensolchen Blick pfeife ich Karla zurück. „Viel mehr interessieren wir uns aber für die Lebenden; Ihre Schwester Susanne zum Beispiel."

Renner atmet auf. „Sie ist ein bisschen schwierig", sagt er, nach Worten suchend. „Bis heute hat sie so ihre Schwierigkeiten, erwachsen zu werden. Wenn sie in was Dummes reingeraten ist, bringe ich das in Ordnung. Sie macht halt alles aus dem Bauch, verstehen Sie? Wenn Frauen überhaupt so ihre Probleme mit der Ratio haben, dann ist sie besonders fraulich."

„Sie denken nicht gerade schmeichelhaft über Ihre Schwester", sagt Karla merkwürdig gefasst.

„Ich mag sie ja irgendwie. Aber man kann nicht allzu viel mit ihr anfangen. Immerzu stößt man an ihre Komplexe, für die sie einen auch noch verantwortlich macht", rechtfertigt sich Renner gequält.

Ich wundere mich über Renners Redseligkeit. Dafür, dass er zum ersten Mal mit uns spricht, redet er sehr offen. „Sie haben Susanne schon oft aus der Klemme helfen müssen?"

Renner nickt lange. „Ziemlich oft. - Zuletzt war es eine ganz ernste Sache. LSD. Ich habe dabei sogar meinen Ruf riskiert. Wir ... ich überweise ihr jeden Monat eine Art Rente. Das ist immer noch billiger, als sie ständig aus irgendwelchen Geschichten herauszuholen, in die sie gerät, weil sie sich von irgendwelchen Typen einreden lässt, schnell das große Geld machen zu können. Das ist so ein Spleen von ihr. Früher haben wir uns zu dritt in die Rente geteilt, aber seit Ludwig und Gustav ..."

„Susanne ist eine sehr attraktive Frau und noch immer allein", sage ich, um auf ein anderes Thema zu lenken.

Renner lächelt bitter. „Mit festen Bindungen haben wir Renners alle unsere Probleme. Ich bin sehr froh, dass sie sich für die Prostitution zu schade ist, auch wenn sie sich in letzter Zeit mit so einem Zuhältertypen herumtreibt. - Welche Forderungen haben Sie? Ich bin sicher, dass wir einen Weg finden."

Ich erzähle Renner in Andeutungen die Geschichte um Gustavs Tod. Als ich fertig bin, lacht er so ehrlich und herzlich, dass selbst mir Zweifel kommen.

„Ich sehe, Sie haben nicht die geringste Ahnung von Susannes Wesen, wenn Sie ihr das zutrauen. Sie kann nicht einmal ihren Einfluss auf den übernächsten Augenblick einschätzen, da soll sie ein so ungeheuerliches Flechtwerk der Manipulation überblicken? Schreiben Sie einen Krimi aus dem Stoff. Die Leute mögen solche verworrenen Sachen. Mit der Wirklichkeit hat all das wenig zu tun; und mit Susanne - glauben Sie mir - nicht das Geringste." Wieder lacht er herzlich. „Ich hatte schon die Befürchtung, diesmal sei es was Ernstes. - Mögen Sie Whisky, Sekt oder Kaffee?"

„Sekt", sagt Karla, als hätte sie schon ein Weilchen auf das Angebot gewartet.

Renner nimmt den Hörer. „Veronika, bringen Sie uns bitte eine Flasche Trockenen und drei Gläser."

Wir warten geduldig. Ich überlege, wie ich in der Sache weiterkommen kann, ohne Renner gleich alles zu erzählen. Am Ende steckt er selber in der Geschichte drin. Plötzlich scheint mir alles möglich. Die Sekretärin kommt mit dem Tablett. Renner hebt das Glas. „Bedienen Sie sich bitte."

Karla greift fast gierig danach. „Warum hat sich Ludwig eigentlich umgebracht?", fragt sie ruhig und trinkt, über den Glasrand schielend.

Renner zuckt zusammen, *ganz einem solchen gleich, der auf das Äußerste erschrickt,* und stellt das volle Glas wieder ab.

Ich bin begeistert. Karla hat ganz offensichtlich ins Schwarze getroffen und diesen selbstgefälligen wie selbstsicheren Kerl aus dem Gleichgewicht gebracht.

Er sieht uns abwechselnd an. „Sie sind von der Polizei?"

„Aus der Tatsache, dass die Polizei noch nicht hier gewesen ist, können Sie ersehen, dass wir ihr ein ganzes Stück voraus sind. Das könnte Ihr Glück sein", sagt Karla mit einer eigenartigen Lust an Renners Furcht oder Verwirrung.

„Warum glaubt alle Welt, dass Ludwig verunglückt ist?", versuche ich an der ursprünglichen Frage zu bleiben.

„Ich bin der Einzige, der von Ludwigs Entschluss weiß. Er hatte mich gebeten, solange für seinen Kater zu sorgen, wie er im Urlaub ist. Also war ich es auch, der den Abschiedsbrief fand. Ich wollte nicht, dass es erst einen Haufen Knatsch und Ärger und Beschuldigungen und Selbstvorwürfe gibt. Da habe ich halt die Sache für mich behalten."

„Vielleicht lebte Gustav noch, wenn er die wahren Hintergründe vom Tod seines Bruders gekannt hätte."

„Sehen Sie, schon geht es los mit den Vorwürfen. - Ludwig hat ja alles ebenso rätselhaft geschrieben wie Gustav."

„Und da ist Ihnen als Anwalt nie der Verdacht einer Verbindung der beiden Todesentschlüsse gekommen?", fragt Karla leidenschaftlich.

„Als Anwalt erleben Sie täglich die unglaublichsten Kapriolen des Zufalls. Warum sollten in einer Familie nicht zwei die gleiche - Idee haben? Ist das nicht sogar eher logisch? Immerhin haben Brüder nicht nur ähnliches Erbgut, sie sind auch ein wichtiges, prägendes Stück Weg miteinander gegangen. Ich habe nicht eher eine Verbindung beider gesehen, als Sie mich darauf brachten. Und, um ganz ehrlich zu sein, ich halte die Geschichte noch immer für ziemlich absurd. Sie kennen Susanne nicht."

„Und Sie kennen sie?", fragt Karla spitz.

„Ich denk schon. Immerhin ist sie meine Schwester. Wir haben zehn Jahre gemeinsam in einem Haus zugebracht."

„Nur gemeinsam? Oder miteinander?", bohrt Karla unbarmherzig weiter.

Ich habe Mühe, den Fragen zu folgen.

Renner fällt das offensichtlich weniger schwer. „Sie war ein Mädchen und ein Nachzügler. Ich war zehn, als sie geboren wurde. Und ich bin der Jüngste von uns Dreien. Was wollen Sie denn mit so einer kleinen Griefe anfangen?"

„Sie hat die Eltern nie kennengelernt?", frage ich, um das Gespräch nicht in noch psychologischere Gefilde abdriften zu lassen.

Renner schüttelt den Kopf. „Sie starben beide, als Susanne mal gerade vier war. Sie sind nachts während eines Hotelbrandes erstickt. Susanne hat es zum Glück gar nicht richtig mitgekriegt. Ich habe mir oft gewünscht, damals so klein gewesen zu sein wie sie. - Die Leichengeschichte ist seltsam. Je länger ich darüber nachdenke, umso unsinniger erscheint sie mir. Ich werde mir die Sache noch mal überlegen. Vielleicht hat Susanne ja doch was damit zu tun, aber niemals als Drahtzieher, schlimmstenfalls als unfreiwillige Komplizin. Ihr graut es schon immer furchtbar vor allem Toten. Sie traute sich ja noch nicht mal, tote Käfer in die Hand zu nehmen, wenn sie von den Hühnern nur aufgespießt, aber nicht gefressen wurden. Und als die Großmutter den Hund hat einschläfern lassen, da hat sie um das Zimmer, in dem er lag, um in einen Sack eingenäht zu werden, einen großen Bogen gemacht."

„Herr Doktor Renner, wir wollen Ihre Zeit nicht länger in Anspruch nehmen", sagt Karla wie aus heiterem Himmel. „Sollten Dinge geschehen, die Sie an sich zweifeln lassen, was ja kaum zu befürchten ist, dann denken Sie an uns. Vielleicht rufen Sie an, bevor Sie sich aus dem Fenster stürzen."

25

„Warum, zum Teufel, hast du das Gespräch so plötzlich abgebrochen, gerade als er gesprächig wurde?", frage ich Karla unwillig im Auto.

„Weil dieser Typ nicht zum Aushalten ist. Wir fahren von der See hierher, um ihn zu warnen, und der Blödmann hat nichts anderes zu tun, als uns mit seiner Eitelkeit zu beglücken und von aufgespießten Käfern zu erzählen. Dem möchte man doch noch ganz andere Sachen ins Bett legen."

„Karla!"

„Wenn die beiden anderen nur halb so selbstgefällig waren wie der, dann kann ich dir nur gratulieren; dann trifft deine Vermutung absolut ins Schwarze."

„Du meinst also auch …"

„Es langt mir nur noch nicht ganz als Motiv. Für die Scheißkerle würde ich mir nicht so die Hände dreckig machen."

„Karla, vielleicht hat er ja auch recht mit dem, was er von Susanne sagte. Du nimmst die erstbeste Tusse in Schutz."

„Sie tut mir leid. Sie ist schlimm dran, wenn sie es nicht war, aber auch, wenn sie es war. Welche Rolle sie auch spielt, sie ist beschissen dran."

„*Was ist dieser Mensch? Ein Knäuel wilder Schlangen, welche selten beieinander Ruhe haben, - da gehen sie für sich fort und suchen Beute in der Welt.* - Ich bin nicht mehr so sicher, was meine Version betrifft", sage ich zurückhaltend.

„Komisch, mich hat das Gespräch mit Renner von deiner Variante überzeugt, und dich macht es unsicher?"

„Ich denke, wir sollten Kullbach sagen, was wir wissen."

„Spinnst du? Den Rest kriegen wir jetzt auch noch raus."

„Aber wenn wir doch ganz schiefliegen. Es ist schon einer gestorben, weil zu viele zu viel für sich behalten haben. Ich käme mit noch so einer Geschichte nicht so gut zurecht."

„Denkst du, Kullbach wird uns glauben?"

„Dann ist es sein Ding."

Bei Karla angekommen, setze ich den Vorsatz in die Tat um, bevor mich wieder der Teufel reitet. Karla stellt laut.

„Herr Kommissar?"

„Buschner, auf Ihren Anruf habe ich schon lange gewartet", meldet sich Kullbach überraschend ehrlich und nüchtern.

„Ich hoffe, Sie hatten auch ohne mich genug zu tun."

„Ich habe sogar was rausgefunden. Ihre Leiche heißt Klara Rost. Den Korb haben Sie aber sicher von ihrer Schwester gekriegt, die Karla heißt. Ist das richtig?"

„Ja, Kommissar."

„Ihre Leiche ist von einem Zug überfahren worden. Die Halsverletzungen haben Sie ganz korrekt beschriebenen. Es ist also sehr wahrscheinlich, dass Sie die Leiche eine Woche nach dem Einäscherungstermin gesehen haben."

„Und?"

„Was und? Das ist doch schon allerhand, oder?"

„Ich meine, da wäre doch erst mal eine fette Entschuldigung fällig. Immerhin haben Sie mich wie einen Idioten behandelt."

„Mein lieber Buschner, nun seien Sie nicht nachtragend."

„Anderen ist durch Ihre Zweifel Schlimmeres wiederfahren."

„Sie meinen Renner? Wenn er irgendwelche Geschichten mit Leichen anfängt, dann muss er sich nicht wundern, wenn er darüber wunderlich wird."

„Renner wurde viel wahrscheinlicher in den Selbstmord getrieben. Die Leichen sind ihm wohl genau in der Absicht untergeschoben worden, dass er sich als Mörder fühlt."

„Mal langsam, Buschner, die Geschichte klingt mir sehr nach Bücherregal."

„Das haben Sie mir schon einmal vorgeworfen."

„Haben Sie Beweise?"

„Renner hatte zwei Brüder."

„Und eine Schwester, ich weiß. Ludwig Renner, der Älteste der vier, ist vor drei Jahren tödlich verunglückt."

„Was Sie aber vielleicht nicht wissen, ist, dass auch dieser Unfall ein Selbstmord war. Da wir wissen, welchen Weg die Leichen genommen haben, wissen wir auch, seit wann sie aus dem Krematorium verschwinden. Sie könnten gut und gern auch schon den ersten Bruder in den Wahnsinn getrieben haben. - Herr Kommissar?"

„Ja, erzählen Sie nur weiter."

„Ich bin ja leider auch beinahe am Ende. Die Leichen werden über einen Mann verschafft, der Jochen Kirschberg heißt. Er ist ein - sehr enger Freund Susanne Renners. Wenn ich Sie jetzt schon einweihe, so allein deshalb, weil ich Grund habe, mich um das Leben Berthold Renners zu sorgen, der meiner Version leider nicht allzu viel Glauben schenkt. Ich hoffe, Sie nehmen meine Sorgen diesmal ernster."

„Meinen Respekt, Buschner. Ich hoffe nur, Sie haben die Leute nicht aufgescheucht wie ein Fuchs die Hühner. Um ehrlich zu sein, erscheint auch mir Ihre Version ein bisschen heftig."

„An Ihrer Skepsis habe ich keinen Augenblick gezweifelt, Herr Kommissar. Ich wollte nur nichts unversucht lassen. Im Übrigen würde ich jetzt gern mit der bezaubernsten Frau in die Flitterwochen fahren. Ich habe sie unter sehr ungünstigen Umständen kennengelernt."

„Sie sind mit Karla Rost …"

„Im Grunde habe ich meine Liebe ja auch Ihrer Skepsis zu danken. Damit Sie nicht ganz und gar daran verzweifeln, nur Unheil gestiftet zu haben. Leben Sie wohl."

„Sie auch", erwidert Kullbach kleinlaut.

„Jetzt müsstest du nur noch krähen", empfängt mich Karla schnippisch.

„Wenn ich dich so sehe, ist mir auch danach."

„Ging es dir mehr um Renners Sicherheit oder deinen Triumph über Kullbach?"

„Eine kleine Rache ist menschlicher als keine Rache. - Sagen wir, um beides. Aber noch mehr ging es mir um dich." Ich fasse Karla um die Schenkel und hebe sie hoch. „Ich wollte diesen unseligen Fall abschließen, um beide Hände und vor allem den Kopf für dich frei zu haben."

Karla lächelt wie ein Kind.

„Wie lange hast du noch frei?"

„Zwei Wochen wenigstens."

„Dann lass uns zurückfahren, Karla. Ich möchte mit dir am Strand liegen und alle Männer neidisch machen und jeden Morgen krähen wie ein Hahn." Ich lasse das süße Geschöpf langsam durch meine Arme gleiten, sodass ich ihr Schambein am Brustbein fühle. „Ich wollte mich eigentlich nie wieder so verlieben, Karla; ich meine, dass es weh tut vor Glück und man vor die Hunde geht, wenn es nicht hält."

Karla schließt mir den Mund mit zärtlichen Lippen. „Es hält", flüstert sie in einer Atempause.

Ich habe keine Wahl. Ich kann zweifeln - also vernünftig sein - und leiden oder das begrenzte Glück genießen, ohne an ein Ende zu denken. - Ich genieße …

Ein flaues Gefühl quillt im Magen auf. Ulrike. Auch sie habe ich genossen. Und wenn ich mich für etwas schäme, dann d a für, nicht für die Kronstätter, wo ich doch immer gefürchtet hatte, Scham und Schande nie mehr loszuwerden. Ulrike war in so vielem meine Rettung, nicht nur vor der Kronstätter. An ihr wurde ich erwachsen. Hatte mich die Kronstätter zum Mann gemacht, machte mich Ulrike zum Liebhaber - ohne geliebt zu werden. Dafür schäme ich mich auch heute noch. Ich lernte ganz und gar ihren Körper kennen, den sie mir so freizügig überließ. So still, zurückgezogen und unscheinbar sie im Alltag war, so leidenschaftlich wurde sie in meinen Armen, was ich natürlich meiner Kunst zugute hielt. Nach ihrem steifen, ängstlichen ersten Mal funktionierte es immer besser und befriedigender für uns beide. Beinahe alle Freizeit haben wir damit hingebracht. Und bald lernte ich, dass es nicht das größte Vergnügen ist, dem eigenen Kitzel nachzujagen, sondern dem anderen dabei behilflich, also ganz Ursache befreiender, befriedigender Wirkung zu sein. Sie war eine gelehrige Schülerin. Und sie hat mich aus dem Korsett eines kümmerlichen Ego befreit, nachdem mein Körper längst aller Kümmerlichkeit entwachsen war …

26

Ohne Steffis Hilfe müssten wir bei Frau Dönklass wohnen. Die Gegend hier oben ist echt begehrt. Steffi ist ganz begeistert über unsere Rückkehr. Unsere Geschichte macht ihr nicht weniger Spaß. Sie nimmt sie auf wie die Plauderei über einen Film. Ich habe den Verdacht, dass sie ein bisschen stolz ist, uns zu kennen, weil sie uns für so eine Art Hauptdarsteller hält. Wie sich das auch immer verhalten mag, für uns, mehr noch für Karla, ist Steffis unernstes wie zuvorkommendes Wesen selbst erholsamer als der wunderbare Strand. Sie ist solchermaßen besorgt um uns, dass ich manchmal denke, dass wir die einzigen Gäste sind. Die körperlichen Bedürfnisse, für die Steffi nicht sorgen kann - was sie aber nicht abhält, sie umso neugieriger zu beäugen - liegen in meiner Hand. Ich pendle wie ein Trunkener zwischen grenzenlosem Begehren und liebevoller Rücksicht und verliere nie die Angst, momentan immer gerade das Falsche zu tun. Oft sitzen wir mit unseren Philosophen im Bett, bis ich Karlas Nähe nicht mehr ertrage und Angst habe, zum Triebtäter zu werden. Dann dusche ich ewig kalt und starr oder heiß und beweglich. Beides hält nicht lange vor. Karla ist mit den Gedanken oft in einer anderen Welt. Ich bin nicht sicher, in welcher. Ist sie bei Klara? Oder ist sie im System des transzendentalen Idealismus, um von Klaras Welt möglichst weit entfernt zu sein? Beide Welten sind mir fremd. *Zu jeder Seele gehört eine andere Welt. Für jede Seele ist jede andre Seele eine Hinterwelt. Zwischen dem Ähnlichsten gerade lügt der Schein am schönsten; denn die kleinste Kluft ist am schwersten zu überbrücken.*

Mein Zarathustra ist gar nicht so kompliziert, wenn man erst weiß, wo es hingeht. Jetzt, wo ich ihn ein zweites Mal lese, ist er mir schon um vieles vertrauter. *Der Mensch ist ein Seil, geknüpft zwischen Tier und Übermensch, - ein Seil über einem Abgrund.* Das klingt irgendwie groß und erhaben, ist aber der ewige Singsang, der sich in Abwandlungen durch alle Seiten zieht. Dass der Mensch nur ein Zwischending ist, eine Brücke, wie Zarathustra immer wieder sagt, kann nun an allen möglichen Lastern und Gebrechen und Lächerlichkeiten bewiesen werden. Der Typ ist provokant und arrogant, dass ich manchmal alles für den Wahn eines Irren halten und das Buch an die Wand pfeffern möchte. Aber dann sind da so viele echte Weisheiten, die irgendwie verletzend sind und trotzdem oder gerade dadurch auf schmerzliche Weise wahr. Was er über die Frauen schreibt, finde ich nicht so toll, wenn es auch oft ganz witzig ist. *Alles am Weib ist ein Rätsel, und alles am Weib hat eine Lösung, sie heißt Schwan-*

gerschaft. Der Mann ist für das Weib ein Mittel. Der Zweck ist immer das Kind.

Ich muss an Ulrikes entsetztes Gesicht denken, als sie mir verkündete, dass sie ihre Regel nicht kriegt, und ihr verzweifeltes Gesicht, als ich nichts Tröstlicheres parat hatte als ein noch entsetzteres Gesicht …

Das Glück des Mannes heißt: Ich will. Das Glück des Weibes heißt: Er will.

Ich will nicht, unter keinen Umständen, denn ich wollte ja noch nicht einmal sie wirklich - ganz, nur eben das eine. Wenigstens in diesem Fall war das Schicksal zuletzt sehr gnädig mit mir …

Würdig schien mir dieser Mann und reif für den Sinn der Erde. Aber als ich sein Weib sah, schien mir die Erde ein Haus für Unsinnige. Ja, ich wollte, dass die Erde in Krämpfen bebt, wenn sich ein Heiliger und eine Gans miteinander paaren. War es das? War das ganz im Hintergrund schon immer meine größte Angst gewesen? Aber wenn das Schicksal für manch einen nur Gänse bereithält? - *Sorgsam fand ich jetzt alle Käufer, und alle haben listige Augen. Aber seine Frau kauft auch der Listigste noch im Sack.* Steckt nicht jede Seele in einer Art Sack? Wie soll man also vorm Schaden klug sein? Und ob uns gerade hierin die Frauen überlegen sind …?

Karla nimmt das Buch herunter. Ich spüre einen Anflug von Panik und fürchte, mit der nächsten Nuss gefüttert zu werden. „Holger, ich denke, ich muss erst mal mit mir selbst ins Reine kommen." Ich werde so augenblicklich bleich, dass Karla lacht und mich mit dem charmantesten Lächeln tröstet. „Nein, du musst ja keine Angst haben. Ich will eine Nacht allein sein. Ich will einsam da liegen, wo du sie gefunden hast."

„Warum willst du dich so schinden, Karla?"

„Weil ich mich von ihr befreien muss. Ich halte die Quälerei nicht länger aus. Jeden Abend werde ich wilder auf dich und deine Zärtlichkeit. Und immer habe ich Angst, es wieder nicht zu schaffen und einen immer tieferen Graben zwischen uns entstehen zu lassen und dich am Ende zu verlieren, weil du diesen Zirkus nicht mehr aushältst."

„Ich werde nie gehen, wenn du mich nicht fort- schickst, Karla. Du musst nicht glauben, dass ich so furchtbar leide. Die Vorfreude ist etwas Wunderbares, und ist sie nicht oft schöner als die Freude selbst?" (Das war von mir, Mayer! Das muss ich aufschreiben.)

Karla lohnt mir diesen Satz mit einem sehr aufreiben- den Kuss. Als sie mich freigibt, hab ich den Satz schon wieder vergessen.

„Die Freude ist schöner", flüstert sie.

Ich zweifle nicht daran.

„Ich werde es diese Nacht hinter mich bringen", sagt Karla ernst. „Ich nehme das kleine Zelt und einen Schlafsack."

Hektisch krame ich nach Worten. „*Wer sucht, der geht leicht selber verloren,* Karla. *Alle Vereinsamung ist Schuld. - In der Einsamkeit wächst, was einer in sie bringt, auch das innere Vieh. Solchergestalt widerrät sich vielen die Einsamkeit. Gab es Schmutzigeres bisher auf Erden als Wüsten-Heilige? Um die herum war nicht nur der Teufel los, - sondern auch das Schwein.*"

Karla lacht ein mir unheimliches, herzhaftes Lachen.

„Und wenn dich einer überrascht, Karla. Das ist doch viel zu gefährlich! Lass mich mitkommen und mich hinter die Dünen legen, wo ich dich hören kann, wenn was ist."

„Nein, ich will ganz allein sein. Und wenn mich einer überrascht, so wird er an mir keine Freude haben, das kannst du mir glauben. Ich habe mir früher nämlich nicht nur hässliche Klamotten angezogen, sondern mich auch so gegen die Scheißkerle stark gemacht."

Ich betrachte Karlas schlanken Körper und werde nicht ruhiger. „Und ab wann gilt die Nacht als vorbei? Ich meine, wann kann ich dann zu dir stoßen?"

„Ich stoße dann zu dir, irgendwann morgen."

„Karla, bitte, wenn schon, dann mit einer genauen Zeit. Es wird so schon schlimm genug für mich, wenn ich die ganze Nacht wie auf Kohlen liege und vor Angst verrückt werde."

„Du wirst dich nicht um mich sorgen, weil ich dir verspreche, dass mir nichts passiert. Eine Zeit kann ich aber nicht sagen, weil ich nicht weiß, wie lange ich brauchen werde; vielleicht noch einen ganzen Tag oder eine Woche."

„Karla, jetzt mach dich nicht lustig über mich. Eine Woche? Dann bist du verhungert!"

Hilflos sehe ich zu, wie Karla die Sachen für ihre große Einsamkeit zusammenpackt. Immerhin achte ich darauf, dass sie nichts Wichtiges vergisst. Ich helfe ihr auch noch dabei, den Krempel aufs Rad zu packen. „*Es gibt Gefühle, die den Einsamen töten wollen*, Karla; *gelingt es ihnen nicht, nun, so müssen sie selber sterben! Aber vermagst du das, Mörder zu sein?*"

Karla mustert mich fasziniert. Aber auch das kann mich nicht trösten. Als sie abfährt, verzehrt mich eine den ganzen Körper ausfüllende Leere.

Ich bin wahnsinnig! Ich steuere geradewegs in eine Katastrophe, wie ich sie noch nie erlebt hab. Wie kann ich nur noch mal so tief reingehen? Das ist Hasard! Irrsinn! (Mayer, und du bist Schuld, wenn es schiefgeht!)

Wie ein seniler Greis schleiche ich durchs Hotel. Zuletzt verkrieche ich mich in Karlas Bett, um sie wenigstens zu riechen. Mein unglücklicher Einsiedler, mein *heiliger Heule-Sturm aus den Bergen bringt mir sogar ein* bisschen Ablenkung. *So wir nicht umkehren und werden wie die Kühe, so kommen wir nicht in das Himmelreich. Wir sollten ihnen nämlich eins ablernen: das Wiederkäuen.* Haha. *Sonderlich die, welche sich 'die Guten' heißen, fand ich als die giftigsten Fliegen. Sie stechen in aller Unschuld. Sie lügen in aller Unschuld; wie vermöchten sie gegen mich - gerecht zu sein! Wer unter den Guten lebt, den lehrt Mitleid lügen. Mitleid macht dumpfe Luft allen freien Seelen. Die Dummheit der Guten nämlich ist unergründlich. - O diese Guten! Gute Menschen reden nie die Wahrheit. Für den Geist ist solchermaßen gut sein eine Krankheit. Sie geben nach, diese Guten. Sie ergeben sich. Ihr Herz spricht nach. Ihr Grund gehorcht. Wer aber gehorcht, der hört sich selber nicht! Alles, was den Guten Böse heißt, muss zusammenkommen, dass eine Wahrheit geboren werde.*

Der Wurf mit dem Schraubenschlüssel war ohne Folgen geblieben. Keiner hatte ihn angezeigt. Aber nicht das war wirklich wichtig gewesen, auch nicht die Genugtuung über die entsetzten Blicke, die meinen Abgang begleiteten. Einen Augenblick lang hatte ich die Angst gesehen, Angst in seinem Gesicht. Diese Angst hatte aus dem begonnenen Schlag einen harmlosen Wurf gemacht. Der Schlag war nicht mehr nötig gewesen. Ich hatte ihn schwach gesehen. Diese Schwäche machte ihn mir ebenbürtig, nein, unterlegen. Auch er musste etwas gesehen haben in diesem Augenblick, das ihn fortan so weit auf Abstand gehen ließ, dass es mir nicht mehr möglich war, meine Überlegenheit zu beweisen. Es wäre außer ihm auch keiner mehr dagewesen, dem es hätte imponieren können, denn der Protz lief von diesem Tag an allein, nicht weil ihn die Getreuen verlassen hatten, nein, aus eigenem Entschluss …

Ich lese, bis es Nacht geworden ist. Dann drehe ich das Licht aus und mich auf die andere Seite. *Als ich zu*

den Menschen kam, da fand ich sie sitzen auf einem alten Dün-
kel. Sie alle dünkten sich lange schon zu wissen, was dem Men-
schen gut und böse sei. Eine alte müde Sache dünkte ihnen alles
Reden von Tugend. Und wer gut schlafen wollte, der sprach vorm
Schlafengehen noch von 'Gut' und 'Böse'.

Mit diesen Sprüchen im Kopf und Karlas Nachthemd
vorm Gesicht versuche ich einzuschlafen. Nach einer
Stunde oder zwei hat mein Puls eine Frequenz, als hätte
ich eine große Kanne Mokka getrunken. Ich habe
Angst. Wer will sich diese Nacht was beweisen? Ich
nicht! Wieso muss ich mich also quälen?

Ich koche starken Kaffee und fülle ihn in meine
Thermoskanne. Den halben Kühlschrank werfe ich in
Beutel. Die zusammengerollte Bettdecke unter den Arm
geklemmt, schleiche ich aus dem Hotel, um Steffi nicht
in die Arme zu laufen, die vielleicht den Auftrag hat, auf
mich aufzupassen. Die Fahrt mit dem Rad ist nicht
weniger abenteuerlich als vor Wochen in der grausigen
Nacht. Auch jetzt habe ich Angst, aber nicht um mich.
Ich treibe mich zum Äußersten, um nicht zu spät zu
kommen. Zu spät zu … Die Phantasie flüstert mir hundert Gründe zu. Karla erscheint mir plötzlich als das
willkommene Opfer aller Lustmörder und Notdürftigen
dieser Welt. Die funzlige Lampe am Rad setzt meinem
Tempo eine grausame Grenze, die ich immer wieder
ignoriere, bis mich ein gestriffener Baumstamm oder
das mich zerkratzende Unterholz zur Vernunft bringt.
Ich hoffe, Karla in der Nähe der Stelle zu finden, an der
nach meiner Schilderung ihre bleiche Schwester lag. Ich
bin ebenso bereit, den ganzen Weststrand nach ihr ab-
zusuchen.

Die Mühsal bleibt mir erspart. Unter einer vom Zorn
stürmischerer Meere entwurzelten und entrindeten riesigen Buche finde ich das kleine Zelt zehn Schritte von

den Schaumzungen der eher ruhigen See. Dort sitzt meine Karla. Ihr Blick verliert sich in der Weite des Horizonts. *Dort, wo die Stürme hinab ins Meer stürzen und des Gebirgs Rüssel Wasser trinkt, da soll ein jeder einmal seine Tag- und Nachtwachen haben, zu seiner Prüfung und Erkenntnis.*

Ich warte lange, bis sich Karla ins Zelt verkriecht, wickle mich in die Decke und lege mich in die Deckung des Dünenüberganges. Der Mond scheint als winzige Sichel in einem sternenübersäten, ganz nahen Himmel. Ich habe jedes Zeitgefühl verloren. Immer wieder glaube ich, das Wasser heftiger aufbrausen und näherkommen zu hören. Immer wieder geht mein Blick ängstlich Richtung Meer. Mit den sich im müden Kopf verwebenden Sprüchen meines Einsiedlers schlafe ich dann wohl doch ein. *Meine Seele ist das Lied eines Liebenden.*

Wie lange ist das letzte Lied verklungen? Evelyn. Noch heute ist mir ihr Foto deutlicher in Erinnerung als ihr lebendiges Gesicht. Auch der Schmerz ist noch nicht vergessen, der mich seither schüchtern zur Vorsicht mahnt. Wie viele Stunden habe ich knieumschlungen im harten Kellerwinkel gehockt? Wie viele Stunden habe ich ihr Foto angestarrt? Ein wirklich schönes Foto. Wie lange habe ich - so hockend - die Erinnerung an den Druck ihrer Lippen, den Geruch ihres Atems, ihr Lächeln, die Wärme ihrer Hände auf meinem glühenden Gesicht gesucht. Werden die Narben irgendwann in den Falten eines abgeklärten Lächelns verblassen ...?

27

Vor Kälte und Müdigkeit zitternd wache ich auf. Hab ich überhaupt geschlafen? Wieso liege ich hier, an der

Zeltwand? Ach ja, irgendwann zwischen wilden Träumen muss ich das Lager gewechselt haben. Wann war das?

Die Sonne küsst eben schüchtern den Himmel hinter einem mit roten Flechten durchwebten Schleier. *Frei steht großen Seelen auch jetzt noch die Erde. Leer sind noch viele Sitze für Einsame und Zweisame, um die der Geruch stiller Meere weht.*

Ich krieche aus meiner feuchten Decke und gehe zum Wasser. Das Morgenrot lässt die Wellenkämme blutig erscheinen. Ich laufe den verlassenen Strand entlang. Ich laufe so schnell, wie es meine starren Glieder zulassen. Ich laufe, bis mir warm wird. Wo ich es entdecke, sammle ich Treibholz, das meiste aus in so früher Stunde noch nicht bezognen Strandburgen. Meine Beute ist ansehnlich. In einiger Entfernung vom Zelt und im Windschatten mache ich Feuer und finde - in die Decke gewickelt - meinen warmen Kern. Ich fühle mich wohl, einsam am Strand. Aber ich weiß auch, dass diese Einsamkeit eine Grenze hat. Karla. Allein bin ich mit Meer und Wind und Strand und Wald und glühender Morgensonne. Einsam wie ein sterbender Häuptling sitze ich hier. Aber nicht weit von meiner Einsamkeit liegt eine Frau, die ihre Angst überwinden will, um mir ohne Skrupel nah sein zu können. Gibt es etwas Schmeichelhafteres, Wohltuenderes? Kann man das Selbst noch intensiver fühlen und erleben? Ich bin Nutznießer der Weltflucht einer Fremden. *Alle Heimlichkeiten eures Grundes sollen ans Licht; und wenn ihr aufgewühlt und zerbrochen in der Sonne liegt, wird auch eure Lüge von eurer Wahrheit ausgeschieden sein.*

(Mayer, wenn du mich nicht verstehst, dann gräme dich nicht. Ich verstehe mich selber kaum.) Eigentlich fühle ich nur die Wörter, die sich ohne allzu große Mühe zu Gedanken zusammenschieben. Und dabei denke ich manchmal ähnlich wortgewaltig wie mein unverstandener Einsiedler. Mitunter weiß ich nicht mehr, was meine eigenen Gedanken sind, so sehr verschwimmt Gelesenes und Gedachtes. Der ins Rot getauchte Himmel ist nur eine Episode des Morgens. Bald steht die Sonne majestätisch überm Horizont und spottet der lächerlichen Wärme meines Feuers.

Auf einer alten Kiste mache ich das Frühstück zurecht. Die Köstlichkeiten haben es schwer, allesamt darauf Platz zu finden. Überm Feuer brate ich Würstchen und Speck und Eier. Mit solchem Frühstück hat man noch alle Einsiedler aus Urwäldern und Wüsten gelockt. Karla lässt sich Zeit. Ihr Schlaf macht mir Angst. Ich ziehe mich aus und bade in der Sonne. Glühend steige ich ins Wasser. *Aber willst du nicht weinen, nicht ausweinen deine purpurne Schwermut, so wirst du singen müssen, o meine Seele! - Singen, mit brausendem Gesang, bis alle Meere still werden, dass sie deiner Sehnsucht zuhorchen.*

„Du verdammter Scheißkerl!"

Den köstlichsten Augenblick habe ich verpasst: Wie die Göttin ihre Höhle verlässt, *glühend und stark, wie eine Morgensonne, die aus dunklen Bergen kommt.* Nackt und zornig und schön schreitet sie auf mich zu.

„Du hast die ganze Nacht bei mir gelegen?"

„Ich bin erst vor einer halben Stunde gekommen, Karla. Ich bringe nur das Frühstück. Dann geh ich gleich wieder."

Karla betrachtet die Bettdecke, und ihr Gesicht taucht in ein noch zornigeres Rot. Meine Morgenröte! „Dann lag es nicht an meinen befriedeten Gedanken, sondern an deiner Gegenwart, dass ich so ruhig und gut geschlafen habe. Dann war alles umsonst!"

„Aber wenn du es nicht gewusst hast, ist es doch so, als …"

„Und an so was wie Gefühl glaubst du wohl nicht? Unbewusst war eben die Gewissheit deiner Nähe. Das gilt nicht!", schreit sie verzweifelt.

Die Wellen spielen schmerzlich kalt mit meinem Außenfühler. Er schrumpft und krümmt sich, wo er sich doch gerade jetzt stolz aus der Gischt erheben möchte, stark und imposant. Karla hat das Wasser erreicht und hebt unmissverständlich die Hand. Meiner Rückennarben und Karlas Wehrhaftigkeit gegen triebhafte Männer gedenkend, weiche ich langsam aufs offene Meer aus. *„Mit deiner Liebe gehe in deine Vereinsamung und mit deinem Schaffen; und spät erst wird die Gerechtigkeit dir nachhinken."*

„Meine Gerechtigkeit? Der wirst du gleich nach - k r i e c h e n müssen, du wortbrüchiger Schuft!"

„Ich mag eure kalte Gerechtigkeit nicht. Aus dem Auge eurer Richter blickt mir immer der Henker und sein kaltes Eisen. - Und wenn sie sagen: »Ich bin gerecht«, so klingt es immer gleich wie: »Ich bin gerächt!« - Sagt, wo findet sich die Gerechtigkeit, welche Liebe mit sehenden Augen ist?", frage ich gehetzt wie einer, dem nicht mehr viel Zeit bleibt.

„Das wirst du gleich sehen!"

Karla hat mich fast erreicht. Immerhin läuft sie vorwärts, während ich sie - rückwärts laufend - nicht aus den Augen lassen kann und will. Die Gefahr hinter mir ist lächerlich gegen die Furie der Schönheit und Anmut, die vor mir das Wasser peitscht. Verzweifelt hebe ich die Hände. *„Hüte dich vor den Anfällen deiner Liebe! Zu schnell streckt der Einsame dem die Hand entgegen, der ihm begegnet. Manchem Menschen darfst du nicht die Hand geben, sondern nur die Tatze. Und ich will, dass deine Tatze auch Krallen habe."*

„D e r Wunsch soll gleich in schrecklicher Weise in Erfüllung gehen."

Ich halte ihr die Arme fest und sage ruhig: *„Aber der schlimmste Feind, dem du begegnen kannst, Karla, wirst du immer dir selber sein; du selber lauerst dir auf in Höhlen und Wäldern."*

Karla ringt nicht nur in neckischem Spiel mit mir. Ihr scheint es Ernst zu sein mit einer schmerzlichen Strafe.

Ich werde unsicher im Glauben, ihr gewachsen zu sein. *„Und oft will man mit der Liebe nur den Neid überspringen"*, rede ich immer hektischer. *„Und oft greift man an und macht sich einen Feind, um zu verbergen, dass man angreifbar ist. »Sei wenigstens mein Feind!«, so spricht die wahre Ehrfurcht, die nicht um Freundschaft zu bitten wagt. Will man einen Freund haben, so muss man auch für ihn Krieg führen wollen. Und um Krieg zu führen, muss man Feind sein können. Man soll in seinem Freund noch den Feind ehren. Kannst du an deinen Freund dicht herantreten, Karla, ohne zu ihm überzutreten? In seinem Freund soll man seinen besten Feind haben. Du sollst ihm am nächsten mit dem Herzen sein, wenn du ihm widerstrebst."*

Karla wird weich in meinen Armen. Ich atme auf. „Wo hast du denn so was her? - Das Letzte war richtig gut. Aber wenn du mich so wenig verstehst; wenn du nicht verstehst, wie wichtig und ernst mir das Alleinsein ist, wie kann ich dir dann Freund sein?"

„Allzu lange war im Weib ein Sklave und ein Tyrann versteckt. Deshalb ist das Weib nicht der Freundschaft fähig. Es kennt nur die Liebe", sage ich bitter. *„In der Liebe des Weibes ist Ungerechtigkeit und Blindheit gegen alles, was es nicht liebt. Und auch in der wissenden Liebe des Weibes ist immer noch Überfall und Blitz und Nacht neben dem Licht. - Noch ist das Weib nicht der Freundschaft fähig. Katzen sind immer noch die Weiber und Vögel oder, besten Falls, Kühe."* Ihr Knie trifft

mich schmerzhaft, dass ich zusammengekrümmt bis zur Brust im Wasser versinke.

„Diesen Scheiß hat dir wohl dein Mayer beigebracht?"

„Eben war es noch richtig gut", hauche ich mit wenig Luft. *„Wie viel ihr dem Freund gebt, das will ich noch meinem Feind geben, und will auch nicht ärmer damit geworden sein."*

Karla tritt mir mit dem Fuß kräftig vor die Brust, dass ich rücklings in den schäumenden Wellen versinke. Leblos lasse ich mich treiben, bis mich zwei zärtliche Hände aus dem Wasser heben. Als ich benommen in die Welt blinzele, begrüßen mich zwei sehr ängstliche Augen. Karla drückt mich fest an sich.

„Und tut dir ein Freund Übles, so sprich: Ich vergebe dir, was du mir tatest; dass du es aber d i r tatest, - wie könnte ich das vergeben!"

Karla küsst mich um Verzeihung.

„'Siehe, jetzt eben ward die Welt vollkommen!', - also denkt ein jedes Weib, wenn es aus ganzer Liebe gehorcht", flüstere ich, Karla so fest an mich ziehend, dass mein kleines Außenthermometer an Größe gewinnt und schüchtern an die fremden Löckchen pocht. *„Und gehorchen muss das Weib und eine Tiefe finden zu seiner Oberfläche."* Mit den Lippen streichle ich Hals, Schulter und Brust. *„Oberfläche ist des Weibes Gemüt, eine bewegliche stürmische Haut auf einem seichten Gewässer."*

„Und ihr Scheißkerle?", erwidert Karla, ohne sich mir zu entziehen.

„Des Mannes Gemüt ist tief, sein Strom rauscht in unterirdischen Höhlen. Das Weib ahnt seine Kraft, aber begreift sie nicht."

„Da hat dein Mayer aber was ganz anderes erzählt", entrüstet sich Karla spöttisch.

„Was weiß Mayer von mir?", rufe ich theatralisch. *„Wohl ist ein See in mir, ein einsiedlerischer, selbstgenügsamer;*

aber mein Strom der Liebe reißt ihn mit sich hinab - zum Meer!"
Mit vereinigten Lippen tauche ich mit meiner Göttin
unter. Könnte man doch immer unter Wasser leben!
Wenigstens eines haben Delphine und Wale uns in ihrem Glück voraus: Sie können nicht miteinander reden,
also auch nicht aneinander vorbei.

„Willst du dich mit mir ersäufen?", fragt Karla auftau-
chend. So nach Luft ringend und glänzend im Schaum
der Wellen ist sie unerträglich schön.

„Wer möchte nicht für diesen Augenblick sterben,
Liebe? *Meinen Tod lobe ich euch, den freien Tod, der mir
kommt, weil ich will.*"

„Weil i c h will!", zischt Karla, um mich, bis an die
Grenze des Atems küssend, unterzutauchen.

Gegen das aus den Haaren laufende Wasser pruste ich
atemlos: „*Welches ist der große Drache, den der Geist nicht
mehr Herr und Gott heißen mag? 'Du sollst' heißt der große
Drache. Aber der Geist des Löwen sagt: 'Ich will.'*" Wieder
tauchen wir unter im Paradies der Sprachlosigkeit. Meine Hände versuchen, an allen Orten dieses göttlichen
Leibes gleichzeitig zu sein.

Karla entwindet sich und taucht - verzweifelt nach
Luft ringend - auf. „Du darfst mich doch nicht wirklich
ersäufen, du Scheißkerl!", japst sie.

Meine Hand fühlt ihr rasendes Herz. Ich lege meine
Lippen auf ihre sich noch immer verzweifelt hebende
Brust. „*Manchem missrät das Leben. Ein Giftwurm frisst sich
ihm ans Herz*", sage ich, zärtlich mit ihren Knospen spie-
lend. „*So möge er zusehen, dass ihm das Sterben umso mehr
gerate.*"

Jetzt küsse ich Karla, ohne unterzutauchen. Mein
Phallus frohlockt.

„Wie du redest. Wie ein Schauspieler. - Bist du etwa
Schauspieler? Woraus ist das?"

„Wo die Einsamkeit aufhört, da beginnt der Markt; und wo der Markt beginnt, da beginnt auch der Lärm der großen Schauspieler und das Geschwirr der giftigen Fliegen."

„Holger!"

„Hebe nicht mehr den Arm gegen sie! Unzählbar sind sie, und es ist nicht dein Los, Fliegenwedel zu sein. - Zu stolz bist du mir, diese Naschhaften zu töten. Hüte dich aber, dass es nicht dein Verhängnis werde, all ihr giftiges Unrecht zu tragen!"

„Spinnst du?"

„Um die Erfinder von neuen Werten dreht sich die Welt. - Unsichtbar dreht sie sich. Doch um die Schauspieler dreht sich das Volk und der Ruhm. So ist es 'der Welt Lauf'. Geist hat der Schauspieler, doch wenig Gewissen des Geistes. Immer glaubt er an das, womit er am stärksten glauben macht, - glauben an s i c h !"

„Hör auf", zischt Karla mit erschreckten, mir schmeichelnden Augen. „Wenn du kein Schauspieler bist, dann bist du verrückt, ja, wahnsinnig!"

„Ja, ein Versuch war der Mensch. Ach, viel Unwissen und Irrtum ist an uns Leib geworden! Nicht nur die Vernunft von Jahrtausenden, - auch ihr Wahnsinn bricht an uns aus. Gefährlich ist es, Erbe zu sein. Noch kämpfen wir Schritt um Schritt mit dem Riesen Zufall, und über der ganzen Menschheit waltete bisher noch der Unsinn."

Karla windet sich aus meinen Armen. „Noch eine Nacht kann man dich nicht allein lassen. Dann bist du ein Fall für die Klapper."

„Verwundet bin ich von meinem Glück, Karla. Alle Leidenden sollen mir Ärzte sein!"

28

Wehmütig sehe ich zu, wie sich Karla abtrocknet und in ein dünnes, langes, weißes Kleid schlüpft, dessen früherer Besitzer leicht zu erraten ist. Ich ziehe die Hose an, um meine Gefühle oder Begierden nicht allzu offen zu Markte zu tragen, und entfache noch einmal das Feuer, um das Frühstück aufzuwärmen.

Karlas Blicke gehen unsicher den Strand auf und ab. „Ist das nicht verboten?", fragt sie ängstlich.

„Geteiltes Unrecht ist halbes Recht. Und der soll das Unrecht auf sich nehmen, der es tragen kann!"

„Gibt es ein Mittel, dich wieder normal zu machen?" Sie tritt ganz nah an mich heran.

Wenn ich mich zu ihr drehe, sehe ich ihre schwarzen Löckchen durch den dünnen Stoff schimmern. Ich raffe langsam das Kleid bis zum Bauch und nähere mich noch langsamer ihrer Scham. Karla lässt es wie das Selbstverständlichste von der Welt geschehen. Ich küsse sie ganz oberflächlich und lasse den Vorhang wieder fallen. „War die Nacht erfolgreich?"

„Hoffentlich. Wir können es ja nach dem Frühstück probieren."

„Du bist nicht mehr böse?"

„Doch. Aber deshalb muss ich mich ja nicht selber bestrafen."

Ich ziehe sie zu mir herab und küsse sie, bis ich befürchte, dass mir das Herz durch die Rippen springt. „Wenn wir jetzt nicht gleich frühstücken, Karla, dann werden die Würstchen wieder kalt."

Karla isst mit großem Appetit. Ihre Lippen lassen mich eifersüchtig auf jeden Bissen sein, der sie passieren darf.

„Magst du nicht drüber reden?"

„Es war ganz eigenartig", beginnt sie, in sich gekehrt. „Ich habe mich noch nie so gut mit ihr verstanden wie letzte Nacht. Wir waren uns ganz nah. Und jetzt ist mir so, als wenn wir eins geworden wären; als wenn sie in mir ist, verstehst du?"

Ich nicke.

„Wo früher zwei Stimmen in mir waren, da sind seit gestern Nacht drei. Vielleicht waren wir zwei Entwürfe; Versuche gewissermaßen; und einer nur ist gelungen und lebt nun für beide. Vielleicht war es von Anfang an so gedacht. Welchen Sinn hat es sonst, zwei gleiche Wesen ins Leben zu schicken?"

Ich betrachte sie mehr kritisch als fragend. „Meinst du, dass das der richtige Weg ist, Karla?"

„Ja. Einen anderen gibt es nicht. Sie ist ein Teil von mir. Und ich werde nun für uns beide leben", sagt sie trotzig.

„Dann hab ich jetzt zwei Frauen?"

Karla lächelt verlegen.

„Hoffentlich lerne ich irgendwann, sie auseinanderzuhalten."

Der Kaffee tut wahnsinnig gut.

„Vielleicht helfen dir ihre Tagebücher dabei. Aber sie werden beizeiten sehr erotisch."

„So lange du bei mir bist, soll es mir recht sein."

„Ich bin dem Zufall jetzt sogar irgendwie dankbar, dass du sie noch gesehen hast."

Mit einem gequälten Gesicht stelle ich den Kaffee zurück. Karla steht auf und geht ans Wasser. Ich folge ihr unsicher und bleibe hinter ihr stehen. „Wenn du allein sein willst, dann sag es ruhig. Wenn es hell ist, fällt mir das Warten weniger schwer."

„Ich will jetzt ganz bestimmt nicht allein sein."

Behutsam lege ich meine Hände auf ihre Brust und küsse ihr den salzigen, mit Goldhärchen beflaumten Nacken. Sie räkelt sich genüsslich wie ein Kätzchen. Wie eine Raupe, die sich zum Schmetterling entpuppt, streift sie das Kleid ab. Ich nutze die Gelegenheit, mich der mir vollkommen nutzlos verpassten Hose zu entledigen. Karla bietet mir ihren sehnsuchtsvoll geöffneten Mund. Ich versuche ihren Körper möglichst großflächig zu berühren. Warum hat man nicht hundert Hände?! Ungeduldig zieht mich Karla hinters Zelt. Wir knien im warmen, weichen Sand und probieren alle Variationen von Küssen. Karlas Hände sind zärtlich wie keck. Diese spielerische Leichtigkeit oder leichte Verspieltheit habe ich noch nicht einmal bei Frauen kennengelernt, die ich schon Jahre kannte; Susanne ausgenommen. Karla liebt wohltuend selbstbewusst und gibt mir dadurch ein sicheres Gefühl. Ich bin aber auch so aufgeregt genug, vor allem wenn ich an das eine denke. Ich habe erst einmal eine Jungfrau geliebt. Da war ich noch ganz ahnungslos. Mittlerweile kenne ich aber unzählige Geschichten über Pannen und Peinlichkeiten. Karlas Küsse lassen mich nicht los. Meine Hände teilen sich in die beiden Lustgärten. Karla schnurrt zufrieden und lässt ihre Finger dankbar wie phantasievoll auf meinem schauerüberfluteten Körper spazieren gehen. Mein Specht klopft ungeduldig an ihre nicht weniger ungeduldige, aufgeworfene, feuchte Scham. Ich helfe ihm zu einer innigeren Fühlung. Mit ihm gemeinsam suche ich den seligmachenden, von keinem Hobel zu lösenden süßen Span. Karla hilft uns bei der Suche. Ihr Körper zittert, dass mich sofort eine Angst befällt. Aber sie ist noch immer ganz Genießen. „Lieber. - Lieber!", ruft sie weltvergessen. „Komm! - Komm!" Sie beugt sich nach hinten und legt sich einladend in den glühenden Sand.

Ich beuge mich über sie, Bauch und Brustspitzen nicht bedrückender berührend als ein Schmetterlingsflügel. Karla lächelt befreit. Ich küsse sie zärtlich und spüre, dass sie keinen Sinn für Küsse hat. Sie führt mein ganzes noch verbliebenes Ich an ihr offenes Tor zum Paradies. Ich genieße das Vorgefühl der Vereinigung, Zentimeter für Zentimeter vordringend. Karla ist nun ganz Neugier und Selbsterfahrung und Selbstgenuss.

„Ich liebe dich, Karla. Du bist phantastisch!"

„Karla! - Karla!!"

Karla sieht mich erschrocken an. „Steffi?"

„Das ist nicht wahr", stöhne ich zerschlagen und rolle mich frustriert aus und von ihr wie ein frisch geschossener, in Todesstarre verharrender Waran. Ohne den geringsten Versuch, etwas zu verdecken, bleibe ich auf dem Rücken liegen. *Das Glück läuft mir nach. Das kommt davon, dass ich nicht den Weibern nachlaufe. Das Glück aber ist ein Weib.*

Karla setzt sich noch schnell. Dann steht Steffi auch schon atemlos vor uns. Zu ihrer Atemlosigkeit gesellt sich jetzt noch eine tiefe und ehrliche Scham, die mich aus der allertiefsten Depression befreit. „Oh Gott", haucht sie verzweifelt. „Ihr wolltet doch nicht etwa gerade ...?"

„Wir waren schon eine Idee weiter", murre ich wenig versöhnlich.

„Oh Scheiße. Da hab ich die letzten Wochen nichts anderes mehr im Kopf, und dann vermassle ich selber alles. Karla, entschuldige! Das hab ich echt nicht gewollt. Wenn ich nur geahnt hätte ..."

„Ganz am Rande bin ich auch ein Geschädigter", maule ich mit unveränderter Laune.

Karla bedeckt meine Schleimschnecke mit ihrem Kleid. „Es ist nicht so schlimm, Steffi. Du musst dich nicht entschuldigen. Es ist ja auch nicht gerade typisch in Ort und Zeit." Karla beugt sich über mich und küsst mir die zusammengepressten Lippen weich. „Was wir wissen wollten, das wissen wir doch auch so, oder? - Und Zeit haben wir beinahe unendlich viel, alles an allen Orten nachzuholen."

„Was ist denn so wichtig?", frage ich mit geschlossenen Augen.

„Lord hat angerufen; schon gestern Abend."

Augenblicklich sitze ich ganz nüchtern aufrecht. „Was hat er gewollt?", frage ich aufgeregt.

„Das wollte er nur euch sagen. Als ich ihm aber zum wievielten Mal versichert habe, euch nicht ans Telefon holen zu können, sagte er nur, es ist wieder so weit."

Ich springe auf die Beine. „Ich muss sofort nach Dresden, Karla. Gleich."

„Wieso denn so eilig, und warum allein?"

„Was du in der Sache tun konntest, hast du getan. Die lange Zugfahrt ist doch nur Stress. Es langt, wenn ich fahre", eiere ich herum.

„Es ist kein Stress für mich, jedenfalls ist er kleiner, wenn ich mitfahre", sagt Karla, sich das bezaubernde Kleid überwerfend.

„Nein, bitte, Karla, lass es mich allein zu Ende bringen. Ich muss es allein tun."

„Was willst du denn tun, verdammt? Renner weiß Bescheid. Kullbach ist eingeweiht. Warum musst du überhaupt …? Susanne?", flüstert sie erblassend, *und ihre Stimme hat sich verwandelt.* „Ist es das?"

„Ich weiß selber nicht, was genau es ist. Ich bin nur sicher, dass ich es allein besser hinter mich bringe als mit dir, Karla. Das hat nichts mit Misstrauen zu tun, das musst du mir glauben. Vielleicht geht es mir ähnlich damit wie dir letzte Nacht."

Karla nickt wie ein Gletscher. „Brauchst du meinen Schlüssel?“

Steffis Blicke gehen zwischen uns beiden verständnislos hin und her.

„Karla, mach es mir nicht so schwer. Ich komme wieder, so schnell es geht. Mach dir keine dummen Gedanken. Ich liebe dich! Glaub mir!“ Ich suche meine Sachen zusammen und verlasse mit einem ganz mulmigen Gefühl den Strand. Karlas letzter Blick ist wie ein giftiger Stachel.

29

Auf der Zugfahrt nach Dresden versuche ich mir darüber klar zu werden, warum ich dieser Mission die Fröhlichkeit und Unbeschwertheit des mir liebsten Menschen opfere; oder gar noch mehr? Wann immer ich mich auf meine Gedanken zurückziehe, begegnet mir Karlas trauriges Gesicht. Was hoffe ich zu erfahren? Was hat dieser Fall mit mir zu tun? Welcher Teufel treibt mich immer wieder in diesen Kreis, in den ich nur durch eine Laune des Zufalls geraten bin? Warum lasse ich die Sache nicht auf sich beruhen? Ich fühle, dass sie mehr mit mir zu tun hat, als mir lieb ist. Es ist etwas Geheimnisvolles an ihr, das man einerseits im Dunkeln lassen möchte, andererseits aber ist man versucht, es ans Licht zu zerren, weil man ahnt, dass es einem viel von sich selbst verraten kann. Warum will ich diese finstere Seite an mir kennenlernen? Bin ich mir nicht auch so schon anfechtbar genug? Susanne zieht durch alle meine Gedanken. Was will sie wirklich? Ein Erbe? Den Nervenkitzel? Rache? Alles ergibt keinen befriedigenden Sinn.

Meine Aufregung steigt mit der Nähe Dresdens. Warum? Karla hat ja recht. Meine Anwesenheit in der Sache ist wirklich nicht notwendig oder gar von Nutzen. Renner ist gewarnt; Kullbach in der Spur. Will ich Kullbach beweisen, was für einen interessanten Fall ich ihm da beschert habe Dank meiner Geduld und meines Instinkts? Habe ich mich am Ende wegen Kullbach aufgemacht? Einer kleinen Genugtuung wegen?

Bei Zarathustra finde ich Ablenkung und Futter für neue Ergüsse geistiger Originalität. *Nicht wenn die Wahrheit schmutzig ist, sondern wenn sie seicht ist, steigt der Erkennende ungern in ihr Wasser.* Das kann man doch immer mal mit einstreuen. Oder: *Solche brüsten sich damit, dass sie nicht lügen. Aber Ohnmacht zur Lüge ist lange noch nicht Liebe zur Wahrheit. Hütet euch! - Wer nicht lügen kann, weiß nicht, was Wahrheit ist.* Da kann man sich doch schon richtiggehend die entsetzten Gesichter vorstellen. *Lieber nichts wissen, als vieles halb! Lieber ein Narr sein auf eigne Faust, als ein Weiser nach fremdem Gutdünken!* In welchen Streit könnte man das nicht mit einflechten? Und wenn das nicht reicht, einer endlosen Laberei ein Ende zu setzen, dann schlägt man noch härter zu. *Ein wenig Weisheit ist schon möglich; aber diese selige Sicherheit fand ich an allen Dingen: dass sie lieber noch auf den Füßen des Zufalls - tanzen.* Und wenn auch dann noch jemand meint, die Klappe aufmachen zu müssen, dann ... *Neben dem bösen Gewissen wuchs bisher alles Wissen.* Ich möchte den sehen, dem nicht spätestens hier der Unterkiefer auf die Brust fällt.

Die Fahrt mit der Straßenbahn erscheint mir ewig. Was ist es, das mich so nervös macht? Ich warte lange vor Renners Büro, ehe mir geöffnet wird. Aber nicht Renners Sekretärin öffnet, sondern Kullbach. „Sie?"

„Ihre Verwunderung ist so eine Art Belobigung für mich. Leider stammen die meisten Hinweise von Ihnen. Und leider ..."

Ich falle in ein tiefes Loch. „Jetzt sagen Sie nicht, Renner ist ..."

„Sonst wären Sie ja wohl nicht hier, oder?"

„Ich komme doch nicht wegen Renners Tod, sondern weil ich gehofft habe, die letzten Puzzle der Geschichte zu kriegen."

„Damit werden Sie sich vielleicht auf ewig vertrösten müssen."

Erst jetzt trifft mich die Nachricht mit aller Gewalt. „Wie ist er denn gestorben?"

„Wie die andern auch. - Wundert Sie das?"

„Renner war gewarnt. Er kann doch nicht so bescheuert sein, sich trotzdem ins Bockshorn jagen zu lassen!", schreie ich verzweifelt.

„Er hat sich auch nicht der Leiche wegen erschossen, sondern aus Verzweiflung über die bewiesene Verstrickung der Schwester."

„Weiß sie davon?"

„Von seinem Tod, ja; noch nichts von den Gründen."

„Und? - Haben Sie sie verhaftet?"

„Mit welchem Recht?"

„Mit welchem Recht? Kullbach, jetzt hören Sie mal zu! Ich liefere Ihnen beinahe die komplette Lösung des Falles, und Sie bringen es nicht mal fertig, Renners vollkommen sinnlosen Tod zu verhindern. Und nicht nur das. Sie lassen die Schuldige auch noch frei herumlaufen. Wieso haben Sie Kirschberg nicht beschattet? Dann wären Sie im Bilde gewesen, wie und wann es weitergeht. Und Sie hätten sie auf frischer Tat erwischt!", tobe ich ungehalten.

„Buschner, wenn Sie mal nicht so brüllen würden. Ich kann einen Menschen ohne zwingende Gründe nicht wochenlang beschatten lassen. Das gibt es nur in Filmen. Ich habe nämlich auch noch Vorgesetzte, die sich manchmal dafür interessieren, wann ich welche Leute wo beschäftige und warum."

„Das scheint allerdings Ihre größte Sorge zu sein. Aber ich wusste schließlich auch davon, und ohne irgendwelche Leute wochenlang zu beschäftigen!"

Kullbach verzieht den Mund. *Endlich fragt er wie einer, der bei sich selbst zögert:* „Sie waren noch später da als ich." Er sagt es ruhig ohne jeden Triumph.

Deprimiert lasse ich mich in den Sessel fallen.

„Renner hätte seinen Entschluss sicherlich nicht anders gefasst, wenn wir seine Schwester verhaftet hätten. - Er war auch nicht gerade kooperativ. Keine Ihrer Aussagen hat er bestätigt. Ich habe allein Ihre Behauptung, dass Sie am Strand eine Leiche gesehen haben, die eine bestimmte Person zu sein scheint. Der einzige, der diese Sache bestätigen kann, ist tot. Keiner der Renners deutet in seinem Abschiedsbrief eine Verstrickung mit Leichen an."

„Und Lord?", werfe ich ein.

Kullbach überlegt ein Weilchen. „Hat e r Sie angerufen?"

„Ja."

„Lord ist vor Gericht eine Luftnummer. Er kann lediglich bezeugen, dass er Kirschberg mitunter mit hübschen Leichen alleingelassen hat. Das bringt ihm am Ende nur selber ein Dienstversäumnisverfahren ein. Ansonsten langt es nicht einmal für eine wie auch immer geartete juristische Attacke gegen Kirschberg, geschweige denn gegen die Renner. Wenn Sie mir einen juristisch stichhaltigen Grund nennen, will ich sie sofort verhaften."

Ich bin entsetzt. „Wollen Sie damit sagen, wir haben kein Mittel, auch nur irgendetwas gegen sie zu tun?", rufe ich entrüstet. „Wollen Sie damit sagen, der letzte Renner hat mit seiner schnellen Kugel dem Fall ein definitives Ende gesetzt?"

„Ich fürchte." Kullbach sieht mich lange an. „Die meisten interessanten Fälle pflegen so zu enden, auch wenn die Medien den Leuten was anderes einzureden versuchen, die dann - wie Sie - umso enttäuschter sind, wenn sie erleben, wie es wirklich zugeht. - Wussten Sie, dass er gestern seinen Vierzigsten hatte?"

Ich schüttle den Kopf.

„Es war eine richtige Megafeier, wenn Sie wissen, was ich meine. Seine Schwester war auch da. Das erste Mal, wie Renners Sekretärin behauptet. Die Renner muss den ganzen Abend um ihn herumgetanzt sein. Zuletzt hat sie ihn wohl ständig gedrängt, mit ihr auf sein Wohl zu trinken. Wir haben die Gläser untersucht. An einem fanden sich Spuren von LSD."

Ein wenig Gift ab und zu, das macht angenehme Träume. Und viel Gift hilft *zuletzt zu einem angenehmen Sterben.*

„Kennen Sie die Renner?", holt mich Kullbach von meiner Flucht zurück.

„Ein bisschen", gebe ich errötend zu.

Kullbach wäre ein erbärmlicher Kriminalist, könnte er den Farbwechsel meines Gesichtes nicht deuten. „Es gibt nicht viele, die das Glück haben, diese Frau nur ein b i s s c h e n zu kennen, Buschner. Also, wie gut kennen Sie sie wirklich?"

„Gehören Sie zu den wenigen Glücklichen, Kommissar?"

Jetzt ist es an Kullbach, die Farbe zu wechseln. „Zumindest nicht zu den ganz Glücklichen. Aber ich kenne sie nicht gut genug, um mich in ihr Vertrauen schleichen zu können."

„Wozu?"

„Ja, wozu? - Um zu erfahren, was uns noch fehlt."

„Sie glauben, Susanne, ich meine, die Renner liefert uns noch einen Grund, sie dingfest zu machen?"

„Das gerade nicht. Aber vielleicht stillt sie unsere Neugier und - wenn es hochkommt - auch unser schlechtes Gewissen."

„Schlechtes Gewissen? I c h habe kein schlechtes Gewissen, Kommissar!"

„Nicht? - Die beste Voraussetzung für ein gutes Gewissen ist noch immer ein schlechtes Gedächtnis. Davon kann jeder Richter und Polizist ein Lied singen. - Ich muss gestehen, dass mich der Fall auch menschlich interessiert, wenn Sie mir solche Regungen vielleicht auch nicht zutrauen." Kullbach schweigt *wie einer, der nicht sein letztes Wort gesagt hat.* „Vielleicht sind Sie doch der richtige Mann, Buschner. Kommen Sie. Ich will Ihnen was zeigen."

30

Am späten Abend finde ich Susanne nicht nur in Trauer, sondern vollkommen verstört oder verwandelt. Als ich die Hände freundschaftlich auf ihre Schultern lege, stößt sie mich angewidert zurück. Über eine Stunde sitzen wir schweigend beieinander. Susanne ist nicht anwesend.

„Soll ich gehen?"

„Nein, bleib", sagt sie bestimmt.

Die Wände sind leer, bis auf ein einsames Bild. Nur die hellen Flecken auf der Tapete verraten die einstige Komposition. „Warum hast du sie abgenommen?"

„Hör auf zu fragen. Du verstehst es ja doch nicht."

Irritiert spüre ich, wie meine Begierde nach dieser traurigen Frau wächst. Was nimmt mich auch jetzt noch für sie ein, da ich weiß, was sie getan hat? Oder ist es gerade das? Reizen mich Energie und Sicherheit und mehr noch das ungewöhnliche Ziel? Warum ist sie bedrückt? Jetzt, wo sie am Ende ist und wenn auch nicht unentdeckt, so doch unantastbar geblieben. Ihre Trauer ist nicht gespielt. Oder ist es ein anderes Gefühl, das ich für Trauer halte? Seit meiner Anspielung auf die Bilder ruht ihr Blick auf dem letzten noch verbliebenen Foto.

„Wann sind sie gestorben?", nehme ich einen neuen Anlauf.

„Warum glaubst du, dass sie tot sind?", fragt sie weniger müde, ohne den Blick zu ändern.

'Du hast es selbst erzählt', will ich sagen. „Sie wären wohl bei Gustavs Bestattung gewesen", sage ich aber nur.

„Sie mögen die Jungen nicht. Sie sind alt und schwach. Ich kümmere mich um sie. Die Jungs haben sich nie um sie gekümmert. Die hatten immer nur mit ihrer Karriere zu tun."

„Gustav hat erzählt …"

„Ja, ja, ich weiß", trotzt sie erregt. „Sie erzählen überall, dass sie tot sind. Das macht ihr schlechtes Gewissen. Es ist ihnen peinlich, überall erklären zu müssen, warum sich die Eltern nirgends sehen lassen. Da haben sie als Ausrede ihren Tod erfunden. Die haben für alles eine Erklärung. Und was sich nicht erklären lässt, das gibt es nicht; das ist absurd oder lächerlich."

„Sie h a t t e n für alles eine Erklärung, Susanne. Sie leben nicht mehr."

„Ich weiß", erwidert sie kalt und bitter.

„Hast du mal darüber nachgedacht, warum sie alle freiwillig aus dem Leben gegangen sind?"

„Alle nicht!", schreit Susanne unvermittelt. „Ludwig nicht! Ludwig nicht! Er ist mit dem Auto verunglückt!" Ganz plötzlich wird sie wieder still. „Er war der Beste von allen, aber genauso kalt und unnahbar wie sie. Nein! - Er war besser. Das verstehst du ja doch alles nicht!", sagt sie zornig, vor allem wohl darüber, überhaupt geantwortet zu haben.

„Alle haben sie einen Abschiedsbrief geschrieben; auch Ludwig." Ich weiß nicht, ob dieser Satz Susanne überhaupt erreicht.

Sie reagiert mit keinem Wimpernaufschlag. „Hast du Geschwister?", fragt sie ruhig.

„Nein."

Sie lächelt beinahe zärtlich. „Du hattest deine Eltern ganz für dich allein?"

Jetzt ist es an mir, mich zu ärgern, das Thema angeschnitten zu haben. „Die längste Zeit habe ich in Internaten zugebracht. Als ich elf war, ist mein Vater am Suff gestorben. Ich war - damals - nicht besonders traurig, dass es ihn nicht mehr gibt."

„Deine Mutter hat dich aufs Internat geschickt?"

„Wahrscheinlich war es auch besser so." Ich fühle eine merkwürdige Beklemmung beim Erzählen dieser alten, längst verdauten Geschichten.

„Das hätte meine Mutter nie gemacht", behauptet Susanne leidenschaftlich.

„Wer weiß. - *Welches Kind hätte nicht Grund, über seine Eltern zu weinen?*"

Susanne weint stumm und bewegungslos. Allein die Tränen laufen ihr übers Gesicht und tropfen auf die Bluse.

Mein Begehren wächst mit ihrer Traurigkeit. Fasziniert beobachte ich das leblos scheinende Gesicht. Es schaut aus wie eine mit kitschigem Effekt ausgestattete Büste. Warum ist ein findiger Bildhauer noch nicht auf diese Idee gekommen? - Eine am Grab sitzende, steinerne Schöne, die über eine Lichtschranke zum Weinen gebracht wird.

Als Susanne wieder in der Wirklichkeit erwacht, schaut sie mich an wie einen Fremden. Sie steht auf und geht zum Fenster, ohne den schüchternsten Versuch, die Tränen abzuwischen. Hat sie überhaupt gemerkt, dass sie geweint hat?

Nach wenigen Sekunden dreht sie sich hektisch um. Sie ist bleich wie Marmor. Ihre Brust ringt verzweifelt nach Luft.

„Was ist? Was hast du?", frage ich ängstlich.

Sie zwingt sich zur Ruhe. „Komm bitte her", sagt sie schnell und schafft es dennoch nur mit Mühe auf einem Atem.

Unsicher trete ich an ihre Seite. „Was ist?"

„Sieh auf die Straße."

„Ja."

„Siehst du den Mann an der Straßenlampe, der immerzu hochschaut?"

„Ich sehe einen Mann. Aber er sieht nicht hoch."

„Kennst du ihn?"

„Nein."

„Hat er einen blutigen Kopf?"

„Nein. - Susanne, wer soll da unten stehen?" Ich fasse sie bei den Schultern. Sie zittert wie im Schüttelfrost.

„Wen hast du gesehen, Susanne?", frage ich eindringlich.

Sie löst sich aus meinen Armen und geht ins Zimmer zurück. „Nichts. Niemanden."

„Siehst du oft Leute mit blutigen Köpfen?"

„Wie kommst du darauf? Ich habe keinen blutigen Kopf gesehen."

„Aber …"

„Ich habe gefragt, ob du einen gesehen hast", erwidert sie gefasst. Nur ihre Augen zieht es immer wieder unruhig Richtung Fenster. Sie setzt sich aufs Sofa und stiert auf das einsame Foto, ohne ihre gesunde Gesichtsfarbe zurückzugewinnen.

Mit verschränkten Armen und dem Rücken zum Fenster bleibe ich stehen, ohne Susanne aus den Augen zu lassen. Sie ist in allem ein Rätsel. Selbst jetzt, in der undurchdringlichen Hülle der Unnahbarkeit ist sie faszinierend. „Was machst du nun?"

Sie schaut mich trotzig an. „Was soll ich machen?", ruft sie erregt. „Nichts anderes! Glaubst du, dass ich ohne meine Brüder nicht leben kann?"

„Schon", erwidere ich schnell. „Ich dachte nur, dass der Tod von drei Brüdern das Leben vielleicht ein bisschen in eine andere Bahn lenkt."

„Es muss ja weitergehen. Einer muss sich schließlich um die Eltern kümmern", erklärt sie mit veränderter, beinahe warmer Stimme, die denen auf Tonbändern autogener Trainingsprogramme ähnlich ist.

„Wovon lebst du?"

„Wovon? Das weiß ich nicht. Ist es nicht wichtiger, zu wissen, wofür?"

Ich betrachte sie neugierig.

„Für die Kunst."

„Kunst?", frage ich skeptisch. „Welche Kunst?"

„Ich zeige dir alles, wenn es fertig ist", sagt sie leise. Ein rötlicher Hauch überzieht ihr Gesicht.

„Bist du sicher, dass wir uns dann noch kennen?"

„Natürlich", ruft sie aufgeschreckt wie ein kleines Mädchen, das zum ersten Mal mit dem Zweifel an der Existenz eines Weihnachtsmannes konfrontiert wird. „Du bleibst doch jetzt bei mir, oder? Du bist doch Gustavs Freund."

Ich grüble über den Zusammenhang meiner erfundenen Freundschaft und der selbstverständlich sich daraus ergebenden Folge, bei dieser Frau zu bleiben. „Und Jochen?"

Susanne senkt müde die Augen. „Der Feigling hat sich verdrückt", sagt sie verächtlich.

31

„Ich muss wenigstens meine Sachen holen, Susanne."

„Lass mich jetzt nicht allein. Bitte! Oder nimm mich mit."

Ich habe offenbar keine Wahl. „Na, dann komm."

Erleichtert tritt Susanne durch die Haustür. Wie von einer gewaltigen Faust getroffen prallt sie an die Wand. Ihr Blick ist starr; die Blässe der hohlen Wangen nicht mehr steigerungsfähig.

Ich folge ihrem Blick zur Straßenlampe. „Susanne, was ist denn?"

Unablässig schüttelt sie den Kopf. „Siehst du ihn denn nicht?", flüstert sie geheimnisvoll.

„Wen?"

Sie bewegt sich unsicher und hölzern wie eine Marionette an unsichtbaren Fäden, ohne von der Stelle zu kommen. Wie eine verwundete Schlange windet sie sich.

„Berthold?", flüstert sie mit starren, glasigen Augen und taumelt durch den Hausflur in die Wohnung zurück.

Ich folge ihr und schließe die Tür. „Da war keiner, Susanne. Du bist vollkommen fertig. Deine Nerven sind überspannt. Komm, leg dich hin. Ich geh allein. Es dauert nicht lange."

Sie klammert sich an mich, dass ich neue Verwundungen fürchte. Noch nie habe ich einen so vor Angst zitternden Menschen erlebt.

„Er war da. Er kommt wieder. Er ist nicht tot. Hast du nicht den blutigen Kopf gesehen? Das war doch ganz deutlich!"

Ich führe oder - genauer - trage Susanne ins Schlafzimmer. Es kostet mich alle Mühe, ihre wie in Totenstarre verkrampften Arme zu lösen. Ich schlage die Decke zurück, lege sie samt Kleid ins Bett und decke sie zu. Kaum aber, dass ich die Klinke berühre, springt sie aus dem Bett, um mir kampfentschlossen die Tür zu verstellen.

„Ich gehe doch nur einen Augenblick, Susanne. In deinem Zustand ist es besser, wenn du hier bleibst."

„Nein. - Nein. - Er kommt mich holen. Bleib bei mir, Schatz! Du kannst alles haben, hörst du? Alles!" Sie steigt in nur wenigen Sekunden aus dem Kleid und bietet mir ihren trotz dieser Blässe reizvollen Körper. Er hat sich von allen Wunden erholt. Da ich ihr mit meinem zögerlichen Blick Anlass zur Hoffnung gebe, streift sie nun auch noch Slip und Strümpfe ab. „Da. Komm. Tu oder verlange, was du willst. Nur bleib heut Nacht!" Sie nimmt meine Hände und legt die in der Erregung lebendigsten Teile ihres kalten Körpers hinein.

Schauer durchfluten mich. Ich drücke Susanne an mich, bis das Zittern sie verlässt. „Ich bleibe ja. - Komm", sage ich ruhig. Wie ein kleines Mädchen folgt sie mir willig zum Bett; widerstandslos lässt sie sich hineinlegen und zudecken. „Soll ich einen Arzt rufen?"

Sie schüttelt müde den Kopf und schließt die fiebrigen Augen.

„Kann ich dir irgendwas bringen?"

„Nein", haucht sie mit angestrengtem Lächeln. Ihre Lippen sind erschreckend fahl. Erstarrte Locken kleben auf der schweißglänzenden Stirn. Das tote Schneewittchen? Das schlafende Dornröschen? Ich kann nicht sagen, in welcher Rolle sie trefflicher besetzt wäre. Sie atmet immer ruhiger.

„Wenn ich die Türen offenlasse, kann ich mich dann wenigstens ein bisschen waschen? Ich bin seit heute Morgen unterwegs."

Susanne nickt mit geschlossenen Augen.

Erleichtert gehe ich ins Bad und befreie mich vom Schweiß der letzten Stunden. Ohne zu fragen benutze ich Susannes Zahnbürste. Es dauert nicht lange, da steht sie hinter mir und lächelt mir im Spiegel zu. Sie ist nicht mehr gar so blass wie vorhin. Das Rauschen der Dusche weckt meine Phantasie und den Specht, der träge, aber begierig den Kopf hebt. Ich zwänge ihn in die enge Unterhose, ehe er Susanne den schlechten Sitz meines Feigenblattes verraten kann und meine verwundbarste Stelle.

Im Bett suche ich Spuren ihres Vorlebens, aber alles ist frisch bezogen. Susanne kommt in einem derben Leinennachthemd zurück und kriecht ohne alle Koketterie unter die Decke.

„Geht es dir besser?"

„Ja", piepst sie unsicher und schüchtern.

„Kann ich noch ein bisschen lesen?"

„Liest du mir vor?"

Ich betrachte sie verwundert.

„Mir hat noch nie jemand vorgelesen."

„Das hier ist zu kompliziert."

Gekränkt wirft sie sich auf die andere Seite. Ich drücke ihr versöhnlich die Schulter. Sie entreißt sie mir.

„Susanne, nun sei nicht gleich sauer. Ich meine ja nicht, dass es für d i c h zu schwierig ist, sondern für mich. Ich muss beinahe alle Sätze dreimal lesen, ehe ich sie einigermaßen kapiere. Wenn ich mich auch noch aufs Vorlesen konzentrieren muss, verstehe ich vermutlich kein Wort."

Susanne zeigt kein Versöhnungszeichen.

Also suche ich eine Stelle, die mir einigermaßen vertraut ist. „*Das Grablied.* - »*Dort ist die Gräberinsel, die schweigsame; dort sind auch die Gräber meiner Jugend. Dahin will ich einen immergrünen Kranz des Lebens tragen.« Also im Herzen beschließend fuhr ich über das Meer. - Mich zu töten, erwürgte man euch, ihr Singvögel meiner Hoffnungen! Ja, nach euch, ihr Liebsten, schoss immer die Bosheit Pfeile, - mein Herz zu treffen! - Aber dies Wort will ich zu meinen Feinden reden: Was ist alles Menschen-Morden gegen das, was ihr mir tatet! - Mordet ihr doch meiner Jugend Gesichte und liebste Wunder! - Ungeredet und unerlöst blieb mir die höchste Hoffnung! Und es starben mir alle Gesichte und Tröstungen meiner Jugend! Wie ertrug ich's nur? Wie verwand und überwand ich solche Wunden? Wie erstand meine Seele wieder aus diesen Gräbern? Ja, ein Unverwundbares, Unbegrabbares ist an mir, ein Felsensprengendes: das heißt mein Wille. Schweigsam schreitet er und unverändert durch die Jahre. Seinen Gang will er gehen auf meinen Füßen, mein alter Wille; herzenshart ist ihm der Sinn und unverwundbar.* - Susanne?"

Sie schläft, oder wenigstens tut sie so. Ich habe also Ruhe, alles noch einmal für mich zu lesen. Weit komme ich nicht mehr. Bald nimmt mir der Schlaf alle Worte aus dem trockenen Mund. *Der Stolz der Jugend ist noch auf dir, spät bist du jung geworden. Aber wer zum Kind werden will, muss auch noch seine Jugend überwinden.*

Susanne schläft sehr unruhig. Immer wieder erwache ich von Gestöhn und wirren Satzfetzen. Ich schlafe also nicht viel besser. Noch nie habe ich Menschen im Schlaf sprechen hören. So deutlich hätte ich das nicht für möglich gehalten. Anfangs glaube ich, sie tut nur, als ob sie schläft. Später beobachte ich sie, fasziniert von dieser aus ihr sprudelnden Stimme. „Komm, ich werde dir helfen", sagt sie immer wieder geradezu zärtlich. „Es wird alles gut werden. Du musst keine Angst mehr haben."

Mit wem redet sie? Und was in ihr redet? Haben wir alle so eine fremde Stimme, die sich nur Nachts zu reden traut; und die nur gehört werden kann von dem, der ganz nah bei uns liegt; nah genug? Wer ist wem nah genug? Ich falle in kurze, wüste Träume und habe Angst vor der unberechenbaren Stimme; meiner Stimme. Immer wieder erwache ich. Ebenso oft sehe ich - schweißgebadet - zu Susanne. Sie schläft. *Sahst du je, wie eingefangene Verbrecher schlafen? Sie schlafen ruhig, sie genießen ihre neue Sicherheit.* Ich weiß, dass nicht nur Susannes S t i m m e unberechenbar ist. Ich rutsche an ihren Rücken und umfasse sie, in der Hoffnung, sofort zu erwachen, wenn sie unternehmungslustig wird. Jetzt schlafe ich ruhiger.

Am Morgen erkenne ich die Nutzlosigkeit meiner Vorsicht. Susanne hat sich schon lange unbemerkt aus meinen Armen befreit. Ihr Bett ist leer; das Kopfkissen abgezogen. Ich gehe ins Bad und finde Susanne vor der geöffneten Waschmaschine.

Sie erschrickt, als sie mich kommen hört.

„Was ist denn mit dem Kissen?"

„Nichts", sagt sie, verlegen lächelnd.

„Susanne, wenn nichts ist, warum willst du es dann waschen?"

„Ich habe so geschwitzt."

Ich bücke mich zu ihr und ziehe das Kopfkissen aus der Trommel. Susanne umklammert so verzweifelt das andere Ende, dass ich alle Hoffnung verliere, den Bezug heil in meine Hände zu kriegen. Dann gelingt es mir doch.

„Nein! Gib ihn her!", schreit sie, über jedes Maß erregt.

Noch ehe sie den Stoff wieder fassen kann, schlage ich den Kissenbezug auseinander. Ich betrachte ihn aufmerksam von vorn und hinten und drehe ihn erneut um und um. Susannes Gesicht hat etwa die gleiche Farbe, wenn man bei diesem Weiß von Farbe reden kann. „Warum willst du ihn waschen? Er ist ganz sauber."

Sie öffnet den Mund zu einer ekel- wie angsterfüllten Fratze. „Aber - siehst du denn nicht das …"

Ich halte den Bezug an meine Nase. „Und er riecht auch noch ganz frisch."

Sie nimmt mir das Wäschestück verlegen aus der Hand und steckt es in die Trommel.

„Was hast du? Was ist mit dem Kissen?"

„Nichts. Nichts. Lass mich. Ich habe eben manchmal so einen Fimmel."

„Susanne, *alle verschwiegenen Wahrheiten werden giftig!* Du siehst Dinge, die ich nicht sehe. Das sollte entweder dir oder mir zu denken geben."

„Es wird schon wieder", flüstert sie kleinlaut.

„Du musst mal raus; raus aus dieser Stadt."

Sie lächelt wie ein Schulmädchen, das zur ersten Spritzfahrt eingeladen wird. „Wohin denn?"

„Hatte Gustav nicht an der See ein Häuschen? Dort kannst du doch ein paar Tage bleiben; ich meine, wenn deine Kunst so lange warten kann."

„Ich?", haucht sie tonlos. „Du meinst, w i r."

„Ich muss arbeiten, Susanne. Mein Chef wartet ganz sicher nicht so lange auf mich."

„Warum musst du arbeiten? Wir haben genug zum Leben."

Susanne vereinnahmt mich so naiv wie vollkommen. Sie denkt nicht einmal an die Möglichkeit, dass ich vielleicht gar nicht mit ihr leben will. Das ist keine kalt berechnende Mörderin. Ich werde unsicher. *Ein anderes ist der Gedanke, ein anderes die Tat, ein anderes das Bild der Tat. Das Rad des Grundes rollt nicht zwischen ihnen.*

Die nächsten Stunden panthere ich unentschlossen durch die Wohnung. „Gut, Susanne, dann lass uns also fahren, aber nicht länger als drei Tage. Dann muss ich wirklich wieder arbeiten. Außerdem glaube ich nicht, dass sie Berthold viel länger im gerichtsmedizinischen Institut behalten."

32

Auf dem Weg zum Bahnhof wirft sich Susanne noch einmal in meine Arme. „Das Auto", flüstert sie zitternd. Es gelingt mir, sie zu beruhigen. Diesmal beschreibt sie nicht näher, was sie gesehen hat. Ich frage auch nicht danach.

Im Zug kommt sie wieder zur Ruhe. Wir haben ein Abteil für uns allein. Ich lege mich auf eine der Sitzbänke, um die Lücken des Nachtschlafes zu schließen. Ich mag gerade fest eingeschlafen sein, als mich Susannes unheimlicher Schrei aus den nicht sehr keuschen Träumen reißt. Ich habe Orientierungsschwierigkeiten. Susanne krallt sich in meinen Arm und starrt mit angstgeweiteten Augen zur Abteiltür. „Er will rein!", schreit sie immer wieder. „Halte die Tür zu!"

Ich sehe zur Tür. „Wer will rein? - Susanne, da ist niemand."

„Du lügst. Alle lügt ihr! Berthold stand da. Da! Er ist nicht tot. Letzte Nacht hat er auf meinem Kissen gelegen. Siehst du denn das Blut an der Scheibe nicht. Das musst du doch sehen!"

„Susanne, um Gottes Willen, schrei nicht so! Der ganze Zug wird zusammenlaufen. Beruhige dich. Ich will es abwischen. Hörst du? Nur sei still." Ich gehe zur Tür und öffne sie. Mit meinem Taschentuch wische ich über die Scheibe. „Ist es weg?"

„Nein."

„Mehr hier?"

„Ja. - und weiter rechts. Gut. - Gut." Sie drückt sich in den äußersten Winkel des Abteils.

Noch lange sehe ich sie fragend an. Der Zug rast unbeirrt. Keiner der Leute aus den Nachbarabteilen ist zu uns gekommen, um nach dem Rechten zu sehen. Wäre Susanne wirklich in Gefahr gewesen, dann hätte sie vergeblich auf Hilfe gehofft. Ich wundere mich über die Ängstlichkeit und Trägheit der Leute. Immerhin ersparen sie mir in diesem Fall ein paar unangenehme Fragen.

Ich versuche nicht mehr, zu schlafen. Mein Herz rast noch immer wie nach einem gelungenen Höhepunkt. Wann war das noch? Unlösbar bleibe ich mit Blick und Gedanken bei Susanne. *So tief der Mensch in das Leben sieht, so tief sieht er auch in das Leiden.* Zweifellos ist sie interessant und faszinierend. Ich weigere mich, sie schön zu finden, obwohl sie genau das ist. In embryonaler Stellung zusammengekrümmt hockt sie wie ein verängstigtes Mädchen auf der nun endlos wirkenden Bank. Ich setze mich zu ihr und nehme sie väterlich in die Arme. Nur langsam weicht der Krampf aus ihrem zarten, aber muskulösen Leib. Einem unwiderstehlichen inneren Drang folgend, streichle ich ihr beruhigend über den Kopf. Erst als etwas feucht auf meine Hand tropft, merke ich, dass sie weint.

In Berlin steigen wir um. Von hier ab schläft Susanne; wenigstens hält sie die Augen geschlossen. Ich quäle mich mit meinem Zarathustra. *Was ist die höchste Art alles Seienden und was die geringste? Der Schmarotzer ist die geringste Art; wer aber höchster Art ist, der ernährt die meisten Schmarotzer. Die Seele nämlich, welche die längste Leiter hat und am tiefsten hinunter kann, wie sollten nicht an der die meisten Schmarotzer sitzen?*

Von Barth aus bringt uns am späten Abend ein Bus nach Ahrenshoop. Von hier laufen wir noch eine halbe Stunde zum einsamen Haus an der Steilküste. Frau Stirner ist nicht da. Susanne hat einen Schlüssel.

„Die Stirner wohnt nicht mehr hier?"

„Ach die Alte. Die ist gleich nach Gustavs Bestattung ausgezogen. Von mir aus."

„Aber wenn das Haus die längste Zeit leer steht, dann ist so eine Untermieterin Gold wert."

„Es wird nicht leer stehen. Entweder wird es verkauft oder wir beide ziehen ein."

„Susanne, wer sagt dir, dass ich mit dir zusammen leben werde?"

Susanne sieht mich verständnislos an. „Warum nicht? Dir wird nichts fehlen bei mir."

Ich will widersprechen. Aber meine Müdigkeit fürchtet die Länge der Auseinandersetzung und mehr noch die Unberechenbarkeit.

Das Haus ist peinlich sauber. Es sieht sehr nach der Rache einer alten Dame aus, die da bis ins Mark beschämen will. *Und lieber zürnt noch, als dass ihr beschämt!* Der frische Wind trägt das Krachen der Brandung bis hierher. Das Haus ist viel größer, als es von außen den Anschein hat. Es gibt vier wenn auch nicht allzu große Wohnungen, von denen drei mit allem Notwendigen eingerichtet sind. Allein die ehemaligen Räume der alten Dame stehen leer. Im Keller findet sich noch allerhand Vorrat. Die Kühltruhe ist randvoll. Die Getränke reichen für Wochen. Auch Susannes Blick huscht neugierig in alle Winkel.

„Bist du das erste Mal hier?", frage ich in gespielter Verwunderung.

Sie nickt mit mädchenhaft triumphierendem Lächeln.

„Wollten s i e nicht oder wolltest du nicht?"

„Gehen wir noch ein bisschen ans Meer?"

Der Wind tut gut. Es sind nur zweihundert Meter zur Steilküste. Die Sterne kommen immer näher. Die nicht zu steigernde Verlorenheit drängt mir die gewichtigen Gedanken Zarathustras in den Sinn. *Fast in der Wiege gibt man uns schon schwere Worte und Werte mit: 'Gut' und 'Böse' - so heißt sich diese Mitgift. Um derentwillen vergibt man uns, dass wir leben. - Und wir, wir schleppen treulich, was man uns mitgibt, auf harten Schultern! Und schwitzen wir, so sagt man uns: »Ja, das Leben ist schwer zu tragen!« Aber der Mensch nur ist sich schwer zu tragen! Das macht, er schleppt zu vieles Fremde auf seinen Schultern. Dem Kamel gleich kniet er nieder und lässt sich gut aufladen. - Nun dünkt das Leben ihm eine Wüste!*

Dem Kamel gleich ... Ich muss an Göbel denken, den Direktor des Internats. Er hatte sich eine perfide Strafe ausgedacht. Auf den Dachkammern der beiden voneinander entfernten Gebäude war Raum für Bücher, alte Bücher, für die Göbel eine letzte Verwendung gefunden hatte. Er ließ die Delinquenten die alten Schinken von einer Kammer in die andere bringen. Diese Buße ließ sich nicht als Schikane anzeigen, da sich die Notwendigkeit des Ortswechsels der wertvollen Fracht ja mit allerlei Argumenten begründen ließ. Es war eine elende Schinderei, die staubigen und schweren Bündel dreiundsechzig Treppenstufen hinab, hundertsechsundachtzig Schritte quer übers Internatsgelände und achtundfünfzig Treppenstufen aufwärts zu schleppen. Am Anfang schleppte man möglichst viel, um nicht zu oft laufen zu müssen, aber weniger als fünfzig Mal hin und her hat es keiner geschafft. „Schäme dich dieser Arbeit nicht", pflegte Göbel bei Verkündung der gefürchteten Strafe zu sagen, „es ist vielleicht das einzige Mal in deinem Leben, da man dich mit Weisheit beladen sieht." Mich hat man viermal gesehen. Den Protz hat es zweimal getroffen. Beim ersten Mal hatte er eine Meute Hilfswilliger, beim zweiten Mal schleppte er allein. Seitdem waren die Bücher nicht mehr auffindbar. Das nächste Kamel hat sie dem verstörten Göbel freudestrahlend als verschollen gemeldet …

Ich lasse Susanne nicht mehr aus den Augen. Zunehmend bereue ich, dass ich mich von Kullbach habe vor den Karren spannen lassen. Ich bin der Sache nicht gewachsen, weil ich immer unsicherer werde, was eigentlich Sache ist. Was ist mit dieser Frau? Ist sie verrückt? Ist sie vollkommen arglos und selber Opfer einer gegen was auch immer gerichteten Verschwörung? Wer sind die Renners? Und was ist mit den Eltern? Ich weiß nicht einmal, welcher Aussage ich mehr trauen soll; ihrer oder seiner? Stecken am Ende die Eltern hinter der Geschichte? Aber hinter welcher Geschichte? Wenn Susanne keine Ahnung von den Leichen hat, welchen Sinn hat es dann, dass ich mich und sie quäle? Was macht sie so sicher, dass ich bei ihr bleibe? Vor dieser Gewissheit habe ich die größte Angst. *Alles, was viel bedacht wird, wird bedenklich.* Ich weiß.

Susanne nimmt meinen Arm, schlingt ihn um ihren Hals und legt meine Hand am Ende auf ihre Brust. Ich spüre ihren Herzschlag.

Sie lehnt ihren Kopf an meine Schulter und sieht in den Himmel. „Was du gestern gelesen hast, habe ich zwar nicht verstanden, aber gefühlt habe ich, was die Worte sagen wollen. - Woher kennst du mich so gut?"

„Ich kenne dich nicht gut, Susanne. Ich habe nur gelesen, was ein anderer geschrieben hat. Vielleicht kannte e r die Menschen gut. Und vielleicht sind wir uns alle viel ähnlicher, als wir glauben." Fünf Meter vor der Steilküste bleibe ich stehen. Diesen Sicherheitsabstand bin ich mir schuldig. „*Die Sonne ist schon lange hinunter. Die Wiese ist feucht. Von den Wäldern her kommt Kühle. Ein Unbekanntes ist um mich und blickt nachdenklich. Was! Du lebst noch? Warum? Ist es nicht Torheit, noch zu leben? - Ach, meine Freunde, der Abend ist es, der so aus mir fragt. Vergebt mir meine Traurigkeit! Abend ward es. Vergebt mir, dass es Abend ward!*"

Susanne sieht mich fragend und unsicher an. „Das klingt schön, weil es so traurig klingt. - Warum gehst du nicht weiter? - Hast du Angst?"

„Ja. - Aber mehr um dich. *Nicht die Höhe, der Abhang ist das Furchtbare. Der Abhang, wo der Blick h i n u n t e r stürzt und die Hand h i n a u f greift.*"

„Du Dummer!", lacht sie, sich aus meinen Armen lösend. Wie ein Reh hüpft sie an den Abgrund, noch schneller ist sie wieder bei mir. „Da unten liegt einer im Wasser!", kreischt sie mit körperloser Stimme.

Ich stoße sie von mir und gehe so nah an den Abgrund, bis ich die Stelle sehen kann, wo die Gischt zornig am Fuß der Steilküste leckt. Immer wieder geht mein Blick ängstlich zu Susanne. Sie steht - wie zur Salzsäule erstarrt - in beruhigender Entfernung. „Da ist kein Mensch, Susanne. Das ist ein angeschwemmter Baumstumpf."

„Aber er hat mir gewunken. Ich habe es gesehen. Vielleicht ist er uns nachgekommen", flüstert sie, dass ich es durch den Wind kaum hören kann.

Ich nehme sie in den Arm und dränge sie ins Haus zurück. Sie verschließt die Tür und legt den Riegel vor. Ich bin todmüde. Wir sind uns einig, ohne Abendbrot schlafen zu gehen. Vom letzten Schrecken hat sich Susanne schnell erholt. Jedenfalls macht sie einen unglaublich lebendigen Eindruck. Unter der Dusche überrascht sie mich mit ihrem geschmeidigen Körper. Sie schmiegt sich an mich, dass sich mir alle Zellen mit Blut füllen und ein Wachsen ist an einem entlegenen Ort. „Susanne, was ist?", frage ich unbeholfen.

„Ich habe versprochen, dass es dir bei mir an nichts fehlen wird", gurrt sie, mit ihren Lippen nach meinem Mund haschend.

„Mir fehlt ja augenblicklich nichts als ein bisschen Schlaf."

„Schade." Lächelnd betrachtet sie den ungeduldig nickenden Verräter. Kommentarlos entlässt sie mich aus ihren Armen.

Beim Abtrocknen will ich ihn solange reiben, bis ihm alle Lust an der Auferstehung vergeht. Ich spüre schmerzlich, dass ich diese Sicherheit nötig habe. Meine Hand arbeitet schnell und routiniert. Aber Susanne steigt schneller aus der Dusche, als meine verkrampfte Hand am Ziel ist.

„Trocknest du mir den Rücken ab, Schatz?"

33

Ich ziehe mir die Unterwäsche wieder an und versenke mich hektisch in meinen weisen Asketen, als könne er mir die Lehre geben, die ich im Augenblick so nötig habe. *Tut immerhin, was ihr wollt, - aber seid erst solche, die wollen können! Liebt immerhin euren Nächsten gleich euch, - aber seid mir erst solche, die sich selber lieben. Mit der großen Liebe lieben, mit der großen Verachtung lieben! Also spricht Zarathustra, der Gottlose.*

... *mit der großen Verachtung lieben?* Der Protz und ich. Wir wären ein gutes Gespann gewesen. Natürlich habe ich auch daran gedacht, oft sogar. Vielleicht habe ich ihn vor allem darum gehasst und verachtet, weil er in der Wahl seiner Freunde so gleichgültig und nachlässig war ...

Ganz unverhüllt und mit unternehmungslustigen Augen steigt Susanne ins Bett. Mit warmer Hand streicht sie mir über die Brust.

„Ich bin wirklich zu müde", lüge ich in unverschämtester Selbstverleugnung.

Susanne dreht sich brav in ihr Bett. „Liest du mir wieder vor? - Bitte?"

Ich zögere lange. Dann blättere ich zur angestrichenen Seite und lese ausdrucksvoll: „*Und flüchtet mein Auge vom Jetzt zum Ehemals, es findet immer das gleiche: Bruchstücke und Gliedmaßen und grausame Zufälle, - aber keine Menschen! Dies ist meinem Auge das Fürchterliche, dass ich den Menschen zertrümmert finde und zerstreut wie über ein Schlacht- und Schlächterfeld hin. Ich wandle unter Menschen als den Bruchstücken der Zukunft; jener Zukunft, die ich schaue. Und das ist all mein Dichten und Trachten: dass ich in eins dichte und zusammentrage, was Bruchstück ist und Rätsel und grauser Zufall. Und wie ertrüge ich es, Mensch zu sein, wenn der Mensch nicht*

*auch Dichter und Rätselrater und der Erlöser des Zufalls wäre!
Wille, - so heißt der Befreier und Freudebringer! - Aber wie heißt
das, was auch den Befreier noch in Ketten schlägt? 'Es war', also
heißt des Willens Zähneknirschen und einsamste Trübsal. Ohn-
mächtig gegen das, was getan ist, - ist er allem Vergangenen ein
böser Zuschauer. Nicht zurück kann der Wille wollen. Dass er
die Zeit nicht brechen kann und der Zeit Begierde, - das ist des
Willens einsamste Trübsal. - Ach, ein Narr wird jeder Gefangene! Närrisch erlöst sich auch der gefangene Wille. Dass die Zeit
nicht zurückläuft, das ist sein Ingrimm. 'Das, was war', - so
heißt der Stein, den er nicht wälzen kann. Und so wälzt er Steine
aus Ingrimm und Unmut und übt Rache an dem, was nicht gleich
ihm Grimm und Unmut fühlt. Also wurde der Wille, der Befreier, ein Wehetäter. Und an allem, was leiden kann, nimmt er
Rache dafür, dass er nicht zurück kann. Dies, ja dies allein ist
Rache selber: des Willens Widerwille gegen die Zeit und ihr 'Es
war'. - Der Geist der Rache, meine Freunde, das war bisher der
Menschen bestes Nachdenken; und wo Leid war, da sollte immer
Strafe sein. 'Strafe' nämlich, so heißt sich die Rache selber. Mit
einem Lügenwort heuchelt sie sich ein gutes Gewissen. Und weil
im Wollenden selber Leid ist, darob, dass er nicht zurück wollen
kann, - a l s o sollte Wollen selber und alles Leben - Strafe sein! -
»Keine Tat kann vernichtet werden. Wie könnte sie durch die
Strafe ungetan werden! Dies, dies ist das Ewige an der Strafe
'Dasein', dass das Dasein auch ewig wieder Tat und Schuld sein
muss! Es sei denn, dass der Wille endlich sich selber erlöste und
Wollen zu Nicht-Wollen würde.« Doch ihr kennt, meine Brüder,
dies Fabellied des Wahnsinns! Weg führte ich euch von diesen
Fabelliedern, als ich euch lehrte: »Der Wille ist ein Schaffender.«
Alles 'Es war' ist ein Bruchstück, ein Rätsel, ein grauser Zufall
…"*

Susanne hatte sich, während ich las, wieder still und
sanft an meine Schulter gelehnt und zärtlich meine
Brust gestreichelt. Jetzt reißt sie sich von mir los, um

mit unglaublicher Schnelligkeit zur äußersten Bettkante zu kriechen. Mit zitternder Hand weist sie aufs Fenster. Ihr vor Entsetzen deformiertes Gesicht erstarrt zu einem stummen Schrei.

Ich sehe zum Fenster und lege das Buch beiseite.

„Die Hand. Sieh doch", presst sie endlich aus heiserer Kehle.

„Erzähle mir alles, was du siehst, Susanne", bitte ich ruhig.

„Er hängt kopfüber am Fenster. Die blutigen Arme. Siehst du? - Da, er kommt tiefer. Berthold! Sieh nur, wie er mich anstiert. Er will durchs Fenster. Mach es zu!"

Zögerlich winde ich mich aus dem Bett. Als ich aufstehen will, reißt mich Susanne zurück.

„Nein, bleib bei mir. Er drückt das Fenster ein. Alles schmiert er voll Blut. Siehst du das viele Blut nicht? Er kommt rein. Nein! Was willst du? Geh weg! Ich mag dich so nicht haben! Haaah!!! Warum bleibt er nicht stehen? Halt ihn fest! So halt ihn doch fest!"

Ich bewege mich nicht.

„Warum bist du gekommen, Berthold? - Warum verfolgst du mich? - Was willst du von mir? - Dich rächen? - Ich bin nicht Schuld. - Du hast es selber getan. - Du allein! Ich habe nur eine Kleinigkeit verändert. Wundern solltest du dich. Deine Sicherheit verlieren und begreifen solltest du, dass es Dinge gibt, die sich so einfach nicht erklären lassen. - Geh weg! Komm nicht näher mit deinen blutigen Händen. Ich will dich so nicht. Ich will dich so nicht haben!"

Am Bettgiebel bleibt Berthold stehen. „Warum hast du das getan, Susanne?", fragt er mit erwürgter Stimme. „Deinen Hass gegen m i c h kann ich verstehen. Ich kann verstehen, wie sehr Mitleid kränkt. Ich weiß, dass

Verbindlichkeiten nicht dankbar machen, sondern allenfalls *rachsüchtig.* Aber warum Gustav? Warum Ludwig?"

„Ich wollte ihn doch nur erschrecken!", schreit sie verzweifelt. „Er sollte nicht so kalt und vernünftig sein. Er sollte doch nur ein einziges Mal fühlen, wie es ist, in ein tiefes Loch zu fallen, aus dem man allein nicht wieder herauskommt; aus dem auch der kühlste Kopf nicht heraushelfen kann. Er sollte e i n m a l zu mir kommen, um sich bei mir Rat zu holen. Ich hätte ihm doch geholfen. Ich hätte ihn wieder heil gemacht. Alles wäre gut geworden. Ich hab ihn doch geliebt wie keiner sonst! Ich konnte ja nicht ahnen, dass er an die Brücke rast; dass er sich noch lieber totfährt, als zu mir zu kommen? - Nur erschrecken hab ich ihn wollen, damit er zu mir kommt, - zu mir." Susannes Stimme versagt.

„Und Gustav?"

„Er hat so abfällig über Ludwigs Verwandlung geredet, - und seinen Tod. Wie hätte er erst gespottet, wenn er gewusst hätte, dass er sich selber …? Ich wollte, dass er nur weiterleben mag, wenn er wirklich so stark ist, wie er immer getan hat; stärker als Ludwig." Lange schüttelt sie den Kopf. „Er war nicht stärker. Es hat ihn viel schneller umgehauen. Am Ende hatte ich trotzdem Mitleid. Er sollte nicht sterben. Ich habe mit ihm geredet am letzten Abend. Er hatte seine Chance, Berthold. Aber er hat mich wieder nur ausgelacht. Da dachte ich schon, er wäre stark; er wäre stark." Sie nickt lange nachdrücklich. „Ich habe trotzdem die halbe Nacht vorm Haus gewartet. Ich konnte doch nicht ahnen, dass er sich wie ein Dieb fortschleicht und totstürzt. Ich hätte ihn doch befreit aus aller Angst. Warum hat er mich ausgelacht, Berthold? Warum war er auch zuletzt noch so furchtbar stolz? - Warum?"

Susanne wirft sich in meine Arme und weint in ihrer so seltsamen, starren Art.

„Bist du nicht auch so stolz, Susanne?", frage ich leise. „Wem hast d u dich anvertraut?"

Sie schreckt auf und sieht wieder zu Berthold, der noch immer unbeweglich und hilflos am Bettgiebel steht. Dann starrt sie mich fassungslos und zunehmend verächtlich an. „Er lebt? - Du hast es die ganze Zeit gewusst? Gespielt hast du die ganze Zeit mit mir, du verdammtes Schwein!?"

„Lass ihn, Susanne!", sagt Berthold streng, aber nicht böse. „Es war meine Idee. Eigentlich sollte ein Tonband mitlaufen und dein Geständnis einfangen. Er ist mit dir hierhergefahren, damit es ohne Polizei geschieht. Er wollte dir eine Chance geben, verstehst du?"

Susanne nickt kalt. Sie wendet sich von mir ab und setzt sich auf die Bettkante. Ohne Berthold anzusehen, sagt sie nüchtern: „Ich muss dir auch d a f ü r dankbar sein, nicht?"

„Nein, Susanne", erwidert Berthold schüchtern und hilflos. „Ich wollte nie deinen Dank. Ich wollte, dass du irgendwann zu leben beginnst und froh wirst. Aber du hast dich seit Mutters und Vaters Tod nur immer gequält." Er geht langsam auf die Schwester zu und kniet vor ihr nieder. Mit feuchten, roten Augen stammelt er: „Verzeih mir, Susanne" und legt seinen farbverschmierten Kopf in ihren nackten Schoß. Ihr Körper beginnt daraufhin zu zittern, und ein erbärmliches Wimmern auf einem unendlich langgezogenen Ton bricht aus ihr heraus. Die *Vergangenheit brach ihre Gräber. Manch lebendig begrabner Schmerz wachte auf. - Ausgeschlafen hatte er sich nur; versteckt in Leichengewänder. - Wir bluten alle an geheimen Opfertischen. Wir brennen und braten alle zu Ehren alter Götzenbilder.*

Keiner vermag es, die Szene zu beenden, also zieht sie sich unerträglich grausam hin.

34

Irgendwann wird Susanne still. Sie krault nur noch stumm, verlegen und gedankenabwesend das Haar des Bruders. Irgendwann löst Berthold das verquollene Gesicht aus dem Schoß der Schwester. Er erhebt sich wie ein im letzten Augenblick Begnadigter vom Richtblock. „Komm", sagt er müde. Susanne nimmt gehorchend die dargebotene Hand. An der Tür dreht sie sich um. Noch einmal lächelt sie mir wehmütig zu. *Ach, wo ist noch das Meer, in dem man ertrinken könnte?*

Die Tür schließt sich und lässt mich ausgebrannt zurück. Hier weiß auch mein *gespreizter Zornschnauber* keinen Rat mehr. Hier ist er mit allen Sprüchen am Ende. Einen solchen Blick hat e r nie zu verdauen gehabt. Wie armselig war all seine Trauer … *Seit es Menschen gibt, hat der Mensch sich zu wenig gefreut. Das allein ist unsre Erbsünde! Und lernen wir besser uns freuen, so verlernen wir am besten, andern weh zu tun und Wehes auszudenken. Darum wasche ich mir die Hand, die dem Leidenden half. Darum wische ich mir auch noch die Seele ab.* Hätte er vermocht, sich diesen Blick von der Seele zu waschen?!

Die Hände im Nacken verschränkt fliehe ich ins Dunkel der geschlossenen Lider. *Der eine geht zum Nächsten, weil er sich sucht, und der andre, weil er sich verlieren möchte. Eure schlechte Liebe zu euch selber macht euch aus der Einsamkeit ein Gefängnis. - Ein anderes ist Verlassenheit, ein anderes Einsamkeit.*

Ich fühle mich wie damals. Oder, besser, das Gefühl von damals füllt mich aus. Knieumschlungen sitze ich auf dem harten, kalten Boden des Kellerwinkels und starre vor mich hin. Ich zittre vor Kälte, wie damals unter kalten Duschen, unter denen man irgendwann nicht mehr unterscheiden kann, ob das Wasser sehr kalt oder sehr heiß ist; wo alle Grenzen verschwimmen und man nur noch von Gleichgültigkeit eingeschnürt wird. Ich lasse das Geländer los und stürze erlöst in die Tiefe, falle ganz langsam und endlos, wie in ein Nichts …

„Holger?"

Ich öffne die Augen und sehe Karla vor der offenen Badtür.

„Zufrieden?", fragt sie schüchtern.

Ich schließe die Augen wieder.

„Hast du nicht allen Grund, zufrieden zu sein?"

„Es war ein erbärmliches Spiel", sage ich mit geschlossenen Augen. „Es war die jämmerlichste Nummer, die sich denken lässt."

„Was wird mit ihr?"

„Nichts", sage ich müde, ohne die Augen zu öffnen. „Wenn es zur Klage kommen sollte, besorgt ihr Berthold den besten Anwalt, den er kriegen kann. Aber auch der schlechteste hätte es nicht schwer, sie aus der Sache zu hauen. - Und bei dem Lohn, der dann vermutlich auf ihn wartet …"

Karla setzt sich zu mir auf die Bettkante. Ich öffne die Augen und sehe auf ihren gekrümmten Rücken. „Hast du mit ihr geschlafen?", fragt sie schüchtern.

Ich schließe die Augen wieder. Es war nicht die Gelegenheit, könnte ich sagen. Ich hätte es getan, könnte ich sagen. Aber es hätte auch dann nichts mit dir oder uns zu tun gehabt, könnte ich sagen. Ich weiß, dass es sinnlos ist; dass es wohl unzählige Male gesagt und doch nie geglaubt wird, obwohl es wahr ist. Aber der, der in fremden Armen lag, hat eine andere Wahrheit, als der, den sie trösten soll.

Erbarmungslos wartet Karla auf eine Antwort.

Es ist leicht lügen, wenn man die Wahrheit sagen kann. *„Wen die Flamme der Eifersucht umringt, der wendet zuletzt, gleich dem Skorpion, gegen sich selber den vergifteten Stachel."*

„Fällt dir auch noch selber was dazu ein?", fragt sie in einem Anflug von Leidenschaft.

„Nichts, das es dir leichter machen würde."

„Soll ich gehen?", haucht Karla ängstlich.

Die mit jeder geschwiegenen Sekunde zunehmende schmerzliche Spannung hat einen unendlichen masochistischen Reiz. Nicht geringer ist der Kitzel, auszureizen, wie lange man dieser Spannung gewachsen ist. *Schmerz ist auch eine Lust.*

Karla steht auf. *Der Mensch ist gegen sich selber das grausamste Tier.*

„Nein! Du sollst nicht gehen, Karla. Nie!", sage ich hastig, nach Luft ringend, als sei ich gerade noch rechtzeitig aus zu tiefem Wasser aufgetaucht.

Karla dreht sich um und sieht mich mit tränenschwangeren Augen an. „Dann solltest du Scheißkerl nicht mit einem so blöden Spruch fertig sein!"

„Ich habe nicht mit ihr geschlafen, Karla. Aber selbst wenn ich mit ihr geschlafen hätte, und wahrscheinlich hätte ich, dann hätte das nicht das Geringste mit uns zu tun."

„Scheißkerlmoral! Aber wenigstens kommt es von dir", zischt sie gereizt. „Sie ist nicht so kompliziert wie ich, was? Die steigt sicher nie aus, wenn nicht gerade eine blutige Gestalt durchs Fenster steigt. Sie merkt noch nicht mal, wenn sie dir den Rücken …"

„Hör auf, Karla! Mach dich nicht klein. *Das Schlimmste sind die kleinen Gedanken. Besser noch böse getan, als klein gedacht!*"

„Ach so? Ja, richtig, du bist ja der große Denker."

Ich schließe wieder die Augen, als wäre alles nur ein Film, den man abstellen kann.

„Dann muss ich mich wohl entschuldigen, weil ich mich in so banale Gedanken verstiegen habe? Weil ich habe zweifeln können an diesem Reinen und Guten und Tugendhaften?!"

Ich habe keine Kraft, aus mir zu schöpfen. Ich fühle mich staubtrocken und leer. „*Ausgezeichnet ist es, viele Tugenden zu haben, aber ein schweres Los. Und mancher ging in die Wüste und tötete sich, weil er müde war, Schlacht und Schlachtfeld von Tugenden zu sein.*" Ich erschrecke nicht einmal über Karlas hysterisches Gelächter. Es schneidet dennoch in etwas, das mir zu wertvoll ist, zerschnitten zu werden. „*Nicht durch Zorn, durch Lachen tötet man*, Karla."

„Schluss! Schluss!! Du bist schlimmer, als dass man dich Scheißkerl nennen kann. Was ist eigentlich überhaupt echt an dir? Wann spielst du eigentlich nicht? Wann bist du mal kein Schauspieler, der sich mit Lügen durchs Leben schleicht? Ich habe euch Kerle immer gehasst, weil ihr nur auf die Titten glotzt. Aber dass ich mich nun auch noch in die letzte Kanaille von Mann verlieben muss; dass ich auf den letzten Vogel fliegen muss, der es einem noch nicht mal besonders schwer macht, ihn als Gaukler zu entlarven …"

„Karla, hör auf. Es ist nicht so", sage ich erwachend. „Es ist nicht so! Es ist ganz anders, als du denkst. Ich habe doch nur Angst! Furchtbare Angst, dich zu verlieren. Ich weiß ja noch nicht mal, was Germanistik eigentlich richtig ist. Willst du d e n , den dir Mayer beschrieben hat? Wie schnell wärst du wohl fertig mit dem? Wir Scheißkerle haben dafür ein treffendes wie arrogantes Wort. Ein 'leichtes Gedeck' nennen wir das, weil es nicht mal bis zum Frühstück reicht. Die Angst macht uns zu Schauspielern, Karla; die Angst, so, wie wir sind, nicht bestehen zu können."

Karla mustert mich müde. „Kannst du wenigstens jetzt mit den Sprüchen aufhören?"

„Entschuldige", sage ich kleinlaut, „das war kein Spruch."

Karla setzt sich wieder, diesmal nicht mit dem Rücken zu mir. „Ich studiere nicht Germanistik."

Ich atme auf.

„Ich studiere Philosophie", sagt sie schuldbewusst.

„Oh Gott", stöhne ich, in die tiefste Hoffnungslosigkeit fallend.

Sie legt mir ein schleifenverziertes Päckchen auf den Bauch. „Ein kleines Geschenk. Du kannst mich bis ans Ende unsrer Zeit verspotten, dass ich nicht selber drauf gekommen bin."

Ich reiße das Papier herunter und starre auf den Titel.

Friedrich Nietzsche
Morgenröte - Gedanken über moralische Vorurteile

Ich fühle mich in der schamhaftesten Weise nackt. „Wer hat dich darauf gebracht?", frage ich ahnungsvoll.

„Du darfst es ihm nicht übelnehmen. Er hat nicht gewusst …"

„Mayer, der Dreckskerl? Das wird er büßen, der miese Verräter! Erst beschert er mir diesen Willen-zum-Übermenschen; diese Backpfeife auf jeder Seite für einen der Allzuvielen wie mich; mit Sprüchen wie: *Freilich, wer nie zur rechten Zeit lebt, wie sollte der je zur rechten Zeit sterben? Möchte er doch nie geboren sein! - Also rate ich den Überflüssigen.*

Und dann schickt er mich auch noch in dieses Nest, wo ich mir den Urlaub verplemper, und …"

„Ich hätte gedacht, da waren auch ein paar ganz hübsche Stunden mit dabei."

Wieder schließe ich die Augen. „Aber um welchen Preis", stöhne ich geschlagen. Errät Karla, dass ich nicht vom aufregenden Gestern spreche, sondern vom ungewissen, oder besser, hoffnungslosen Morgen?

„Warum versuchst du es nicht einfach erst mal mit dem nächsten Augenblick?", fragt Karla ruhig.

Ich öffne die Augen.

Sie schaut mich schelmisch an. „Karla, zieh dich bitte ganz schnell aus und komm zu mir ins Bett", spricht sie mir vor.

„Dahin, wo Susanne gerade noch gelegen hat?"

Karla zieht sich langsam aus. „Vielleicht kann man die Leichen nur mit Leben vergessen machen. Vielleicht haben wir alle unsere Leiche im Bett, die sich nur mit Lust und Leidenschaft und Zärtlichkeit und sinnlicher Ekstase vertreiben lässt. - Manchmal fällt mir auch was ganz Vernünftiges ein. - Zieh dich aus." Karla steht in all ihrer Pracht vor mir … *barfuss bis zum Halse* …

In mir ist augenblicklich eine Lust, dass ich wie ein Hirschbulle röhren möchte. „Wir werden unsere Leichen scheibchenweise zum Teufel jagen", sage ich mit bereits vor Lust abgedrückter Stimme, mich umständlich aus der Unterwäsche pellend.

Als Karla ungeduldig wie energisch die Decken vom Bett reißt, springt mir doch noch ein ungezogener Gedanke durch die begierigen Lippen. „*Es ist mehr Vernunft in deinem Leib, Karla, als in deiner besten Weisheit.*"

„Dann kann ich nur hoffen, dass ihm d e i n e r an Vernunft nicht nachsteht", zischt sie kampfentschlossen, mich leidenschaftlich unter sich begrabend.

Leib bin ich ganz und gar, und nichts außerdem; und Seele ist nur ein Wort für ein Etwas am Leibe …

35

Ein Auto bremst im Kies. Eine Wagentür schlägt. Dann geht die Haustür. Nach einigen eiligen Schritten wird unsere Tür aufgerissen. Karla sitzt noch immer auf meinem abschwellenden Lusthobel. Ich finde gerade noch Zeit für den Gedanken, dass man die Genitalien zweier Menschen nicht besser verbergen kann als in ihrer Funktion. Karla hat vielleicht den gleichen Gedanken. Jedenfalls bleibt sie ruhig sitzen.

Kullbach schnauft sein altes Schnaufen und errötet beim Anblick dieser recht lebendigen und lebensnahen Pornographie. „Wo ist sie?", schreit er wahrscheinlich so laut, um seine unmögliche Position zu rechtfertigen.

„Oben. Bei ihrem Bruder", sage ich ruhig, wenn auch ein bisschen genervt.

„Und? Hat sie gestanden?"

„Kullbach, vergessen Sie die ganze Geschichte. Ich rufe Sie morgen an und erzähle Ihnen den Rest. Ich würde ja gleich, aber die Situation …"

„Buschner, jetzt hören Sie mal gut zu. Ich wusste, dass ich mich da in eine ziemlich windige Geschichte einlasse. Ich komme auch ganz gut zurecht damit, dass ich mich dabei gewaltig zum Affen mache. Aber können Sie mir mal sagen, warum Sie ohne einen winzigen Hinweis einfach abgehauen sind? Ihretwegen hätte ich beinahe eine Suchaktion im großen Stil veranlasst."

„Wollen Sie damit sagen, Sie haben sich meinetwegen Sorgen gemacht?"

„Sie waren schließlich nicht mit irgendeiner Frau zusammen."

„Ich weiß."

„Nun machen Sie nicht auch noch Witze. D a s meine ich nicht."

„Aber ich meine ja genau dasselbe wie Sie, Kommissar."

„Warum habt ihr denn nicht mal das Tonbandgerät mitgenommen? Warum habt ihr es nicht in ihrer Wohnung zu Ende gebracht? Warum habt ihr mir nicht den kleinsten Tipp gegeben? - Wenn Ihre …"

„Geliebte", hilft ihm Karla aus der Verlegenheit.

„… nicht angerufen hätte, dann …"

„Woher wusstest d u denn, dass wir hier sind?", frage ich verblüfft.

„Der Kommissar hatte so eine Ahnung."

„Ahnung? - Das war die letzte Möglichkeit. Nur hatten Sie das Glück des kürzeren Weges."

„So groß war das Glück nun wieder nicht", erwidert Karla ernst.

Ich habe Angst um Karlas Diskretion. „Leider hat der Vorsprung trotzdem nicht ganz gereicht, will sie sagen."

„Nein, d a s will ich nicht sagen", zischt Karla spitz.

Kullbach tritt von einem Fuß auf den anderen. „Er hatte es sich wohl gerade mit der Renner gemütlich gemacht?"

Der hat gerade Grund, mir so an die Karre zu fahren. *Und andere gibt es, die heißen Tugend das Faulwerden ihrer Laster.* Warum bin ich zu feige, ihm das an den Kopf zu hauen? Oder ist es Karla, die mich abhält, weiter mit Sprüchen um mich zu werfen, erst recht, wenn es um das leidige Thema geht? „Bei vollem Risiko", versuche ich - wenn auch viel wirkungsloser - zu blocken.

„Natürlich!", braust Kullbach auf. „Nur hätte ich um ein Haar eine Fahndung ausgelöst, während Sie sich in den Armen schöner Frauen vergnügen."

„Danke, Kommissar." Karla scheint die exhibitionistische Nummer mehr und mehr Spaß zu machen.

„Dann hätte ich nicht nur das Risiko gehabt, sondern würde jetzt auch noch bis zum Hals im Schlamassel stecken. Ich wäre zur größten Witzfigur der Nation mutiert!", schreit Kullbach weiter.

„Kullbach, übertreiben Sie jetzt nicht doch ein bisschen?"

„Übertreiben? Sie haben eben nicht die geringste Ahnung, wie es anderswo zugeht. Meine Vorgesetzten interessieren sich nämlich noch ab und zu …"

„… wann, wofür, wie lange Sie welche Leute wo einsetzen", beende ich nun doch genervt und unbeherrscht seinen Satz. „Ich verstehe ja Ihre größte Sorge, Kommissar."

„Buschner, nun seien Sie doch einmal gerecht!", schnauft Kullbach verzweifelt.

Trotzig schiebe ich meine Hände unter den Nacken. „Ist die W e l t gerecht, Kullbach?"

Der Kommissar schweigt verblüfft und schüttelt nach kurzer Verdutztheit schüchtern den Kopf.

„Und warum soll dann ausgerechnet ich zu Ihnen gerecht sein?"

Karla sieht mich erschrocken an.

Kullbach nickt verständig. „Eine angenehme Nacht. Und Entschuldigung für die Störung."

Als ich die Autotür schlagen höre, springe ich aus dem Bett, drehe den Schlüssel in der Tür, verschließe das Fenster, ziehe die schweren Vorhänge zu und steige ins Bett zurück. „Wer jetzt dazwischenkommt, der wird geschlachtet!", rufe ich brünstig.

Karlas Augen glänzen verlockend. „Ich bin fast so weit, dass mich auch Zuschauer nicht mehr aus der Rolle bringen können." Sie sperrt mit den Armen meine Brust, dass es mir nicht gelingt, sie zu küssen, und beginnt dieses seltsame und gewaltige Lied. Und irgendwann spreche ich mit: *„O Mensch, gib acht!*
Was spricht die tiefe Mitternacht?
»Ich schlief, ich schlief,
aus tiefem Traum bin ich erwacht. -
Die Welt ist tief,
und tiefer als der Tag gedacht.
Tief ist ihr Weh,
Lust tiefer noch als Herzeleid.
Weh spricht: Vergeh!
Doch alle Lust will Ewigkeit,
- will tiefe, tiefe Ewigkeit!«"

Wie in einer endlosen Filmschleife sehe ich mich über zahllose Brückengeländer ins Leben steigen …

Karla hat währenddessen meinen zaghaft wachsenden Specht in die Hand genommen und an den Eingang ihrer tiefsten Tiefe gesetzt. Und tiefer, immer tiefer wachsen wir zusammen und werden ein Sinn und ein bisschen später auch noch ein Frieden.

Wer sich selber nicht glaubt, lügt immer.

Der Autor

Jost Bonner wurde 1958 als drittes von sechs Kindern geboren. Bis heute lebt er in Dresden. Hier lernte er Koch, studierte er Musik. In zwei Beziehungen wurden ihm fünf Kinder geboren.

In der Jugend näherte er sich mit lyrischen Versuchen und aphoristischen Texten schüchtern der Literatur, die sprachliche, philosophische, pädagogische, kulturtheoretische und ästhetische Ambitionen vereinte und sich schon bald zur Leidenschaft auswuchs. Mittlerweile entstanden Arbeiten in beinahe allen Genres.
Neben der Literatur gilt seine Passion dem Theater.

Bei BoD erschienen bisher die Erzählungen:
Das Waldhaus   ISBN 978-3-7543-7303-3
Seepferdchen weinen nicht   ISBN 978-3-7543-0820-2
und der Roman:
Taipa   ISBN 978-3-756-20971-2